红楼梦之谜
刘世德学术讲演录

刘世德 著

中国社会科学出版社

图书在版编目(CIP)数据

《红楼梦》之谜：刘世德学术讲演录 / 刘世德著.
北京：中国社会科学出版社，2025.1（2025.5重印）. -- ISBN 978-7-5227-4565-7

Ⅰ. I207.411-53

中国国家版本馆 CIP 数据核字第 2024RY7613 号

出 版 人	赵剑英
责任编辑	李凯凯　李嘉荣
责任校对	赵雪姣
责任印制	李寡寡

出　　版	中国社会科学出版社
社　　址	北京鼓楼西大街甲 158 号
邮　　编	100720
网　　址	http://www.csspw.cn
发 行 部	010-84083685
门 市 部	010-84029450
经　　销	新华书店及其他书店

印　　刷	北京君升印刷有限公司
装　　订	廊坊市广阳区广增装订厂
版　　次	2025 年 1 月第 1 版
印　　次	2025 年 5 月第 2 次印刷

开　　本	710×1000　1/16
印　　张	16
插　　页	2
字　　数	240 千字
定　　价	68.00 元

凡购买中国社会科学出版社图书，如有质量问题请与本社营销中心联系调换
电话：010-84083683
版权所有　侵权必究

再版前言

刘世德先生是中国古典文学研究大家，中国社会科学院荣誉学部委员、文学研究所研究员，在《红楼梦》《三国演义》《水浒传》等中国古典小说研究及中国古代文学史方面造诣深厚，著作等身。2013年曾在我社出版《三国与红楼论集》一书，纳入"中国社会科学院学部委员专题文集"系列丛书。

《〈红楼梦〉之谜》是刘世德先生在中国现代文学馆的系列演讲整理稿，曾由中国现代文学馆整理出版。此次再版，根据作者意见，基本一仍其旧，完整保留原版序言、8篇演讲及后记，仅对个别文字讹误作了校改，尽量使读者能"原汁原味"感受"大学者刘世德"演讲的风采。

感谢刘世德先生慨然应允我社再版本书，未来我们还将推出刘世德先生《〈红楼梦〉版本探微》等其他代表性作品。感谢王亮鹏先生引荐，并为本书的策划、出版出谋划策，贡献智慧。感谢刘世德先生女婿江琪先生题签，外孙江一泓先生代为联络。

中国社会科学出版社编辑部
2024年12月

大学者刘世德（代序）

傅光明

近年来的"红学"热，带动了"读红""研红"者数量的激增。无法否认，这是客观效果的现实存在，但同时，也令众多的"读红"甚至"研红"者感到"红"乱如麻，有的已在未知觉间陷入谜局。这么说，好像是标榜在谜局中我自独醒似的。事实上，任何一个《红楼梦》的读者，都可以是一个解谜者。不过，如何划定学术解谜与胡乱猜谜之间的界限，又是个颇费唇舌的事。毕竟《红楼梦》本身留下的谜太多了，解谜的视角多也属顺理成章，且解谜者多能自圆其说，以致有谁给挑个刺儿出来，便会媒体左右，网络上下，"山鸣谷应，风起水涌"。如此，在"红学"的江流里，似乎很难见"山高月小，水落石出"了。

在"研红"的学者中，刘世德先生是方法、路径与众不同的一位，他从版本学的角度，以版本为切入点，不是单纯做版本之间的对勘，而是以此来探索曹雪芹创作《红楼梦》的过程和艺术构思。这当然须以扎实、严谨、深湛的考据功夫当底子，非常人所能为也。

近年来，常见报道说某某破译、揭秘了"红楼"密码，喜欢弄噱头的媒体便趁势把"草根红学"与"主流红学"对立起来，动辄说某某的大作问世，即意味着"主流红学的全面破产"。好像主流红学家们早已经跑马圈地，霸道得眼里根本容不下嚼草根的；而"草根"又非要摆出跟"主流红学"对簿公堂的架势，看你还敢强龙压地头蛇。

在刘先生眼里，除了"红学"，任何一门学问都分两个层面，一是大众的，二是学术的，正好比学者与明星，各有场域，倒不必非人为弄成隔绝甚至对立。现在的许多情形,是运用简单逻辑把大众与学术搅得水火不容,好像一提学术就是高高在上的象牙塔,大众只能悄然而悲,肃然而恐;而一说大众,学界又嗤之以鼻,以为其只会拿猫脚功夫混饭吃,大可不必理会。于是,学者与明星的混搭横空出世,却也常弄到一种尴尬境地,学界似乎矜持地对明星并不感冒,而明星却晕乎得乱了方寸,攀比出场费的高下暂且不说,有的竟会演算出自我认定为明星加学者等于"部省级文化名人"的荒唐公式。

刘先生是板凳坐得几十年冷的大学者,但只要走近他,会发现他自甘寂寞于学术研究,不仅不会"冷"得拒你千里,且会从中自然流溢出一种浓郁的亲和力。刘先生是有真功夫,有真学识的大学者,从不故弄玄虚,从不石破天惊。我想,这样的能力来自他天赋的学术才华。

想想能在近几年的时间里,通过邀请刘先生来文学馆进行学术演讲,得以走近他和他的学术世界,实在是一份幸运。而带给我这一缘分的,是我的好友、《文学遗产》的编审竺青兄。当时请竺青兄帮忙策划,请学者们来文学馆"品读《水浒传》",并请刘先生讲《〈水浒传〉的作者与版本》。

刘先生是我所钦佩的大学者,他的学术才华、学术功力,及其由此而产生的那份强烈的学术自信,深深感染着我。他的治学精神,研究方法,使我获益多多。还记得当我问刘先生是否愿意在文学馆已经讲过两轮《红楼梦》之后再讲"红"时(前两轮讲"红",刘先生刚好不在北京),刘先生微笑着说:"我讲'红'不用准备。"

他开始只准备讲四个题目,讲起来发现有的题目内容得两讲才容得下,便给我发来邮件,"申请"增加一讲。如此往来,最后一直增到七讲。再加上最近讲的"介绍一部新发现的《红楼梦》残抄本",刚好以八讲"《红楼梦》之谜"单独成集。

刘先生所讲,多源自其学术著作《〈红楼梦〉版本探微》。竺青兄言,此书可以传世。我便向刘先生讨要,看后,以为然。同时,刘先生还一口气送了我他写的《红学探索——刘世德论红楼梦》和《曹雪芹祖籍辨证》。读罢,更由心底发出两个字:一为"叹",二曰"服"。

说心里话，我虽然也忝列学界小有时日，做着令许多人羡慕的学术研究，但通过与刘先生的交往，才发现自己对学术二字，真是无从谈起呢！比如，在刘先生演讲"《红楼梦》的后四十回作者是谁？"之前，别说别人，我都在心底问，难道这还有什么讲头儿吗？谁不知道《红楼梦》后四十回的作者是高鹗，书上不白纸黑字印着？不是高鹗，那会是谁？你要说不是高鹗，得以理服人吧。刘先生不紧不慢、有条有理地以坚实的考据功夫，一条一条地举证，有内证，有外证，使听者，也包括我，不仅不觉枯燥，而且被带入了一种情境，会觉得离真实越来越近了，直到"山高月小，水落石出"。

实证的学问，不见得没有索隐出来的故事好听、有趣。大众不就爱听个"故事"吗？单以刘先生为例，他以如此深厚、令人叹服的版本功力，随时随地以文本为依据，实证地破谜、解疑，没有空穴来风，没有捕风捉影，而是透过一个个的细节线索，缜密地考稽曹雪芹的创作过程和艺术构思的变化，探索曹雪芹可能的写作方式。

刘先生以他令人叹佩的学术功力，每次都给听者带来学术惊喜。还是拿《红楼梦》来说事儿，对于普通读者，最熟悉的莫过于以悲剧收场的宝黛钗的爱情故事，特别是那些当年看过徐玉兰、王文娟主演的越剧电影《红楼梦》的受众，以为这就是《红楼梦》的全部。而且，有人根本搞不清，也不想搞清那么多复杂的人物关系（像刘先生讲到的"迎春问题"，从不同的版本看，竟有七种说法），而愿意干脆把宝玉和元、迎、探、惜四姐妹，都一股脑儿看成是贾政和王夫人的亲生儿女。这样人物关系和故事情节都简单了。我小时候，脑子里灌的就是母亲以越剧《红楼梦》为蓝本讲的故事。到我读原著时，才发现里边的人物关系怎么这么乱！根本理不清，想想头都大。慢慢地，又发现《红楼梦》还有那么多复杂的版本问题，真乃中国古代小说中之唯一奇观。

可以毫不夸张地说，刘先生讲到的每一个问题，都是一般的《红楼梦》读者所忽略的，并非不经意间地忽略，而是根本就注意不到。每次听刘先生演讲之前，我也常在云里雾里，觉得这个题目有那么多可说吗？每次听到最后，又都是云开月朗。

比如，刘先生讲的"两个贾琮"问题。一般读者能有多少人会对贾琮留下印象？贾琮何许人？他跟邢夫人什么关系？他是贾赦和邢夫人的儿子，还是贾府的族人？刘先生以福尔摩斯式的"侦探"，结论得出：现在我们所看到的《红楼梦》80回，实际上是由初稿和改稿两种成分组成的。在初稿中，贾琮不过是一般的族人。到了改稿，贾琮变成了贾琏的弟弟。由贾琮问题看出，标志着贾府败落的"抄检大观园"故事，是组成曹雪芹初稿的重要内容之一。换言之，《红楼梦》的素材包括两个主要的部分：一个是贾府这个封建贵族大家庭的腐败、没落，另一个是我们一般读者都熟知的宝黛钗三个人的爱情、婚姻悲剧。是两者的合流，形成了我们目前所看到的《红楼梦》的样子。

刘先生的学术自信，是建立在学术严谨之上。读《红学探索——刘世德论红楼梦》时，见书中收录了一封致冯其庸先生的信《关于曹良臣的几个问题》，信写得干脆利落，没有寒暄，一上来就直陈冯先生的《曹雪芹家世新考》中"考证曹良臣的籍贯问题、归葬地点和他的儿子问题，结论甚有说服力"。后笔锋一转，便说在某处结论上资料还需"有所补充和修正"。接着，就把自己以前读《明太祖实录》时抄下的相关记载附于后，有14条之多。然后，不动声色地说"上述材料，唯有第四条曾被大著征引。其余均在遗漏之列"。最后，刘先生又将自己从这些材料中得出的几点事实表述出来。不温不火，不急不躁，考而有据，严谨扎实，真一派大学者的学养风范。

何以能如此呢？在刘先生看来，"一个美好的推测，如果它不时地存在着被驳斥和被推翻的危险，那么，它还有什么必要向读者们郑重其事地提出和推荐呢？一个美好的推测，如果它不时地存在着被驳斥和被推翻的危险，那么，它还有什么理由要苦苦地坚持和不断地重复呢？"

所以，他在从事曹雪芹祖籍问题的研究时，始终"努力以客观的证据为出发点、支撑点，并以带有浓烈的主观色彩的推测为忌"。他非常清楚，在没有可资利用的原始材料的情形下，任何主观的推测都带有冒险性。他说："你企图让大家接受你的结论，然而你的结论赖以存在的前提却是大家所不能接受的。你立论的基础既然是薄弱的，对大家来说，你的结论自然也就缺乏最起码的说服力了。如果从一开始起跑点就错了，又怎么能够方向正确地、顺利地、迅速地到达终点呢？"言简意赅，耐人寻味。

刘先生强调要有实证，他以为：

"在考据中，在对同时存在的多种可能性进行抉择时，如果只选取其中的一种可能性，而排斥其他的多种可能性，那就必须以另外的证据为支柱。否则，严肃的考据工作就有可能变成一场随心所欲的游戏了。……我认为，一个公开提出的结论之站得住与否，最起码的检验的条件就是看它是否经受得起来自别人的任何有理由的反问。

"在学术研究工作中，做考据，立新说，最重要的就是要有证据。而证据是不能自封的。它必须是客观存在的，并经得起严格的检验。没有证据，考据就与儿戏无异，考据家也就沦为强词夺理的舌辩之徒。没有证据，新说就变成了臆说，并丧失了最起码的说服力。

"证据可以是多种的、多方面的。但以正面的、直接的证据为主，其他的都属于次要的、辅助性的证据。证据都以确凿可靠为前提。否则，将是软弱无力的、无助于解决疑难问题的。

"在立新说时，除了用正面的、直接的证据加以论证之外，还应当注意排斥反证。有反证存在，就说明新说的结论有着或大或小的缺陷。如缺陷过于重大，则会造成新的结论有被推翻的危险。"

邓绍基先生在为刘先生的《曹雪芹祖籍辨证》所写序中说，刘先生的论文"注重实证，论析严密，即使有假设推论，也建筑在对文献材料作综合研究的基础之上，万一材料不足，有的假设推论也注重情理逻辑，而不作无根无稽的和强词夺理的所谓'推考'"。

跟随刘先生读过研究生的石昌渝先生，对刘先生身上体现出的"由郑振铎、何其芳所倡导的独立思考、实事求是的学风"深有感触，那就是"不盲从，不随大流，不尚空论，老老实实从大量可靠的材料中寻求事实的真相和文学发展的规律。这种学风看似平常，真正实践起来绝非容易，它需要坐冷板凳、下笨功夫，在功利主义甚嚣尘上的当下，更需要多一些的学术定性"。时下惯于拿故事戏说学术的浮躁学风，与此相差霄壤，利欲熏心者当警醒。在学术的付出上，一分功力带来一分收获，任何的假冒伪劣，都不会有学术生命力。

刘先生的《〈红楼梦〉之谜》，好似为由繁复的《红楼梦》版本问题而探索目迷五色的"红学"，打开了一扇窗户，透过它，《红楼梦》中的众多谜团不再"不见其处"，而是变得清晰了一些。"月白风清，如此良夜何？"

我想，这正是刘先生的学术贡献，他的"版本学"为研读曹雪芹的创作过程和艺术构思，为研读其他明清小说，提供了一种新的视角、新的方法和新的可能性。读者尽可以充分享受由刘先生的版本研究所带来的阅读快感。"研红"对刘先生来说，是精微之处见功夫；"读红"对读者来说，是精微之处见滋味。简单一句话，刘先生的《红楼梦》版本研究，无疑有助于读者更清晰地"读红""解红"。

刘先生第一次莅临文学馆讲"水浒"的那天，是2003年10月11日。到2007年10月14日刘先生讲《红楼梦》的"眉盦藏本"，几乎整整四年的时间里，他一共在文学馆做过16场学术演讲，并由此成为在文学馆演讲场次最多的学者。我不揣冒昧，戏称他为文学馆的"演讲冠军"。现在来看，这16场演讲像事先分割好了似的，讲《红楼梦》8场，讲其他几部明清小说（依次讲的是《水浒传》《三国志演义》《西游记》《金瓶梅》《聊斋志异》《儒林外史》）恰好也是8讲。这便是呈现在读者面前的这两部学术演讲录的源与缘。

刘先生不计尊幼，嘱晚学作序。唐突学步，聊以代之。

2007年10月12日于中国现代文学馆

目　　录

《红楼梦》之谜（一）
　　——从琏二爷说起 / 1

《红楼梦》之谜（二）
　　——从第九回结尾说起 / 25

《红楼梦》之谜（三）
　　——《红楼梦》的后四十回作者是谁 / 57

《红楼梦》之谜（四）
　　——彩云、彩霞是两个人还是一个人 / 94

《红楼梦》之谜（五）
　　——从迎春说起 / 132

《红楼梦》之谜（六）
　　——两个奇怪的小孩儿（上篇）：两个贾兰 / 160

《红楼梦》之谜（七）
　　——两个奇怪的小孩儿（下篇）：两个贾琮 / 188

《红楼梦》之谜（八）
　　——眉盦藏本：一部新发现的《红楼梦》残抄本 / 217

后　记 / 242

《红楼梦》之谜（一）

——从琏二爷说起

演讲时间：2006年1月8日

今天是1月8日，就在前天1月6日，文化艺术出版社出了我的一本新书，书名叫《红学探索——刘世德论红楼梦》。他们通知我今天在国际展览中心和读者见面，签名售书。但是，1月8日已经约定在这里演讲，所以那边就不能去了。我衡量了一下，还是要到这里来，那边就请了假（鼓掌）。

一　说在前面的几句话

我讲演的总的题目叫"《红楼梦》之谜"，这个谜不是谜语——《红楼梦》里有很多谜语——我是讲书里的一些人物、故事、情节。

如果我们细读《红楼梦》的话，还有一些不可解、难理解或者要提出疑问的地方，那么，怎么看这些疑问？有哪些疑问？它们又说明了什么？这些就是我要讲的内容。

一共有五讲，今天第一讲从贾琏开始，第二讲是讲迎春问题和贾琮问题，第三讲是《红楼梦》的第九回问题，第四讲是讲彩云和彩霞她们究竟是一个人还是两个人，最后一讲是讲《红楼梦》后四十回的作者到底是不是高鹗。我的意见——不是高鹗，在最后一讲中会仔细阐述我的理由。

讲演的题目叫《红楼梦》之谜，首先我需要声明的是，我不是来猜谜，不是无中生有，不是搞索隐派，不是搞探佚，也不是搞"揭秘"，和这些都不同。

索隐派有新旧之分，不管是旧的索隐派还是新的索隐派，他们最大的特点是脱离《红楼梦》的文本，违反文学创作的规律和特点，不把《红楼梦》看成文学作品，不把《红楼梦》看成小说，而是把书里的人物、情节生拉硬扯地和清朝康熙、雍正、乾隆三代的种种政治事件联系起来，把它们捆绑在一起，这是新旧索隐派共同的特点。一直到现在，还有新索隐派。20世纪曾经出现过"爱情掩盖政治"这么一个说法，《红楼梦》里写的爱情掩盖着政治，有人还说这是毛主席提出的，不管谁提出的，这是索隐派典型的观点。还有人说，《红楼梦》是历史小说，以及当前某一些关于秦可卿的说法，我认为也是新索隐派。

我在这里不搞"探佚"。什么叫"探佚"？这是红学的一个分支。曹雪芹不到50岁就死了，死的时候《红楼梦》没写完，经过他初步整理定稿了八十回，后面的四十回不是他写的。曹雪芹没有写完，不等于他对全书没有一个设想、构思。他对每一个人物、每一个事件最后的结局是什么，应该是有些想法的。有人就去探索，曹雪芹在八十回以后究竟怎么继续写那些人物、那些故事情节。根据八十回里所埋伏的一些伏笔，根据脂砚斋的一些批语来探索推测后四十回曹雪芹原来准备怎么写，这种学问就叫探佚。

所以，"探佚"是指探索曹雪芹八十回之后还没有写出来，但是存在一些设想、构思的人物和故事。要是超出这个范围，就不能叫作探佚。尽管现在也有人说"我这个就是探佚"，那是不可靠的。尤其是曹雪芹根本没有想到，也根本不打算那么写的，强加在曹雪芹身上，那更不是探佚。

所以，我在讲"《红楼梦》之谜"之前，首先请各位听众把我和新索隐派，以及现在一些搞探佚的做法区别开来。我不走那条路，也不要把我看作是那一路人。这是我首先需要说明的。

探佚——比如秦可卿问题，曹雪芹在生前已经把"秦可卿淫丧天香楼"这个情节删掉了，放弃了，难道我们今天还要把一个伟大作家已经放弃掉的东西恢复吗？我认为没有这个必要。

去年，嚷着要重新拍摄《红楼梦》电视剧的时候，有一位浙江的作家黄亚洲，他写了40集左右的剧本，就开了一个讨论会，我参加了，提了一个意见，因为他就是写了"秦可卿淫丧天香楼"的情节，详细地描写秦可卿怎么和贾珍私通，怎么被丫鬟撞破，怎么上吊自杀。我就说，曹雪芹是个伟大的文学家，是一个有主见的作家，他要保留什么、删除什么，有他的自由和考虑。这种考虑有思想上的，也有艺术上的。我们今天为什么非要把一个大文学家当年已经删掉的东西再恢复过来？通过新的艺术形式把它恢复过来，我说没有必要。曹雪芹之所以把这个情节删掉，绝对不仅仅是听了一位老人的说法，就删掉了。曹雪芹是一个有主见的文学家，绝对不会听了人家一两句话，就把已经写出来的人物和故事情节删掉。他之所以删掉，一定有他的考虑，也一定是经过慎重的选择，最后才作出的决定。

关于这个问题，我觉得就是这样的，这也和新索隐派、探佚派有关系，所以我讲贾琏之前先讲这个问题。

这说的是曹雪芹自己删掉的情节。至于秦可卿是什么出身，《红楼梦》里已经写得清清楚楚，曹雪芹写的是虚构的小说，该写的他都会写，不必写的他何必去写，何必浪费笔墨呢？秦可卿出身贵族？即使你把《红楼梦》倒过来读，也读不出来。这在《红楼梦》里是根本找不到的，这只存在于我们当代一些好奇的、好事的学者、读者、演讲者的头脑之中，这也不叫探佚。

所以，我讲《红楼梦》之谜，先要讲清楚，我讲的和探佚没有关系，和新索隐派也没有关系。

我讲的题目虽然是"《红楼梦》之谜"，但我绝对不是用那种哗众取宠的索隐派的方法来研究解释《红楼梦》。我研究和解释的对象是《红楼梦》的文本，是曹雪芹的创作过程，是曹雪芹的艺术构思的变化，而不是什么康、雍、乾三代的政治斗争、政治阴谋之类的东西。所以请千万不要把我看作是新索隐派的同路人。

今天是"《红楼梦》之谜"的第一讲，题目是"从琏二爷谈起"。琏二爷就是贾琏，在贾府大家把贾琏叫琏二爷，把凤姐叫琏二奶奶。为什么不叫他"琏大爷"？也不叫他"琏三爷"？偏偏要叫"琏二爷"呢？这就是我们要探讨的问题。

这里要先说"二爷"是什么意思。在北京话里，"二爷"至少有三个意思：第一，是指相公。第二，是指佣人。第三，是指排行第二的人，对他的尊称。《红楼梦》里对贾琏用的就是第三个意思，和前面两个意思没有关系。

"文化大革命"期间，在干校，我们文学研究所有一位女同事问我，《红楼梦》里叫琏二爷是什么意思？为什么叫琏二爷？那个时候，我没有回答上来，因为过去读《红楼梦》我没有从这个方面去考虑这些问题，也没有读得这么细，所以当时就答不出来。那时在干校，也没有时间去考虑。后来，回到北京，我就在思索这个问题。你既然是研究《红楼梦》的，为什么人家提出这么一个非常普通的问题，你就答不上来？我今天讲的就是受了这位女同事的启发，为了要回答她的问题，而想到的一些内容。

我记得上一次在演讲里我问过大家，贾琏为什么叫"琏二爷"不叫"琏大爷""琏三爷"呢？今天为了节省时间，我不打算问了。我想有的听众可能能回答出这个问题，可是我估计也有比较多的听众不能直截了当地马上把这个问题说清楚。

有人说，琏二爷很简单，因为他排行老二。我说不对。贾琏不是排行老二，排行有两种，一种叫大排行，另一种叫小排行。小排行是说一个父亲所生的子女尤其是儿子之间的排行；大排行是指同一个祖父所生的孙子一辈之间的排行，他们同一个祖父，但不是同个父亲。我们来看，贾琏在书里的描写中，是小排行呢，还是大排行？

我说既不是小排行，也不是大排行。为什么不是大排行？有人说贾珍叫珍大爷，贾琏叫琏二爷，这不是排行排得很好么，珍大爷底下并没有兄弟，琏二爷上面并没有哥哥，这两个不是排得很好么！我说不对，因为我们要了解《红楼梦》里这几个人的父亲、祖父的情况，他们不是同一个父亲。我把世系给大家说一下，本来是预备打出字幕的。

我们先说贾珍，贾珍不是叫珍大爷么，往上数，宁国公叫贾演，贾演的儿子叫贾代化，贾代化生了两个儿子，大儿子叫贾敷，二儿子叫贾敬。贾敷没有子孙，贾敬的儿子叫贾珍，贾珍的儿子叫贾蓉，这是宁国府。我们再讲荣国府，荣国府上边的和贾演是兄弟的那个叫贾源，他的儿子叫贾代善，贾代善有两个儿子——女儿我们都不讲，在封建社会排世系表都是根据男子排的，那时候对妇女的观点不正确，妇女不列入排行的范围——大儿子叫贾赦，贾赦的儿子叫贾琏；二儿子叫贾政，贾政有三个儿子，大儿子叫贾珠，二儿子叫贾宝玉，三儿子叫贾环。我们看这个小排行，贾珠已经死了，但是书里叫他珠大爷，李纨在书里被称为珠大奶奶，这个"大"就是贾政的儿子中的老大。宝玉叫"宝二爷"，那么就是老二。贾环，人家叫他三爷。这三个兄弟之间，老大、老二、老三——大爷、二爷、三爷，排得清清楚楚。这里贾宝玉已经叫"宝二爷"了，所以贾琏绝不可能是列入这个排行当中的，不可能同时有两个二爷。

说他们是小排行，贾珍和贾琏不是同一个父亲，那不属于小排行。如果说他们是大排行，那么贾珍叫大爷，贾琏叫二爷，那贾宝玉也应该排进去啊，那应该是四爷、五爷这样子下来了。但是没有，可见得在荣国府也好，宁国府也好，不搞大排行，如果有大爷、二爷、三爷之类的，全是小排行。

既然是小排行，为什么贾琏要叫琏二爷？难道他还有一个哥哥？还有一个"大爷"？问题就出在这里。这就是我们提出的问题。

"《红楼梦》之谜"中和琏二爷有关的共有六个问题，今天我们讲三个。哪六个我先跟大家说：第一，贾琏究竟是老几？为什么书里说他是老二？第二，贾琏的母亲是谁？是什么身份？书里没有明确给我们交代，但是有些很矛盾的叙述，我们要把它介绍给大家，来分析研究为什么会有这些矛盾的说法。第三，贾赦的夫人叫邢夫人，贾政的夫人叫王夫人。既然叫作夫人，就是正式的妻子，王夫人没有问题，邢夫人有问题，因此牵涉邢夫人是贾赦的原配还是续弦？她的儿子究竟是谁？她有没有儿子？这在《红楼梦》中写得是有矛盾的。第四，贾琏和迎春是不是同胞兄妹？第五，迎春的母亲到底是谁？她的母亲是什么身份，什么地位？这在《红楼梦》里写得也不清楚，需要我们去探究。第六，贾琮是不是贾赦和邢夫人的儿子？

这几个问题组合在一起，全部出自一个家庭内部的血缘关系，贾赦一家——除了贾赦没有问题以外——他的夫人，到底是原配还是续弦？他的儿子贾琏，到底是老大还是老二？贾琮，是不是他的儿子，书里，一句正面的交代都没有；迎春，是他的女儿，那么她的母亲到底是谁？贾琏、贾琮、迎春这几个是不是嫡亲的同一个父亲、同一个母亲的关系？你看，这个血缘关系十分混乱。说明什么问题呢？我要讲的意思主要是说，曹雪芹在创作过程当中艺术构思起了变化，原来是那么安排的，中途他想做另一个安排，最后可能又想再做另外一个安排，在修改的过程中，有的地方疏漏了，所以就把矛盾、错误留给了今天的读者。

如果我们细心地读《红楼梦》，这个问题还能发现不少。就是因为曹雪芹死得早，他的八十回只是经过他初步的整理，不能说是最后的定稿，所以这里有很多问题存在。我们讲"《红楼梦》之谜"，就是从这个角度，把这些作为切入点，去研究，去解释。

二　贾琏究竟是老几？

下面讲第二个问题，贾琏究竟是老几？之前讲的是"说在前面的几句话"。

贾琏有没有哥哥或弟弟？如果他没有哥哥，为什么叫琏二爷？我们首先要看第二回，第二回叫"冷子兴演说荣国府"，这一回是曹雪芹叙述艺术上很有匠心的安排，通过冷子兴和贾雨村的对谈，介绍了贾府当中人物之间的血缘关系、亲属关系。但是，这是在全书开始的第二回，他写着写着，到后来就要增加、补充、修改，发展下去以后就和"冷子兴演说荣国府"的内容不符合了，矛盾、错误、漏洞就出现在这里。

我们先看冷子兴是怎么介绍贾赦这一家的：

> 若问那赦公，也有二子。长名贾琏，今已二十来往了，亲上作亲，娶的就是政老爹夫人之内侄女，今已娶了二年。这位琏爷身上，现蠲的是个同知，也是不喜读书，于世路上好机变，言谈去得，所以如今只在乃叔政老爷家住着，帮着料理些家务。

涉及贾琏的就是这么一段，讲得非常明确，贾赦有两个儿子，而且用的是"也有二子"。因为之前介绍了贾政有两个儿子，所以后边就说"也有二子"，这个"也"字是承接前面说的。而且说得很明确——"长名贾琏"，老大叫贾琏，这是很明确地讲贾琏是老大。

既然贾琏是老大，为什么后来叫他"琏二爷"，不叫"琏大爷"呢？冷子兴讲了这些话以后，没有接着讲贾琏，而是讲王熙凤怎么怎么样。既然介绍了长子，为什么接下去不介绍次子呢？书中对第二个儿子一句也没交代，甚至有没有老二，老二叫什么，冷子兴都秘而不宣。这当然是曹雪芹的安排，也许曹雪芹写第二回的时候还没考虑好到底贾琏有没有弟弟，有的话叫什么名字，所以这个地方根本就不提了。

我向大家介绍一下前面的那句话——"若问那赦公，也有二子。长名贾琏。"这句话在不同的版本中有不同的说法，绝大多数脂本都是这么说的，但是，有两个本子不同，一个是梦觉主人序本，也有人叫它甲辰本，还有一个是程甲本，这句话是"若问那赦公，也有二子，次名贾琏"。

到了程乙本，把这句话又改了，变成"也有一子，名叫贾琏"。贾琏就变成独生子了。也就是说，在脂本里，贾琏是老大；到了梦觉主人序本和程甲本，贾琏变成了老二；到了程乙本，贾琏变成了独生子。为什么会有这个变化？我们还是相信曹雪芹的原稿，曹雪芹原来的设想就是脂本里说的，贾琏是老大。为什么梦觉主人序本和程甲本要改？就是因为琏二爷的关系，既然叫"琏二爷"，怎么还是老大呢？所以就把他改了。但这绝对不是曹雪芹原来的意思。

我们知道，在《红楼梦》的版本中，早期的抄本叫脂本，有后四十回的、一共是一百二十回的，我们叫程高本——程伟元和高鹗的本子。在脂本和程高本之间，有两种本子，一种叫混合本，另一种叫过渡本。什么叫混合本？就是也有一百二十回，但是它的前八十回是脂本，后四十回是程高本。混合本包括蒙古王府本、杨继振旧藏本。过渡本指的就是梦觉主人序本。梦觉主人序本就是脂本向着程高本过渡的一个本子。

所以，《红楼梦》的版本有四个类型：脂本、混合本、过渡本、程高本。

我们看看改动的都是后来的本子，一个出于过渡本，一个出于程高本。曹雪芹原来的设想还是老大，不是老二，更不是独生子。这些人为什么要改？为什么说是后来人改的，不是曹雪芹自己改的呢？这有三点原因。第一，脂本在前，程本在后。——这是红学界的共识，除了极个别的人认为程本在前，那完全是违反红学的 ABC 的，是完全不能够成立的。——梦本是过渡本。当然是在前的那个脂本的说法更符合曹雪芹原来的想法。第二，从介绍一个家庭的子女情况来说，从一般的顺序来说，在"也有二子"之后要介绍的应是老大，不是老二。一般总是先说老大，说完了老大再说老二，这是一般说话的顺序。显然"也有二子，次名贾琏"不符合一般的规律，是后来人改的，不是曹雪芹原来写的。第三，若改成"也有一子，名叫贾琏"，那"也"字就没有着落。我刚才说了，这个"也"是从前面介绍贾政来的。

所以"也有二子，长名贾琏"是曹雪芹的原文。

为什么要把贾琏的地位从老大降为老二，或者就干脆变成了独生子呢？这就是我提出的问题：贾琏为什么叫"琏二爷"？回答不出来，就改掉了。他是老二，所以叫琏二爷，这样就什么问题都没有了。为了不费一番唇舌，所以就改了。

从程甲本以后，所有的《红楼梦》的版本都把贾琏给改了，都改成了"二爷"，完全看不出曹雪芹原来的意思。今天我们着重指出来，曹雪芹原来是安排贾琏为老大的。

以前《红楼梦》的评点家都注意到了这个问题，指出了这个矛盾，我举三个例子：

一位叫张新之，他说：

> 赦有二子，次名琏，其长子何名？

他想出一个问题，也无法回答。他认为这是不合逻辑的。他看到的不是脂本，而是程甲本、程乙本，所以才会这么问。

再有王希廉的评语：

> 赦老冢子名号不彰，遂使琏儿有兄而无兄。

"冢子"就是嫡子，长房长子。他看的本子也是说贾琏是老二。

王希廉还有个专门挑《红楼梦》错误的札记，他这么说：

> 第二回冷子兴口述贾赦有二子，次子贾琏。其长子何名，是否早故，并未叙明，属漏笔。

这些评点家都是从曹雪芹犯了偶然的错误造成了一些漏洞这个角度来解释，认为是曹雪芹偶然的疏忽，他们没有想到曹雪芹就是安排贾琏是老大，没有想到这一点上去。

我还要介绍一个版本，这个版本实际并不存在，但在安徽人吴克岐的一部红学著作《犬窝谭红》中说，他在南京的四步桥买到了一个《红楼梦》的版本，这个版本和现在所看到的版本有所不同。怎么不同呢？他说：

> 午厂本"二子"作"三子"，下有"长子贾瑚，早夭"。"往了"下有"还有庶出一子"。

老大、老二叫什么都说了,老三他没讲,他说老大叫贾瑚。瑚跟琏是古代祭祀用的一种器具。他说还有第三个儿子,不是大老婆生的。

这本书里提到的这个"午厂本"是真的,还是假的?我认为,是假的,根本没有这个版本。那为什么会有这些文字出来呢?在我们现在看到的所有《红楼梦》版本中,没有一个版本说贾赦有三个儿子,老大叫贾瑚,只有吴克岐这么说。也就是说,吴克岐这个人对《红楼梦》很有兴趣,读得也很细,他发现了矛盾:贾琏是老二,为什么没有哥哥。所以他就给补充出来了一个哥哥叫贾瑚,他从贾琏的"琏"字上头去着想。为什么说有三个儿子,第三个儿子不是大老婆生的呢?那是因为我后边还要讲到的贾琮,他替贾琮留了一条路。

从吴克岐的《犬窝谭红》,我们完全可以断定,他没有看过《红楼梦》的脂本,他只看到过程高本,因为只有程高本说贾琏是老二。今天我们所能看到的脂本有十几种,绝大多数或者完全都说贾琏是老大,没有一个说贾琏是老二,所以他这个说法是很晚才起来的,是在程高本出现以后,乾隆五十六年、五十七年以后,他看到了程高本,发现了这个漏洞,所以就故意说他看到一个版本,这个版本是这么说的。他为了补这个漏洞,他不忍心看见伟大的文学家曹雪芹的著作中还有漏洞和破绽,就把它弥补了。吴克岐是出于这么一种心情,也是出于好心。

这和我们以后讲的贾琏到底是老几有关系。

为什么原来安排是老大,后来又变成琏二爷,我最后结论要说。

三 贾琏的母亲到底是谁?

现在我们先讲第三个问题:贾琏的母亲到底是谁?

大家会说,贾琏的母亲不是写得很清楚吗,他是贾赦邢夫人的儿子。邢夫人的地位是夫人,不是姨娘或小妾,贾琏是贾赦的儿子,不就是邢夫人的儿子吗?问题恰恰出现在这里。

我请大家注意《红楼梦》第七十三回,邢夫人和迎春有一段对话,邢夫人那番话的矛头是对着凤姐和贾琏的：

> 总是你那好哥哥、好嫂子一对儿，赫赫扬扬，琏二爷、凤奶奶两口子，遮天盖日，百事周到，竟通共这一个妹子，全不在意。但凡是我身上掉下来的，又有一话说，只好凭他们罢了……

听这个话，迎春也不是她生的，她指责的贾琏也不是她身上掉下来的。也就是说，迎春和贾琏都不是她生的，这讲得非常明确。最后还有一句话要注意：

> 倒是我一生无儿无女的，一生干净，也不能惹人耻笑谈论为高。

这是说：凤姐和贾琏惹人耻笑和谈论，我很干净，因为我没有儿子，也没有女儿。

我不知道大家过去读《红楼梦》读到第七十三回的时候有没有注意邢夫人的这番话，这番话就是否定了贾琏是她的儿子，否定了迎春是她的女儿。这很重要，大家要仔细琢磨邢夫人的这番话。

从以上邢夫人的话，我们可以得出两条结论：第一，贾琏不是邢夫人生的。因为我们讲的这个问题就是贾琏的母亲是谁，可以明白地说，贾琏不是邢夫人生的。第二，邢夫人无儿无女。起码在第七十三回的时候她没儿子、没女儿。

这就牵涉第二十三回出现的那个贾琮是谁。她既然无儿无女，怎么又跑出来一个贾琮是她的儿子呢？曹雪芹在修改的时候顾前不顾后，顾后不顾前，没有把这放在一块统一地加以考虑、统一地做修改，所以出现了前后不照应的问题。

读《红楼梦》让我们了解到，贾赦和邢夫人是一对夫妻，这点绝对没错。贾琏是贾赦的儿子，这一点也没错。那么，现在要问，贾琏不是邢夫人生的，贾琏的生母到底是谁呢？她是什么身份呢？这是我们接下去要问的问题。

可惜，对这一点，曹雪芹在八十回里没有透露一星半点消息。那么，我们只好推测，有两种可能。

第一种可能，贾琏是某一个姨娘所生的。我们知道，在贾府里，贾政有周姨娘、赵姨娘，贾赦有两个年纪轻的、书里没称为姨娘的小妾。这种可能性不大，几乎不存在。为什么？因为在贾府里，小老婆生的儿子地位很低，大家看不起的。我们看一看贾环所受的各种待遇，就可以知道小老婆生的儿子在这个封建贵族大家庭里的地位究竟怎样。如果贾琏也是小老婆生的，那么，显然他的情况和贾环完全不一样，更何况，他的老婆是凤姐，是个管家婆。如果贾琏是庶生子，那么，王熙凤就绝对不可能是管家婆，小老婆生的儿子的媳妇不可能当管家婆，这个很清楚。王夫人的婆家也绝对不可能把王熙凤嫁给贾琏——如果贾琏是小老婆生的。我们看一看王熙凤对贾环和赵姨娘的态度，就可以得出这个结论。真要是那样，那不是把王夫人一家的脸面丢尽了！王夫人嫁给了贾政，她的内侄女嫁给一个小老婆生的贾琏？王家是不会这样干的。所以，贾琏是小老婆生的这种可能性不大。

第二种可能，贾琏是贾赦的另外一位夫人所生。不是小老婆生的，就是大老婆生的了，只有这两种可能性。这样一来，贾赦不是有两个夫人了吗，这在贾府也不可能。他可以有一位夫人，两三位姨娘，但是绝对不可能有两位夫人同时存在。这在封建贵族家庭中，通例应该就是这样。那么，贾琏是另外一位夫人所生，这是什么道理呢？首先，贾赦不可能同时有两位夫人。如果真有两位夫人，那只有一种情况，什么情况呢？一前一后。也就是说，一个是原配，另外一个是续弦。原配和续弦不可能同时存在，只有原配死了以后，才可能有续弦进门，否则那就不是明媒正娶的，那是另当别论。

那么，贾琏到底是原配生的，还是续弦生的呢？首先可以断定，他不是续弦生的。为什么？因为邢夫人还很健康地活着，如果邢夫人是原配，要有续弦，也得邢夫人死，邢夫人没有死就不可能有续弦一说。所以，贾琏的母亲可能是贾赦的原配。

邢夫人是不是贾赦的原配呢？如果是，她又没有生贾琏，只有一种可能，贾琏是姨娘所生。可前面已经说过，贾琏不可能是姨娘所生，不可能是小老婆的儿子。这样一来，只有一种结果：邢夫人不是原配，邢夫人是贾赦的续弦。

经过上面我们一层一层地分析下来，只有这个结论。只有在这种情况底下，贾琏才可能是原配大老婆所生的儿子，而不是续弦邢夫人所生。这样一来，有些问题就可以解决了。

可是，我们把《红楼梦》从头读到尾，从第一回到第八十回，里面绝对没有讲过一句话让我们知道邢夫人是续弦，没有！邢夫人是续弦，这是我们提出疑问后一层一层地推理得出的，觉得只有这一种可能才符合书里描写的贾琏的种种情况。如果他不是原配夫人所生，就有很多问题解释不通。如果他是原配所生，那我们刚才提出的一些疑问就很圆满地得到了解答。

曹雪芹为什么不肯痛快地告诉大家邢夫人是续弦呢？你说一句不就完了么？让冷子兴多说一句不就行了！作家创作之前，我不知道他们边上是不是有一张纸，这张纸上要写上人物表。我们现在看话剧，话剧剧本的前面都有一个人物表，某某是某某的什么人，把这些关系讲得很清楚。小说前面没有这个，但是我想，或者在作家的心里、脑子里，或者就真有一张纸像备忘录一样搁在手边。他一定有这么一个设计。你想想几十万字的皇皇巨著，岂能对人物与人物之间的关系没有一个设想呢？那是不可能的。

曹雪芹开始的时候应该是有个设想的，贾琏是原配夫人的儿子，他是老大。但是，文学创作的规律告诉我们，有的作家写着写着，就由不得他的原来思路了，人物的命运，人物之间的关系有时候自然而然地逼迫作家作出改变，要改变原来的构思，这在中外古今的文学史上是常见的事。

我想曹雪芹也是，原来那么设想的，写着写着觉得有些地方要做改动，接着写的时候他就直接改变了，没有回过头来把原来所设想的改过来。如果我们把冷子兴的话当作一个人物表来看，曹雪芹就没有对人物表进行修改。他死的时候全书没有写完,所以有很多工作他没有来得及去做,就留下了这样的疑问。

四　贾琏问题小结

下面讲第四点,对贾琏的问题作一个小结。从贾琏的排行问题,贾琏的母亲是谁的问题,从邢夫人的身世问题,就可以看出,曹雪芹在《红楼梦》的创作过程当中,曾经有过不同的构思,他的艺术构思发生过变化。我们主要目的是要看出这一点。以后我要讲的几讲总的目的也是这样,从一些具体的人、事、时、地在《红楼梦》中存在的矛盾来看出曹雪芹在创作过程中不同时期的构思以及它们所起的变化。

曹雪芹自己在《红楼梦》第一回里说"批阅十载,增删五次"。我们的目的就在于,通过很多接近于曹雪芹原稿的那些早期抄本,看能不能探索出曹雪芹写作创作过程中五次增删的情况。我想是可以的,虽然不能够全部探索出来,但是一部分应该说是可能的。甚至有些具体的变化,原稿是怎么写的。第一次修改作了什么变化,第二次、第三次、第四次又各有什么变化都能找出来,可以细致到找出四次到五次修改的不同。这个就是我们研究《红楼梦》从版本这个角度、切入点去探索曹雪芹的创作过程。

我们知道,《红楼梦》一开始是由两部分组成的,一开始叫《风月宝鉴》。"风月"就是男女之间的私情、爱情。这爱情有两种,一种是今天看来不登大雅之堂的私情,另一种是纯洁的恋爱,都可以归入"风月"这个范畴。后来他提高了《风月宝鉴》的思想境界、艺术境界,加以改造和补充,使其面目大大改变,主要加进去的内容就是贾、林、薛三个人的恋爱婚姻故事。由于在改造的过程中,有一些问题没有解决好,所以就留下了一些能让我们探索当初写作情况的痕迹。

从《风月宝鉴》到《红楼梦》,去掉了的那些内容我们现在看不到了,但在《红楼梦》里还留了一些痕迹。比如说《红楼梦》开始几回的那些内容，大部分是《风月宝鉴》的内容，秦钟和贾宝玉之间的同性恋，秦钟和智能儿的私情，尤二姐、尤三姐的故事，这些都是原来《风月宝鉴》当中的内容。如果大家仔细去读尤二姐、尤三姐的故事，读那些文字，去品味，就可以发现那些文字和写贾宝玉的文字给你的感觉是不一样的，你要仔细读，就好比喝咖啡、喝茶、吃橄榄，要仔细地去品味，你能看出无论是叙事或是描写，笔法不一样，就是因为故事的来源不一。

我再举一个例子。秦钟是在第十六回死的，柳湘莲是在第十六回以后才出现在书中。那么，柳湘莲认不认识秦钟呢？大家想，一个第十六回死，一个在第十六回以后才出现，这两个人怎么会认识呢。恰恰柳湘莲就认识秦钟，两个人还是朋友，这个故事现在看不到了，它存在于原来的《风月宝鉴》里。在现在的《红楼梦》中可以看到，有一次宴会上，贾宝玉碰见了柳湘莲，就问他：最近你有没有给秦钟上坟？柳湘莲说，去了，又添了一点土。那就是说，柳湘莲、贾宝玉、秦钟他们是朋友，互相有来往，秦钟死了以后，柳湘莲还去他坟上添了土。可是柳湘莲和秦钟是朋友这样的情节在现在的《红楼梦》里读不到，这就是曹雪芹增删五次过程中有些东西给去掉了，可是留下了痕迹。这点我在后面讲第九回问题的时候会涉及。

指出这些问题无非是四个方面：人物、故事、时间、地点。这四个方面在《红楼梦》里存在一些疑难问题，使我们一时很难想通。把这些问题找出来，通过思索前后的联系，把各种版本中流露出来的种种痕迹放在一起考察，就可以得出一个结论，有些东西的存在是作家创作过程当中艺术构思起了变化所致。

我讲《红楼梦》之谜，无论涉及几个问题，最后总的都是为了说明这个问题。

这次是从"贾琏为什么叫二爷"这点开始的，目的就是想探究第一回里"批阅十载，增删五次"是不是一句假话、客套话？不是的，这话真实地反映了曹雪芹创作过程的情况，前后写了十年，修改了五次。我们就尝试去找修改五次的痕迹。

贾琏在曹雪芹原来的构思里是大爷,也对安排大爷、二爷有过犹豫,最后从故事实际描写来看,他采取了二爷的称呼,但他来不及交代贾琏还有一个弟弟,后来又弄出一个贾琮,这个贾琮我后面要讲。这说明,曹雪芹在创作的时候有过犹豫:贾琏要不要有个弟弟?要,这个弟弟应该取什么名字,没有想好。就把他叫作贾琮了。

这情况和贾兰一样,贾珠的儿子叫贾兰,但是贾府有个族人也叫贾兰。有的版本写成"蓝",不是兰花的"兰",但实际是错的,就是兰花的"兰"。就出现了两个贾兰。这也表明曹雪芹写到这个人物的时候给他一个什么名字没有想好,他没来得及给这两个人物统一。

贾琏是老大,而叫作琏二爷,就说明曹雪芹创作之初的安排是老大,写着写着变成了二爷,来不及对第二回冷子兴演说荣国府再作最后修改。所以就形成了矛盾。

我们要仔细地去寻找这些矛盾,给予一个合理的解释,而且是从作家创作过程中构思的变化来给解释,这样就能比较圆满。

我当初读《红楼梦》对人物的关系就搞不清楚,关键在于这条分界线没有划分得很清楚,到底贾珍和贾琏是不是同一个祖父?搞不清。我们一定要记住这个表:

$$
\text{宁国公贾演—贾代化} \begin{cases} \text{贾敷} \\ \text{贾敬—贾珍—贾蓉} \end{cases}
$$

$$
\text{荣国公贾源—贾代善} \begin{cases} \text{贾赦—贾琏} \\ \text{贾政} \begin{cases} \text{贾珠} \\ \text{贾宝玉} \\ \text{贾环} \end{cases} \end{cases}
$$

尤其还有元、迎、探、惜四个小姐,她们之间的关系也不容易搞清,所以我们读《红楼梦》时,也要像作家创作《红楼梦》一样列一个人物表,才能够读得清楚。

因为《红楼梦》写的是封建贵族大家庭的日常生活,写的事情就是些吃饭、喝酒、谈话、宴会等家常的事情，人物的关系搞不清的话，有很多问题看不清楚。

在荣国府当中，贾琏是长房长子，所以这是王熙凤为什么能掌握大权很重要的一个原因，王熙凤之所以能在贾府里处于那样的地位，头一个原因就是她的丈夫是长房长子，第二个原因她是王夫人的内侄女。就这么两个原因促成了王熙凤当权的地位。

前面讲了，贾琏的母亲是贾赦的原配，如果不是贾赦的原配，很多问题都想不清楚。贾赦的原配死了，又娶了一个，还有几个年纪比较轻的姨娘，这些姨娘和赵姨娘、周姨娘不同，她们的地位介于丫鬟和姨娘之间，这都是很特殊的情况，因为贾政和贾赦两个人的身份、地位、思想不同，鸳鸯曾经骂过他老色鬼，所以他的家庭中有几个年轻的姨娘，从这个角度都能得到比较圆满的解释。在贾政身上就不可能发现这样的问题，贾政，"政"谐音正经的"正"，贾赦的谐音是什么我就不知道了，这两个人情况是不同的。

我曾经写过一篇文章，那篇文章也不足为训，探索一个吃力不讨好的问题：周姨娘到底是什么人。赵姨娘大家都很清楚，曹雪芹就没有痛快地介绍贾政有两个姨娘，第二回介绍说的是他又娶了一位姨娘，生了贾环，这个姨娘就是赵姨娘，但是逐渐又出现了一位周姨娘。有的时候该两个一起出现，她又不见了，有时候又忽然出现了。这写的也有些问题。

我为什么说自己的推测有点多事呢？因为我在想，为什么曹雪芹要这么写周姨娘？能不能找到一个原因来解释？我试图去解释，但最后的解释我觉得说服力上没有把握。我的推想是周姨娘很可能原来是贾赦房中的。因为我发现了《红楼梦》创作过程中一个很有意思的变化，把贾赦家里的人逐渐往贾政家里转移，我不知道大家有没有这种感觉，比如说，贾琏明明是贾赦的儿子，但长期住在贾政家里，他管的是那一家的事。迎春长期住在王夫人那里，后来到了贾母那里，她不跟邢夫人住。从这一点来看，要把在贾赦家里的人、发生的故事逐渐转移过来，突出他留下来的一些事情。我有这么一个推测，把握不是很大，只是提供给大家参考的。我认为周姨娘本来是贾赦的姨娘,后来才转移到了贾政那里,所以写得就不是很清楚,也没有交代,就出现了两三次、三四次。

总而言之,贾赦的家庭是个很奇怪的家庭,从我现在所举的例子可以看出来。说明曹雪芹从开始写,到后来我们看到的《红楼梦》,这之间起了很多变化。

那么,贾政为什么没有变化?因为他是后来新写的。贾宝玉、薛宝钗、林黛玉的爱情婚姻故事是后来新写的,不是原来由旧稿纳入的。新写的东西应该说是同一个时期产生的,矛盾很少。我特意找了,在这三个人的故事情节中找到的矛盾、漏洞很少,或者说基本上没有,找到的都是其他方面的。

我举的贾琏叫琏二爷是作为一个引子,从这种我们平时不太注意的地方,如果仔细去追问,就能看出曹雪芹创作过程中的具体情况。贾琏这个问题比较简单,下面要讲的比较复杂。

下面一讲我准备讲迎春,迎春在第二回"冷子兴演说荣国府"里,说得很明确,迎春是贾赦的女儿,只有一种版本说迎春是贾政的女儿,那是写错了,不去管它。

既然是贾赦的女儿,就牵涉到她的母亲是谁的问题。她的母亲是大老婆?小老婆?原配?续弦?贾琏既然面临这个问题,迎春也面临着这个问题。经过仔细地比较,《红楼梦》流传下来的脂本有12种或13种,在这些版本中,关于迎春的母亲是谁有7种不同的说法。你看了这些版本以后,头一个想法可能是觉得这是后人乱改的。但是,我告诉大家,不是乱改,只有极个别的是后人为了补漏洞而改的,绝大多数是曹雪芹的原稿。这我在讲迎春问题时会讲到的。

贾琮问题,为什么在没有介绍他是谁的儿子的情况下,在二十几回就忽然冒出来,在邢夫人的后房出来了,一句话都没有交代说这是邢夫人的儿子。相反地,在另一个地方,贾府的族人中又有一个叫贾琮的。到底贾琮是什么人呢?

还有一讲,是关于第九回的问题。我认为,这是我自己最大的发现。第九回有一个本子叫舒元炜序本，让我们看到了曹雪芹的初稿——《红楼梦》的初稿，和现在所有的稿子都不同的一个痕迹保留在那里，后来的都改掉了。

再要讲到彩云和彩霞的问题。这两个人是王夫人房里的丫鬟。曹雪芹写这两个人的时候摇摆不定，是把两个人写成一个人，还是一分为二地写？这两个人里到底是谁跟贾环谈恋爱呢？书里都有，一会儿说贾环的对象是彩云，一会儿又说是彩霞。这也说明了曹雪芹在创作过程中艺术构思起了变化。而且从彩云、彩霞的问题还能推断曹雪芹的一种写法，什么写法呢？就是跳跃着写，后面的回目可能先写，前面的回目可能后写。

最后一讲是讲后四十回的作者，不是高鹗。现在的《红楼梦》书上写曹雪芹、高鹗，那是大错而特错了。我将举出内证和外证来证明后四十回作者不是高鹗。但是我也没有那种本事，回答出"你说不是高鹗，那么是谁"的问题，但是我可以证明在高鹗之前就已经有《红楼梦》后四十回了。

我的五讲大概是这样的次序，讲这些问题。今天只是作为一个引子、一个开头。剩下的时间让大家提些问题，我们共同来探讨。

问：谢谢刘先生刚才给我们作的演讲。我有两个问题，第一个问题是，冷子兴介绍贾府的话中说"也有两子"，那前面对应的人是指贾政么？贾政实际是有三子的。

答：贾政现有两子一孙，前面说的那个儿子已经死了。

问：哦，那我明白了，谢谢。第二个问题，刘心武也谈到贾琏，说贾琏霸占私吞了林黛玉的遗产。我想听听您对此的看法，谢谢！

答：我前一阵子不在北京，刘心武在"百家讲坛"讲的，我一次也没听到过，我也没看过刘心武的书，只是听过别人介绍刘心武的观点。你提出的贾琏吞没了谁的遗产的说法，我是第一次听说，所以我不好说应该怎么看这个问题。我可以先思考，思考完了以后我看下一次能不能回答。我准备去看刘心武的书，因为我要在中国社会科学院研究生院作一次演讲，指定的题目是"《红楼梦》研究中的热点问题"，所以谈刘心武是逃不掉的。但是，到现在为止，我还没有听过他的演讲，也没看到他的书，所以对他的具体论点我现在不好评论，尤其刚才说的那一点，我是第一次听到。但我想，贾琏吞没林黛玉的遗产，那是现代人头脑里想出来的，《红楼梦》里可以说，得不出这个结论，这是我初步的判断。因为我不知道他具体怎么讲的，有没有举什么证据，但是我读《红楼梦》的结果是，我认为不可能有这样的事情，这是现代人脑子里想出来的。我研究《红楼梦》和有些人不同，我是从文本出发，显然贾琏吞没林黛玉遗产在文本中没有。我举一个例子——刚才休息时和傅先生也谈起过——我说譬如您写部小说，在小说中您写了一个中学教员，我们今天去研究，离开了这个小说去想这个人为什么去做中学教员，他是不是犯了什么错误给下放到这里来了？他以前究竟是干什么的，为什么犯错误？这些在作品中没有。你这样去想，也能想出一大串。人的大脑还是有很丰富的想象力的，可以想象出种种作家没写、没交代的内容。我想，你刚才提到的贾琏吞没林黛玉遗产也是这么回事。《红楼梦》原书中肯定没有，文本中肯定是没有这种痕迹。

问：我把刘心武的书都买到了，那个盘也买了。我有个一直在思索的问题，四大家族的问题，过去的红学家谈到四大家族一下子都垮掉的原因时，很多人讲《红楼梦》是封建社会的一部百科全书，贾府是封建社会的缩影，封建社会肯定完蛋，所以贾府完蛋。这是从政治的角度来理解《红楼梦》。我个人在当年可能接受了，但现在觉得这么说太简单了。还有个答案说，贾府子孙不肖，富不过三代，必然完蛋，这是个没落的阶级。这个说法我觉得也没法解释。我的想法是什么呢？《红楼梦》里的这四大家族，首先从贾家来说，有皇族的支持，所以它的垮台必然有重大的问题，所谓那不肖、历史规律我觉得都不能解释，我觉得必然有一个很重大的问题导致了贾府的垮台。刘心武对这个问题，提供了一个比较合乎规律的、大家能接受的说法，我不排除这个说法是受二月河小说中康乾盛世的启发，但我觉得他至少提出了一个合理的解释，而其他的解释都不是特别能说服人。

问：我提一个问题，我觉得《红楼梦》中对秦可卿的死写得非常简单，知道她死因的人在贾府中有多大范围呢？从书上看，王熙凤和秦可卿的关系非常好，秦可卿的死因是不是可能告诉王熙凤呢？贾珍与秦可卿之间的那种关系如果存在的话，王熙凤会不会知道？尤氏是否能确切地知道这个问题？在贾府中那些比较有头有脸的人是否都知道这个秘密呢？

答：我在后面讲第九回问题的时候会涉及秦可卿的死因，今天就不便提前讲了。

问：我有几个问题，一个关于《犬窝谭红》，有的学者评价很高，您是怎么看的？还有一个，您是从文本研究《红楼梦》，您说自己不是索隐派，那您属于哪一派呢？现在红学成为一种显学，有它的合理性，有些人说红学是眼前无路想回头啊，您有什么看法？向您请教，谢谢！

答：我不是什么派，我发表过一篇文章——《关于中国古代小说版本学的断想》，里边讲了我的研究方法、研究目标。我认为研究中国古代小说的版本应该有最低的要求和较高的要求，只是把两个本子加以比较，那是技术性比较强的工作，我认为我们应该追求更高的境界。就是说，有两方面问题应该是我们研究古代小说版本的重要追求目标。首先，要通过研究古代小说的版本去研究作家的创作过程；其次，通过古代小说版本的研究，去研究作品传播过程中的重大问题。我觉得，研究这两个方面，它的境界更高，也就是说，研究中国古代小说版本的目的不在于追求一字一词一句的不同，而应该有更高的要求——这就是我讲的那两个方面。《红楼梦》恰恰可以满足研究作家创作过程这个目标，《三国志演义》《水浒传》《西游记》可以研究它们的传播过程、流传过程当中的重大问题。我接下去要讲的"《红楼梦》之谜"就是想联系作家的创作过程。因为《三国志演义》《水浒传》《西游记》离现在比较远，所以他们的创作过程现在不甚了了，知道的不多，传下来的抄本也没有，版本都是后世离他们几百年后才有的。所以只能够研究作品传播过程中的问题。上次我讲《三国志演义》时举过例子，比如说，为什么写关羽的死会有两种不同的写法，这就牵涉到社会上对关羽崇拜的民族心理，而不简简单单就是这个本子和那个本子不同，不同的背后能够说明一些重大的问题。我觉得这样去研究小说的版本才有意义。如果说我的研究方法有什么和别人不一样，就在于我讲的这几点。另外我再补充，不知道为什么会提出贾琏吞没林黛玉遗产的问题，我想大家要注意一个问题，还是要看这个表，涉及贾府对外的事情，贾政是不出面的，贾赦当然更不出面，出面去料理对外事情派的都是贾琏，因为他是长房长孙，在封建贵族家庭中是这样的。所以林如海死了以后，去接林黛玉等事都是贾琏办的，道理就在这儿。如果不是涉及荣国府，而是既涉及荣国府，也涉及宁国府，派出去的代表人物是贾珍和贾琏两个人。是不是由此就有人猜想贾琏去接林黛玉，就把她的家产吞没了。如果了解了我说的这一点，就可以知道当时是无人可派，只能派贾琏出面。因为贾政做官，基本上不在家里，贾赦是不管事儿的。所以如果把猜想集中在涉及的对外事务上，那都会落到贾琏的头上。我想就这么个道理。

问：因为您刚才说到对刘心武的书还都没有看，所以我想就这个提一下。前几天我还看到一篇刘心武的关于红楼拾珠的问题，因为他讲了好多了，我也不太记得。在红学热期间，刘心武和周汝昌老先生在报上公开通信，我不知道您是否看到，如果您也看到了，能不能也谈谈您的看法，不涉及对他们的评价问题。

答：刘心武的讲话和著作我确实是没有看，但我准备马上看。因为我们中国社会科学院研究生院有个专题讲座，叫"文化、文学前沿讲座"，题目是指定的——《红楼梦》研究中的热点问题。在这之前，我从来没有对刘心武公开发表过评论，今天我前面讲的那些话也没有提到"刘心武"三个字。因为那个讲座，我必须去看刘心武的著作，了解他具体的论点。我现在所知道的，只是从报纸上和其他人会议上的发言侧面了解的。当初，周先生跟他的来往信件有的我看到了，我的看法是基本上不赞成的。我觉得不是正统的红学研究的路子。《红楼梦》研究有一个特点，它不是仅仅在学者之间，而且也在民间，很多老百姓茶余酒后能够提出种种的问题来讨论，讨论到热烈的时候甚至能打起来。那些人绝对不是研究《红楼梦》的学者，而是平常的老百姓。因为《红楼梦》里写的是平凡的人、平凡的生活，它和《三国志演义》《水浒传》《西游记》都不一样，不是帝王将相，不是神仙妖怪，就是我们平时经常能遇到的一个家庭的种种事情、日常生活，这些离我们老百姓都很近。《红楼梦》中写的人物就好像是我们的邻居，因此对书中的人和人的关系、涉及的具体问题，我们都很有兴趣，它留下来的很多问题，可以提出不同的答案。我举个例子，20世纪50年代、70年代以及最近，都曾在大学里做过调查研究，你最喜欢《红楼梦》里哪位女性？不同的时期就有不同的答案，你娶老婆是愿意娶林黛玉还是薛宝钗？不同的人有不同的答案。《红楼梦》的魅力正在于此，我们能深入书中去体味里头写的生活事件和蕴含的意义。由于不同的人有不同的文化素养、不同的经历，都会得出不同的结论，于是两个人越谈越热烈，越热烈越有兴趣，所以几次《红楼梦》研究的高潮都是发生在这样的时刻。清朝末年因为政治比较重要，所以对《红楼梦》谈得不多，过了那一阵，大家不关心政治问题了，就谈《红楼梦》了。50年代因为要批判胡适和俞平伯，弄了个全民讨论、全民批判，《红楼梦》就热了；"文化大革命"中，因为毛主席提出《红楼梦》要读三遍，别的东西大家都不读，只有一个《红楼梦》可以读，所以那个时候又有一个红学热；现在呢，由于中央电视台的影响，又恰恰提出的问题是大家有兴趣的。我想红学热的社会心理背景无非如此。不晓得我讲得对不对？

问：曹雪芹为什么要写《红楼梦》？

答：这个问题讲起来很复杂。一个作家尽他一生精力呕心沥血地去创作一部作品，而且成为一部伟大的文学作品，这里边是可以结合他的生平家世去做深入的研究的。曹雪芹当然并不例外，中外古今，很多大作家都是这样子的。他还是想写出生活经历中或者是听说的那些人和事，由于晚年他的家衰落了，变成了一个很贫穷的人，回想起以前的很多事情，就写了出来。第一回就讲亲身经历了许多女子，他觉得有义务和责任要把他所知道的这些人写出来给世上的人看。他无非抱着这种信念，写他自己经历过的故事。至于这些故事蕴含着什么，那不一定符合他主观上的意图，我们还能从客观上去看这个作品。他主观究竟想表达什么，由于材料的限制，我们只能空洞地谈，谈得不具体。要了解他的意图只能通过《红楼梦》这部书。

问：他改了五次，原因是什么？为什么要改？

答：改是因为艺术构思起了变化，不是思想上的原因。一个作家改动一个东西有两种可能，一个是思想上的考虑，一个是艺术上考虑。我认为他还是艺术构思变化的问题，不涉及思想。

《红楼梦》之谜（二）

——从第九回结尾说起

演讲时间：2006 年 1 月 22 日

各位老朋友、新朋友，今天讲"《红楼梦》之谜"的第二讲。

还有一个礼拜就过春节了，大家可能都忙于要办年货，还能抽出时间到现代文学馆来听我的演讲，非常感动，向大家表示感谢。

第二讲我原来准备讲的是迎春问题、贾琮问题。因为上一次有很多听众表示对秦可卿问题有兴趣，所以今天我就把第三讲和第二讲对调了一下。今天讲的就是刚才傅先生说的——"从第九回的结尾说起"，也可以叫"从薛宝钗的两句奇怪的话说起"。

我这个"《红楼梦》之谜"一共是五讲，今天是第二讲。第三讲是迎春、贾琮、贾琏、邢夫人的问题，他们组合成了一个比较奇怪的家庭。第四讲是从彩云、彩霞问题看曹雪芹创作过程中的一些问题，第五讲讲《红楼梦》的后四十回作者究竟是谁。

今天的第二讲，一共讲 12 个问题。这 12 个问题是：

一、宝钗两句奇怪的话有什么含义？

二、秦钟和薛蟠有没有见面的机会？

三、舒本（舒元炜序本）有什么重要的价值？

四、舒本第九回结尾是怎样的？

五、其他版本的第九回结尾又是怎样的？

六、第九回结尾和第十回开头是不是衔接？

七、这种不衔接现象是不是偶然发生的，是不是独一无二的？

八、为什么第九回和第十回会衔接不上？

九、舒本第九回结尾为什么是曹雪芹的初稿？

十、初稿和改稿为什么都会保留下来？

十一、第十回初稿有些什么内容？

十二、曹雪芹为什么要删改第十回初稿？

一 宝钗两句奇怪的话有什么含义？

现在先讲第一个问题——薛宝钗两句奇怪的话有什么含义？

在《红楼梦》当中，有两句很奇怪的话，出自薛宝钗之口，不晓得诸位有没有注意到。

薛宝钗的这两句话出现在什么地方呢？在第三十四回，这回的回目叫"情中情因情感妹妹，错里错以错劝哥哥"。我们知道，第三十三回是《红楼梦》里边很有名的一个情节，就是贾宝玉挨打。现在我们讲的是第三十四回。贾宝玉为什么挨打？原因究竟是什么，这个事情，袭人不清楚。于是袭人就把茗烟找来，了解情况，说刚才还很好的样子，为什么就打起来了，你也不早一点来报告消息。

下面我引原文：

> 焙茗急的说："偏生我没在跟前，打到半中间，我才听见了，忙打听原故，却是为琪官同金钏姐姐的事。"
>
> 袭人道："老爷怎么得知道的？"
>
> 焙茗道："那琪官的事多半是薛大爷素习吃醋，没法儿出气，不知在外头挑唆了谁来在老爷跟前下的火。那金钏儿的事是三爷说的。我也是听见老爷的人说的。"

茗烟就这么回答袭人。茗烟的话，一半是想当然主观的猜测，尤其是关于琪官的事，他根本不了解。袭人不辨真假，听了他的话就信以为真，把他的猜测当成了事实，于是她就信了八九分，然后她问宝玉。宝玉说不过就是为那些个事，你不必问了。

这个时候，薛宝钗来看贾宝玉，薛宝钗当然关心宝玉挨打的事。薛宝钗就问袭人，宝玉挨打的原因究竟是什么。书里是这么写的：

> 袭人便把焙茗的话说了出来。宝玉原来还不知道是贾环说的，见袭人说出，方才知道；因又拉上薛蟠，惟恐宝钗沉心，忙又止住袭人道："薛大哥哥从来不这样的，你们别混栽夺。"

这个时候曹雪芹描写了薛宝钗的心理活动。我所讲的那两句"奇怪的话"就在下面这段引文中：

> 宝钗听说，便知道是怕他多心，用话相拦袭人，因心中暗暗想道："打的这个形象，疼还顾不过来，还是这样细心，怕得罪了人，可见在我们身上也算是用心了。你既这样用心，何不在外头大事上做工夫，老爷也欢喜了，也不能吃这样亏。但你固然怕我沉心，所以拦袭人的话，难道我就不知我的哥哥，素日恣心纵欲、毫无防范的那种心性，当日为一个秦钟，还闹的天翻地覆，自然如今比先又更利害了。"

"当日为一个秦钟，还闹的天翻地覆"——就是这两句奇怪的话，最值得注意。"天翻地覆"四个字在《红楼梦》里是经常出现的，形容到极点，也就是说，闹到了极点了，才用了"天翻地覆"四个字。这两句话，在我们现在所看到的各个版本里边，没有出入，都是这么几个字。

那么，这两句话是什么意思呢？他说的是什么故事、什么情节呢？

这有两种可能性：

可能性之一是，这两句话是曹雪芹随便写下来的，没有什么含义，也没有把它和书里的其他的情节故事挂上钩。我认为，这种可能性很小。曹雪芹写书还是细针密缕的，他不会无缘无故地写下两句涉及书中两个重要人物的话。所以，我认为，这第一种可能性很小。

可能性之二是，这两句话不是曹雪芹随便写下来的，它一定和书里边的某一个情节故事是有呼应的，只不过这个情节已经被曹雪芹删改掉了，或者是改写过了。这个可能性，我认为是很大很大的。

这是我要讲的第一点。

大家读《红楼梦》也很熟了，你想一想，薛宝钗所讲的这两句话在《红楼梦》全书里什么地方和它有呼应？究竟指的是书里写过的什么事情？

二　秦钟和薛蟠有没有见面的机会？

第二个问题，秦钟和薛蟠有没有见面的机会？

既然薛蟠当日为了秦钟闹了个天翻地覆，那么，也就是说，他们两个人交过手，打过仗，争吵过，闹过。

那么，究竟薛蟠和秦钟在书里有没有直接见面、直接交手的机会？

我认为，从现在我们看到的《红楼梦》一百二十回本或八十回本来说，他们没有这个机会！

这就更增加了薛宝钗讲的这两句话的奇怪性。

我们读完了《红楼梦》，似乎有这样的印象——书中没有薛蟠和秦钟见面的描写。我想，这个印象是正确的，书里确实没有写到薛蟠和秦钟见过面。

秦钟死在第十六回。让我们看一看，在第十六回以前，他们两个人出场的情况。

薛蟠在第四回出场，秦钟在第七回出场。因此，从第一回到第六回，我们不必去理会。

在第七回到第十六回之间，这两个人的出场情况是这样的：秦钟在第八、九、十三、十四、十五、十六这六回中出场，薛蟠在第九回出场,另外在第十回,他本人没有出场,可在书中其他人物的嘴里提到了薛蟠。

也就是说,从第七回到第十六回,薛蟠只在第九回出场过。他和秦钟两个人同时出现在第九回。可是,我们要注意,薛蟠出现在第九回的前半,秦钟出现在第九回的后半。尽管两人同时出现在这一回,可两个人没有见面。书中没有同时描写到两个人的见面,更没有描写两个人的交手。所以,他们两个人在第七回到第十六回之间根本不可能互相交手互相闹,也不会存在薛蟠为了秦钟大闹特闹的情节。

当年,我把《红楼梦》从头到尾读了两三遍,始终没有弄清楚薛宝钗这两句话究竟指的是什么。后来,读到了舒元炜序本(我们把舒元炜序本简称为舒本),才解决了心里的疑问。尤其是读到舒本第九回的结尾,才知道薛宝钗这两句话所指的是什么内容。

这是我要讲的第二点。

三 舒本有什么重要的价值?

现在讲第三个问题,舒本有什么重要的价值?

我要介绍一下舒元炜序本。在介绍舒本之前,有必要先介绍一下《红楼梦》重要版本的情况。这样,我们才能够了解到舒本的特殊性。只有互相比较,才能够了解到它的价值。

《红楼梦》的版本分为脂本八十回和程本一百二十回两个系统,另外有混合本和过渡本。混合本是指脂本的八十回加上程本的四十回。混合本有两种,就是蒙古王府本和杨继振旧藏本。过渡本指从脂本向程本过渡的本子,也就是梦觉主人序本。

脂本现在保存下来能够看到的有甲戌本、己卯本、庚辰本、戚蓼生序本、舒元炜序本、俄罗斯彼得堡藏本这六种。这里边,戚蓼生序本又分为有正本、陈本、张本三种;有正本又有大字本和小字本的区别。大字本在20世纪70年代已经影印出来了。这是脂本的情况。

混合本有中国社会科学院文学研究所收藏的、原来是杨继振收藏的那个本子，现在影印出来，书名是"乾隆抄本《红楼梦》稿"。大家不要相信"乾隆抄本"这四个字，没有证据，只能说它是个旧抄本，有可能是乾隆抄本，但没有证据支持这个说法。还有个本子，是蒙古王府本，现在藏在国家图书馆。混合本就这么两种，它们的后四十回都是程本系统的。

过渡本就是梦觉主人序本，这个本子是1949年后在山西发现的，现在也收藏在国家图书馆。

另外还有程甲本、程乙本。

这是大体上的版本情况。

今天我要向大家着重介绍舒本。

舒本是舒元炜序本的简称，一个残抄本。它原来应该是八十回本，现在我们看到的是一到四十回，四十一到八十回不存在了。

为什么知道它是八十回？因为目录的最后一页只有一行字，是第八十回的目录，其中第四十一回到第七十九回的目录不存在了。为什么？书商捣鬼，他要把这部书当作八十回完整的本子卖给你，就把四十一回到七十九回的目录撕掉了，让你看到最后一个回目是八十回，让你以为是完整的。

其实，它是残缺的，只存在第一回到第四十回。

看到这个本子的人比较少，因为它不藏于公共图书馆，它是私人藏书，一般人见不到。书的主人是谁呢？叫吴晓铃。这个名字经常在有的文章中和报纸中出现，而且这个"铃"字经常写成"玲珑"的"玲"，变成一个女的了。吴晓铃是男的，现在已经去世了。吴晓铃的父亲是一位牧师，给孩子取名字为什么叫"晓铃"呢？一般人不会想到。我们知道，有晨钟暮鼓之说，"晓铃"两个字就是"晨钟"的意思，"晓"就是"晨"，"铃"就是"钟"。

吴先生是中国社会科学院文学研究所的研究员，是一名俗文学研究专家，还是一名著名的藏书家。我们知道，在"文化大革命"中，北京的绝大多数藏书家所藏的书都散失了，唯独吴晓铃的藏书一本都没有丢，完整地保存下来了。

为什么？因为在"文化大革命"一开始，我们文学所的"红卫兵"就到了吴先生的家里，把他的书库给贴上了封条，署名为"文学研究所红卫兵"。因此，其他单位的造反派到了吴先生的家里，不敢打开这个封条，就因为这个封条是红卫兵贴的。所以，"文化大革命"之后，吴先生的书一本也没有丢，全部完整地保存着。当然，其中也包括这部舒元炜序本。

后来，我们在吴先生的同意下，把这本书影印出来了，收在中华书局出版的《古本小说丛刊》第一辑。大家如果要看这本书，去找中华书局影印的《古本小说丛刊》第一辑。

吴先生去世以后，他的家人把他所有的藏书都捐献给了首都图书馆。所以，这部书现在收藏在首都图书馆。

吴晓铃先生是一位热心人，尤其对年轻人非常热心，我和他的关系不错，经常向他请教。20世纪70年代，我从他那里借到了舒元炜序本的《红楼梦》。这部书在我的手上一放就放了三年。在三年的时间里，我对它进行了深入的研究，拿它和其他的《红楼梦》版本逐字逐句地对照、比勘，发现它是一本非常重要的《红楼梦》版本，有非常重要的价值。

其价值表现在两点：第一，它是货真价实的乾隆抄本。尽管现在保存下来的所有《红楼梦》脂本的早期抄本中也可能有乾隆时期的抄本，但是，我们没有任何直接的证据能够证明。只有这个舒元炜序本，我们可以举出证据，证明它是乾隆时期的抄本。第二，舒元炜序本里保留了曹雪芹写《红楼梦》时候的初稿的痕迹，这是在其他本子里少见的。它的重要价值主要表现在这两点。

现在保存下来的脂本，绝大多数是抄本。关于它们，我们只能笼统地说，这是早期的抄本。"早期"早到哪一年？是不是乾隆年间的抄本呢？是不是曹雪芹生前的抄本呢？谁也回答不出来。因为一切都没有证据，不能空口说白话。

但是，舒本是唯一的例外。有证据表明它是乾隆五十四年的抄本。

乾隆五十四年就是公元1789年。证据在什么地方呢？怎么知道这是乾隆五十四年的抄本呢？

这本书的前面有一篇序和一首词，是杭州的兄弟二人写的，弟弟叫舒元炳，他写的是一首《满庭芳》词，这个没什么价值，因为这首词没说写在何年何月，我们不去说它。我们说那篇序，序是用骈文写的，是哥哥舒元炜写的，他写的地点在北京。序里边有这么几句话：

漫云用十而得五，业已有二于三分。

"漫云"就是不要说。"用十而得五"，也就是说，现在的《红楼梦》只得到了一半。"业已有二于三分"，就是说，现在书里的《红楼梦》内容只是原来《红楼梦》的三分之二。大家想一想，这书里是八十回，多少回的三分之二是八十呢？一百二十回。这句话的重要性，就在于这是乾隆五十四年写的。就是说，在乾隆五十四年或乾隆五十四年之前，《红楼梦》已经有一百二十回的本子了。

我们现在知道的一百二十回的本子，最早是乾隆五十六年程甲本。程甲本印了以后大家才看到了一百二十回的书。很多人都认为后四十回是高鹗写的，但是，这篇序就证明了在乾隆五十四年或五十四年之前，《红楼梦》就已经有一百二十回的本子了。那么，也就是说，后四十回不是高鹗写的。

这序里还有两句话：

核全函于斯部，数尚缺夫秦关。

就是说，我现在看到的《红楼梦》抄本不全。"秦关"是个典故，有"秦关百二"之说。原来的回数应该是多少呢？是秦关这个数字，也就是一百二十回。这句话同样证明，在乾隆五十四年之前，《红楼梦》就已经存在一百二十回了，并不是乾隆五十六年程甲本以后才有一百二十回的。

我们不要忘记程伟元、高鹗的程甲本出版于乾隆五十六年。那么，舒元炜说的这个一百二十回的《红楼梦》是在程甲本出版之前，还是在程甲本出版之后呢？这点很重要，这牵涉到《红楼梦》后四十回的作者到底是不是高鹗的问题。

这是序言里的四句话，有这样的重要性。更重要的是，序言所署的年月和作者的姓名这两行字：

> 乾隆五十四年，岁次屠维作噩，且月上浣，虎林董园氏舒元炜序并书于金台客舍。

"屠维作噩"是太岁纪年。用干支纪年来说，就是己酉，己酉年就是乾隆五十四年。"且月"就是阴历的六月，"上浣"就是上旬。也就是说，这篇序写于乾隆五十四年阴历六月上旬。

"虎林"是杭州，后来叫"武林"，因为避唐朝的讳。"董园氏"是舒元炜的表字，"金台"就是黄金台，就是北京。

"序并书"，可见他不但写了序，而且是他本人亲笔所写。下面盖了两个图章，如果说这篇序是别人替他抄的，不会盖他自己的私章，现在他自己说这篇序是他作的，也是他写的，写在这本子上了。从印泥的颜色、纸的颜色看，是两百年前的东西，不是后人伪造的。

这就证明了，这篇序写上去的时间就是抄本完成的时间，也证明它是乾隆五十四年的抄本。

序言的写作时间有两种可能，一种可能是序言写在舒本成书之初，另一种可能，序言写在舒本成书之后。如果是前者，那就表明了舒本是乾隆五十四年六月之后的抄本；如果是后者，那就表明舒本是乾隆五十四年六月之前的抄本。总而言之，说舒本是乾隆五十四年的抄本是不会有错的。

这就是我所说的舒本的重要价值的第一点。

舒本的重要价值的第二点就是：舒本保存了曹雪芹初稿的一些痕迹。这些痕迹表露在好几个地方，其中最重要的就是舒本第九回的结尾。

四 舒本第九回结尾是怎样的？

下面讲第四个问题，舒本第九回的结尾是怎样的？

第九回的回目是"恋风流情友入家塾，起嫌疑顽童闹学堂"，写的是众学童大闹学堂的故事。

贾府的家塾是个龙蛇混杂的地方，宝玉、秦钟和香怜、玉爱搞同性恋，金荣和秦钟争吵起来，秦钟、香怜就到贾瑞面前去告状。贾瑞反而说香怜多事，抢白了他几句。金荣一看，越发得意，嘴里边还胡说一些不干净的话。这就惹恼了贾蔷，贾蔷就挑唆茗烟来闹。茗烟本来在外边，马上就进来揪住了金荣。金荣一看小厮来打他，他马上去抓打宝玉、秦钟。这都是书里写的情节。

正在这个时候，金荣的朋友拿起一个砚台朝着茗烟扔了过来，可是没有打着茗烟，却打到了另外两个人的书桌上，一个叫贾兰，一个叫贾菌，把墨水壶打翻了，打得粉碎。贾菌一生气，抱起书匣子就朝扔砚台的方向抢了过去。可是，他身小力薄，抢不过去，反而掉在了宝玉和秦钟的书桌上。

一时学堂里大乱，金荣拿着一块毛竹板朝着茗烟打去。宝玉的另外三个小厮也跑进来拿着马鞭子一块上来要打。这个时候，外面李贵几个大仆人连忙进来，把争斗的双方制止住了，把茗烟这四个人撵了出去。

这时，秦钟的头已经被金荣的竹板打掉一层皮，宝玉就发怒了，马上要散学回家去告状。李贵一看事情不好，就劝贾瑞，你要平息这个事端。

下面就是第九回的描写：

此时，贾瑞也恐闹大了，自己也不干净，只得委曲着来央告秦钟，又央告宝玉。先是他二人不肯，后来宝玉说："不回去也罢了，只叫金荣赔不是便罢。"

金荣先是不肯,后来禁不得贾瑞也来逼他去赔个不是,李贵等只得好劝金荣说:"原是你起的端,你不这样,怎得了局?"金荣强不得,只得与秦钟作了揖。宝玉还不依,偏定要磕头。

底下几个版本都不一样的,舒本是这样的:

贾瑞只要暂息此事,又悄悄的劝金荣说:"俗语说的,'光棍不吃眼前亏'。咱们如今少不得委曲着陪个不是,然后再寻主意报仇。不然,弄出事来,到是你起端,也不得干净。"金荣听了有理,方忍气含愧的来与秦钟磕了一个头,方罢了。
贾瑞遂立意要去调拨薛蟠来报仇,与金荣计议已定。
一时散学,各自回家。

注意以下两句话:

不知他怎么去调拨薛蟠?且看下回分解。

这最后的两句话,以及前面的要报仇等,是其他所有《红楼梦》本子里没有的,只有舒本有。

我要特别提醒大家注意四点,以便在下边和其他版本作比较。哪四点呢?

第一,贾瑞所说的那句俗语,是"光棍不吃眼前亏"。

第二,贾瑞又说:"咱们如今少不得委曲着陪个不是,然后再寻主意报仇"。他建议金荣以后再想办法寻找机会报仇。

第三,舒本还写道:"贾瑞遂立意要去调拨薛蟠来报仇"。由此可知,挑拨的对象是薛蟠,挑拨的目的是给金荣报仇,报仇的对象是秦钟,他们还不敢把矛头指向宝玉,"计议已定"就表明怎么挑拨,什么时候挑拨,用什么话去挑拨,他们已经商量好了。有了初步的计划,只等着采取行动。

第四,"不知他怎么去调拨薛蟠?且看下回分解",是章回小说通常所有的每一回的结束语,这个结束语的目的在于卖关子,以引起读者的好奇心以及一种迫切想阅读下一节的兴趣、欲望。结束语当中的问话"不知他怎么去调拨薛蟠?"照例要在下一回得到回答,得到体现。也就是说,按照通常的情况,在第十回的开头,应该紧接着描写贾瑞和金荣两个人如何如何去找薛蟠,如何如何在薛蟠面前搬弄是非、挑拨离间。但是,奇怪的是,我们看到,在第十回的开头,那些内容却冰化雪消,无影无踪。

这是怎么回事呢?

这是我要讲的第四点。

五 其他版本的第九回结尾又是怎样的?

下面讲第五个问题,其他版本第九回的结尾又是怎么一种情况?

我们刚介绍的是舒本,别的脂本里第九回的结尾究竟是怎样的呢?

暂时先不说舒本第九回结尾是怎么回事,让我们先来注意其他版本的第九回结尾。

所谓其他版本,指的是其他的脂本和程甲本、程乙本。

其他版本中第九回的结尾呈现出五种不同的类型,就是有五种写法。如果加上舒本,也就是说,第九回的写法有六种。

第一种类型,是己卯本、庚辰本、杨继振旧藏本、蒙古王府本。第二种类型,是戚蓼生序本。第三种类型,是俄罗斯圣彼得堡藏本。第四种类型,是梦觉主人序本。第五种类型,是程甲本、程乙本。

怎么个不同法,接下去我们还要讲为什么不同。

下面分别介绍这五种类型。

先介绍第一种类型,以己卯本为例:

> 此时，贾瑞也恐闹大了，自己也不干净，只得委曲着来央告秦钟，又央告宝玉。先是他二人不肯，后来宝玉说："不回去也罢了，只叫金荣赔不是便罢。"
>
> 金荣先是不肯，后来禁不得贾瑞也来逼他去赔个不是，李贵等只得好劝金荣说："原是你起的端，你不这样，怎得了局？"金荣强不得，只得与秦钟作了揖。宝玉还不依，偏定要磕头。
>
> 贾瑞只要暂息此事，又悄悄的劝金荣说："俗语说的好，杀人不过头点地。你既惹出事来，少不得小点气儿，磕个头，就完事了。"金荣无奈，只得进前来与宝玉磕头。
>
> 且听下回分解。

它和舒本的不同主要有三点：

第一，贾瑞所说的俗语和舒本不一样，舒本说"光棍不吃眼前亏"，而这里说"杀人不过头点地"，大家体会体会这两句俗语的含义是不是不同。

第二，金荣磕头的对象不同，舒本里是给秦钟磕了头，这里是给宝玉磕了头。

第三，磕头以后怎么样，贾瑞和金荣有什么打算，准备采取什么行动，这一切在这里没有一字一句地交代。

再看第二种类型——戚蓼生序本：

> 此时，贾瑞也恐闹大了，自己不干净，只得委屈着来央告秦钟，又央告宝玉。先是他二人不肯，后来宝玉说："不回去也罢了，只叫金荣赔不是便罢。"
>
> 金荣先是不肯，后来禁不起贾瑞也来逼他去赔不是，李贵等只得好劝金荣说："原是你起的端，你不这样，怎得了局？"金荣强不得，只得与秦钟作了一个揖。宝玉还不依，偏定要磕头。
>
> 贾瑞只要暂息此事，又悄悄的劝金荣说："俗语说的好，杀人不过头点地。你既惹出事来，少不得小点气儿，磕个头，就完事

了。"金荣无奈,只得进前来与秦钟磕头。

且听下回分解。

第二种类型和第一种类型的不同,主要表现在磕头的对象不同。在第一种类型里,金荣给宝玉磕了头。而在第二种类型里,金荣磕头的对象变成了秦钟。

再看第三种类型——俄罗斯圣彼得堡藏本(前面的我不念了,就从"贾瑞只要暂时平息此事"开始念起):

此时,贾瑞也生恐闹大了,自己也不干净,只得委曲着来央告秦钟,又央告宝玉。先是他二人不肯,后来宝玉说:"不回去也罢,只叫金荣赔不是便罢了。"

金荣先是不肯,后来禁不得贾瑞也来逼他去赔不是,李贵等只得好劝金荣说:"原是你起的祸端,你不这样,怎得了局?"金荣强不得,只得与秦钟作了个揖。宝玉还不依,偏定要磕头。贾瑞只要暂息此事,又悄悄的劝金荣磕头。

金荣无奈。俗语云:在他门下过,怎敢不低头。

最后就这么两句。这第三种类型和第一种类型、第二种类型的不同,主要是三点:

第一,引用的俗语不同。前两种引用的俗语是"杀人不过头点地",这里用的是"在他门下过,怎敢不低头"。

第二,金荣有没有磕头,他给谁磕了头,书里没有交代。

第三,最后几句话结束得非常匆忙。甚至于连通常的套语"且听下回分解"也没有,给人一种急刹车的感觉。

下面介绍第四种类型——梦觉主人序本:

贾瑞只要暂息此事,又悄悄的劝金荣说:"俗语云:忍得一时忿,终身无恼闷。"

第四种类型和前面几种类型的不同，还是表现为三点：

第一，引用的俗语不同。

第二，金荣有没有磕头，给谁磕了头，仍然是没有交代。

第三，最后几句话同样结束得非常匆忙，"且听下回分解"这种话都没有。

第五种类型，以程甲本为例：

> 贾瑞只要暂息此事，又悄悄的劝金荣说："俗语云：忍得一时忿，终身无恼闷。"
>
> 知金荣从也不从？下回分解。

这里基本上和第四种类型相同，只是多出了最后的两句，算是对读者作出了圆满的交代。

我们比较了这五种类型的文字以后，就知道作者改写的时候是怎么想的，采取了不同的俗语，各自表达了什么意思。

我认为——这都是作者自己改的，后来的人没有这么多的心思去推敲这几种俗语的含义有什么区别。后来的人只是匆匆忙忙地抄，没有时间、没有兴趣去动这个脑子。因为这几句俗语都有很微妙的区别，作者是细心的，对于哪一句更适合当时的情况，哪一句更适合人物的身份、人物的思想，他想得很多、很细、很深入，才会有这种区别。改的人和抄书的人没有时间、兴趣去想这个，也不会这么细心，所以不会是他们改的。

六　第九回结尾和第十回开头是不是衔接？

现在讲第六个问题，第九回的结尾和第十回开头是不是衔接？

讲完了第九回的结尾，我们再讲第十回的开头。

按照道理说，第九回的结尾和第十回的开头应该是衔接的。

那么，各个版本的情况怎样呢？

在现在所保存的版本当中,第十回的开头基本都是相同的,都是一致的,没有异文。比如说,己卯本第十回开头是这样写的:

> 话说金荣因人多势众,又兼贾瑞勒令,陪了不是,给秦钟磕了头,宝玉方才不吵闹了。大家散了学。金荣回到家中,越想越气……

底下就他一个人在嘟嘟囔囔,然后他妈妈问他,你干嘛嘟嘟囔囔。他就讲了那些情况。他妈妈说,你这个人真是没有志气,好不容易给你找了个靠山,有钱又有酒肉,现在不好好念书,反而是这样。另外,他妈妈又说,秦钟这个小子也不是人,他仗着和贾府有什么亲戚关系,难道我们就不是贾府的亲戚了么!她生气之下,马上要去找秦可卿算账。到了那边一看,秦可卿病了。贾珍、尤氏对她又很好,请她坐,招待她喝茶,她不好意思把这个不满发泄出来,于是就回家了。

现在我们看到的第十回就是这样的。

拿这个开头和前面所说的第九回的几种不同的结尾相比较,就可以发现,它们有的衔接,有的不衔接。衔接也好,不衔接也好,一共出现了四种情况:

第一种情况——完全衔接,做到丝丝入扣的地步。这就是第二种类型戚蓼生序本。完全衔接,这是最理想的最完美的结构状态。

第二种情况——在衔接上有缺陷。这是第一种类型。为什么说它"有缺陷",表现在什么地方呢?因为第九回的结尾说"金荣无奈只得近前来与宝玉磕头",可第十回的开头却说金荣给秦钟磕了头。秦钟和宝玉两个人错位了。缺陷就表现在这个地方。

第三种情况——在衔接上有跳跃。这是第三种类型、第四种类型、第五种类型。这"跳跃"指的是什么呢?这三种类型第九回结尾有个共同点,就是像蜻蜓点水似地写到了贾瑞劝金荣,这劝告的具体内容是什么?金荣对贾瑞的劝告是拒绝呢,还是接受?如果是接受,是愉快地接受,还是被迫地接受?是全部接受,还是部分接受?这些问题都没有向读者作交代。相反，到了第十回开头，补写了金荣已经采取的行动——赔了不是，磕了头；而且补写了金荣采取行动的原因，一是因为人多势众，二是贾瑞勒令。这中间显然跨越了一段空白，直接从第九回跳进了第十回，所以我们说这个衔接上有跳跃。

第四种情况——衔接上有抵触，格格不入。这就是舒本，第九回的结尾说贾瑞如何如何，第十回的开头却说是金荣如何如何，事情以及叙述完全改变了。

从以上的比较当中，我们可以发现两个矛盾的现象。

第一，舒元炜序本本身存在着矛盾，而其他的版本本身没有矛盾。舒本第九回的结尾是贾瑞对金荣说"咱们如今少不得委曲着陪个不是，然后再寻主意报仇"以及"贾瑞遂立意要去调拨薛蟠来报仇，与金荣计议已定"，这在舒本第十回的开头异乎寻常地没有得到任何照应。甚至舒本第九回结尾两句"不知他怎么去调拨薛蟠？且看下回分解"在第十回当中没有任何的"分解"。

这种奇怪的现象应该怎么理解？要引起我们的思考。

第二，舒本自身没有矛盾，而别的本自身存在着矛盾。金荣给秦钟磕了头，这在舒本第九回结尾和第十回开头完全一致，但是，在己卯本、庚辰本、杨继振旧藏本、蒙古王府本这些版本当中，第九回说的给宝玉磕了头，在第十回开头变成了给秦钟磕了头。到底是给谁磕了头？难道给两个人都磕了头？

这种矛盾的现象，不同的衔接究竟说明了什么问题呢？

于是想到了我在第一点里边讲的薛宝钗所讲的两句奇怪的话——"当日为一个秦钟，还闹的天翻地覆"。

这两句话和别的版本第九回的结尾没有任何关联，但是和舒本的第九回结尾是遥相呼应，金荣、秦钟、薛蟠、贾瑞，一根线把这四个人串联起来了。

这就是我要讲的第六个问题。

七　这种不衔接现象是不是偶然发生的，是不是独一无二的？

现在讲第七个问题，这种不衔接的现象是不是偶然发生的，是不是独一无二的？

舒本第九回的结尾和第十回的开头不衔接，这种现象在《红楼梦》当中，是偶然发生的呢，或者不是？是不是没有别的例子？

我告诉大家，不是偶然的，不是独一无二的。

了解这个情况，可以帮助我们理解舒本第九回和第十回不衔接的原因，我们需要寻找一个旁证。这个旁证至少要有一个。所谓至少要有一个，就是说，在书里边不止一个两个，可是因为时间的关系，我不可能把这些旁证都举出来。我这里只举一个旁证，就是《红楼梦》第三十五回和第三十六回的衔接问题。

第三十五回的结尾和第三十六回的开头是不衔接的，这个现象可以帮助我们从侧面来解释舒本第九回结尾和第十回开头不衔接的原因。

第三十五回回目叫作"白玉钏亲尝莲叶羹，黄金莺巧结梅花络"。在这回的结尾，写薛宝钗的丫鬟莺儿给宝玉打络子，袭人拿来了金线，宝钗本来在房里。这个时候，薛蟠派人把她叫去了。书里这样写：

> 这里，宝玉正看着打络子，忽见邢夫人那边遣了两个丫鬟，送了两样果子，来与他吃，问他可走得了，"若走得动，叫哥儿明儿过去散散心，太太着实记挂着呢。"
>
> 宝玉忙道："若走得了，必请太太的安去。疼的比先好些，请太太放心罢。"一面叫他两个坐下，一面又叫秋纹来，把才拿来的那果子拿一半送与林姑娘去。
>
> 秋纹答应了，刚欲去时，只听黛玉在院内说话，宝玉忙叫"快请"。

要知端的,且听下回分解。

这是我们现在所看到的《红楼梦》第三十五回的结尾。

以上这个结尾的文字,在各个版本里,基本一样,没有异文。

唯独舒元炜序本比较特殊,最后两句是"不知黛玉进来如何,且听下回分解",说得非常具体。按照道理,下回一开始就应该轮到黛玉出场了,就应该描写贾宝玉和林黛玉见面和谈心了,尤其是舒本的最后两句,更锁定了黛玉非进来不可的架势。

谁知道,到了第三十六回"绣鸳鸯梦兆绛芸轩,识分定情悟梨香院",风云突变,出人意料之外,一开始竟然是贾母出场,不是林黛玉。而刚才还在院内说话的林黛玉忽然消失得无影无踪了。

第三十六回的开头是这样的:

> 话说贾母自王夫人处回来,见宝玉一日好似一日,心中自是欢喜。因怕将来贾政又叫他,遂命人将贾政的亲随小厮头儿唤来,吩咐他"以后倘有会人待客诸样的事,你老爷要叫宝玉,你不用上来传话,就回他说,我说了,一则打重了,得着实将养几个月才走得。二则他的星宿不利,祭了星不见外人,过了八月才许出二门。"那小厮头儿听了,领命而去。……

这里完全没有描写林黛玉在院内说话,然后进来或不进来的情节。这说明,连接上下两回的文字脱节。这种不衔接的现象,在《红楼梦》当中,不止一处,也不止两处,不是偶然的,也不是孤立的。

既然不是个别的现象,不是孤立的现象,那么,就必然存在着一个能够解释清楚的原因。

这是我要讲的第七个问题。

八 为什么第九回和第十回会衔接不上？

下面讲第八个问题，为什么第九回和第十回会衔接不上？

衔接不上的原因在于，上一回的结尾和下一回的开头经过了人为的修改。问题在于，是什么样的修改？

这儿有三种不同的修改：第一，改动了下一回的开头，也改动了上一回的结尾；第二，改动了下一回的开头，而没有改动上一回的结尾；第三，改动了上一回的结尾，而没有改动下一回的开头。从《红楼梦》来看，还没有发现我说的第三种修改的存在。

第一种的修改，如果下一回的开头改动了，完全是另打锣鼓重新开张，改写了或改换了新的内容，而上一回的结尾也跟着做了不同程度的修改。那么，上下两回之间仍然可以衔接得上，尽管在衔接上有缺陷、有跳跃，可是看不出明显的破绽。这就是现在大多数脂本的第九回和第十回的情况。

第二种修改，如果只改动了下一回的开头，而不改动上一回的结尾，那就必然是上下两回之间衔接不上。这就是舒本第九回和第十回的情况。第三十五回和第三十六回也是一个旁证。

这是我要讲的第八个问题。

九 舒本第九回结尾为什么是曹雪芹的初稿？

下面讲第九个问题，舒本第九回结尾为什么是曹雪芹的初稿？

第九回结尾的文字是不是出于曹雪芹之手，是不是曹雪芹的初稿？我们不妨用第三十五回结尾的文字来做参考。

绝大多数版本的第三十五回的结尾都是说"要知端的，且听下回分解"。这应该是一种中性的结尾。

唯独舒本三十五回的结尾说"不知黛玉进来如何，且听下回分解"。这不是中性的，它有限制语，就是一定要黛玉进来，进来了又如何如何。它给下一回的开头做出了明确的限制，一种引导的作用。

如果下一回的开头并不准备写黛玉进来如何如何，那它何必在上一回的结尾这么说，这么吊读者的胃口呢？如果上一回的结尾写了"不知黛玉进来如何"，这是一个面向读者提出的问句，那下一回的开头无论如何也要接着写黛玉进来如何如何了。

"不知黛玉进来如何"，这个结束语应该是作者本人亲笔写下的，而不是后人所加的、所改的。后人包括整理者、抄写者。如果是后来的整理者、抄写者所加、所改，那就不合情理了。如果抄写者、整理者再进行修改，那是在修改别人的作品，不是修改自己的作品。在一般情况下，他们所作的修改应该是起补漏洞、改正错误的作用，他们的目标是减少矛盾，消灭矛盾。相反，制造矛盾、增加矛盾显然不是他们的本意。这是一个非常简单的道理。

唯一可以解释的是，曹雪芹在第三十五回结尾写下了那一句"不知黛玉进来如何"之后，他本来是要在三十六回的开头接着写黛玉进来以后的情节，而且非常可能已经写好了有关的场景和情节的草稿。但是，他后来改变了主意，放弃了此前的有关此时此刻宝玉黛玉会面谈心的描写，而改写其他的情节，从贾母开始。

结果，他只改写了第三十六回的开头，偏偏忘记了回过头去改写上一回的结尾。也许，他当时想改，在以后再来改写。于是，第三十五回结尾和第三十六回开头不衔接的现象就这样出现在读者面前了。

第九回结尾和第三十五回结尾的情况基本上是一样的。舒本第九回结尾的"不知他怎么去调拨薛蟠？且看下回分解"和第三十五回结尾的"不知黛玉进来如何，且听下回分解"，两个都是一样的，都出于曹雪芹的初稿，而不是后来的整理者、抄写者所写下的。

这是为什么呢？

舒本第九回结尾所说的挑拨，在本回的上文已经有伏笔。例如，薛蟠入学的目的，薛蟠平时在学堂当中的所作所为，薛蟠和贾瑞、金荣的关系等，都有所交代和暗示。如果再在接下来的第十回当中描写宝钗所说的"当日为一个秦钟还闹的天翻地覆"的细节，那么，第九回和第十回就自然而然地构成了前后呼应的格局，收到水到渠成的效果。

如果第十回的开头并没有出现贾瑞挑拨薛蟠的情节和场面，那么第九回结尾所说的"不知他怎么去调拨薛蟠"岂不是驴唇不对马嘴？如果不看第十回的开头，而只看舒本第九回的结尾，给读者的感觉是写得非常自然，非常流畅，一点儿也不牵强，一点儿也不别扭。

舒本第九回初稿的结尾和第十回的改稿不衔接的原因，是因为第十回已经进行了修改，相反，舒本第九回的结尾没有做相应的修改。

那么，舒本的第九回结尾和各个版本的第十回开头，哪个产生在前？哪个产生在后？

当然是舒本第九回的结尾产生在前。也就是说，舒本第九回的结尾是作者没有修改便保存下来的初稿原貌，而各个版本的第十回的开头是作者修改以后的文字。舒本的第九回结尾是初稿，其他版本的第九回的结尾是改稿。

现在要问，各个版本第九回结尾的异文是出自作者之手，还是出于后人之手？

我认为，舒本第九回结尾出自曹雪芹之手，而不是后人妄改的。后人在修改前人文稿的时候，不可能有那么细密的文思，也不可能故意去设置障碍，存心让上下两回不衔接。

第九回不同的结尾有初稿、改稿之分，现在看到的和第十回衔接的是改稿，和第十回不衔接的是初稿。换句话说，舒本第九回的结尾是初稿，其他五种类型是改稿。

如果我们细心地去读，还能够把这五种不同的类型再进一步分析出来，哪个是第一次改稿，哪个是第二次、第三次、第四次改稿。曹雪芹在第一回里说"增删五次"，我们在有些地方就完全可以看出来、找出来五次修改不同的情况，这个第九回的结尾也同样属于这种情况。这个我就不讲了，大家仔细去琢磨，能够分别出这五次增删不同的情况。

当然，这五种类型里也有后人改的。程甲本、程乙本那种文字显然是后人改的，不是曹雪芹改的。

这是我要讲的第九个问题。

十　初稿和改稿为什么都会保留下来？

下面讲第十个问题，初稿和改稿为什么都会保留下来？

既然是初稿，把它修改了，那么，这个初稿就不存在了。现在我们看到的应该都是改稿。可是，偏偏舒元炜序本第九回结尾把这个初稿保留下来了，这是什么原因？为什么会出现这样的情况？

这个和《红楼梦》的传播情况有关系。

我们知道，《红楼梦》的流传和传播在乾隆五十六年是个分界线。乾隆五十六年以前，都是抄本流传。乾隆五十六年以后，有刻本出现了，那就不单纯是抄本流传了。所以，乾隆五十六年以前是抄本流传的时代，乾隆五十六年以后是印本流传的时代。

抄本流传的时代经历了三个阶段。哪三个阶段呢？

第一个阶段，曹雪芹写《红楼梦》的过程中，还没有写完以及写完以后的流传，是在很小的范围内。这个流传的范围限制于他的亲人、知己朋友。他们拿去看。不是等他写完了再看，而是写一本，就被拿去看一本。

第二个阶段，这些亲友看了曹雪芹写的《红楼梦》以后，说写得好，交口称赞。于是传播范围就扩大了，很多人听到了有这么好的一本小说，也要求来看。所以，就超出了少数亲戚朋友的范围，在社会上得到了比较广泛的流传。

第三个阶段，这些《红楼梦》的抄本，有的在出售，有的在出租。出售是在赶集的日子里，请了一些职业的抄手，付他工资，请他来抄，多少时间抄出来给他多少钱，然后把抄的装订成册，拿到集市上去卖，这是一种情况。

还有个情况是出租。

在北京有很多卖早点的，过去都是本地人开的，半夜就得起来磨豆浆、炸油条、炸油饼，现在全是外地人了，北京人不愿意吃这个苦。因为这种早点铺半夜起来磨豆浆、炸油饼，完了以后，9点、10点就没事，下一步就得等到今天的半夜里，做明天的生意了。也就是说，他就是一个早上几个小时的时间，晚上要辛苦一些，整个白天下午和前半夜基本没什么事。

在清朝，也存在这样的情况。那么，没有事儿怎么办？这个铺子里的老板就找那些伙计——这些伙计有点文化水平，可水平不高——抄书，你给我抄小说，我额外给你点钱。可能有五六个人、七八个人同时在抄，抄完了就装订成册出租。

现在我们还看到有很多出租小说的。那个时候卖早点的铺子找伙计抄的书中就包括《红楼梦》，租多少天去看付多少钱。这种铺子我们现在叫早点铺，过去叫蒸锅铺。这些在乾隆年间有记载。那也就是说，在传播的第三个阶段，出现了职业的抄书人，出现了以卖书、租书为职业的人。

我们要了解《红楼梦》的传播有它特殊的情况。那么，在第一、第二个阶段，尤其是第一个阶段，出现了一种什么情况呢？

比如说，曹雪芹写了两回，这两回就给他一个亲戚拿去了，曹雪芹接下去写第三回，写完了，另外一个亲戚拿走了。受欢迎就到了这种程度，一写出来，那一本马上就给人拿去了。拿去了以后，借的人觉得写得好，就自己抄下来一部，把借来的还给曹雪芹。曹雪芹写着写着，觉得以前写的要修改啊，于是在人家还来的上面就开始改了，改文字也好，改人物也好，改情节也好。但是，没有修改的还保存在那个借的人手里。以此类推，没有修改过的、修改过的同时都保存下来了。

初稿和改稿为什么会同时都保存下来，都能让我们看到？原因就和这种传播的特殊性有关系。

这是我要讲的第十个问题。

十一　第十回初稿有些什么内容？

下面讲第十一个问题，第十回初稿有些什么内容？

第十回的初稿，我们现在已经看不到了。总应该有个推测，它可能有些什么内容呢？我们不妨来推测一下。

第九回初稿的结尾说，"不知他怎么去调拨薛蟠，且看下回分解"。因此，第十回初稿的全部情节内容，或者一部分情节内容，自然是对这个"且看下回分解"的直接回答。

那么，第十回的初稿应该有什么情节内容呢？我们只能做些推测。

内容之一，开头部分。

开头叙述的主体仍然应该是贾瑞，应该是话说贾瑞如何如何，而不应该是金荣，不应该是我们现在看到的话说金荣如何如何。

从全书来看，贾瑞是比金荣更重要的人物。就贾家的家塾来说，金荣只不过是一个普普通通的学生，而贾瑞有着管理者的身份和责任。从人物的出场来说，金荣仅仅是昙花一现，而贾瑞在接连的几回里边频繁出场。

在全书的结构布局上，从第九回"恋风流情友入家塾，起嫌疑顽童闹学堂"到第十一回"庆寿辰宁府排家宴，见熙凤贾瑞起淫心"和第十二回"王熙凤毒设相思局，贾天祥正照风月鉴"，中间需要有一个过渡性的情节，方显得完整。第十回写贾瑞正好可以作为一个中间的环节，方才显得完整……这样，就有了两条线索，一条线索是贾瑞—薛蟠—贾瑞，另外一条线索就是秦钟—秦可卿—王熙凤。最后，这两条线索汇聚在一块儿，才上演了"见熙凤贾瑞起淫心"那一幕戏。

内容之二，贾瑞找到了薛蟠，进行挑拨。

薛蟠和贾瑞、金荣的关系，在第九回中，曹雪芹再三地向读者交代，薛蟠和学堂的关系密切，是一个特殊的人物。

书里边这样写：

原来薛蟠自来王夫人处住后，便知有一家学，学中广有青年子弟，不免偶动了龙阳之兴，因此也假说来上学读书，不过是三日打鱼，两日晒网，白送些束脩礼物贾代儒，却不曾有一些儿进益，只图结交些契弟。谁想这学内就有好几个小学生，图了薛蟠的银钱、吃穿，被他哄上手的，也不消多说。

薛蟠上学的目的，就是要找一些男学生搞同性恋。薛蟠是贾瑞的靠山，贾瑞贪图薛蟠的银钱酒肉，听任薛蟠在学堂里横行霸道，胡作非为，不但不加约束，反而大帮其忙。第十回中尤氏曾经大骂贾瑞、金荣等人是"混帐狐朋狗友"，专门干些"扯是搬非，调三惑四"的勾当。所以，写贾瑞在薛蟠面前挑拨离间，搬弄是非，是完全可信的。

内容之三，薛蟠大闹学堂。

这应该是第十回初稿当中的主要情节。薛蟠是一个粗鲁的人，性情暴烈，只有写出他的大闹特闹，才能和宝钗所说的"闹的天翻地覆"那句话相称。闹的地点，理所当然，是在学堂之内。登场的人，至少包括秦钟在内，有没有宝玉参加很难说，很可能是薛蟠和秦钟之间发生了遭遇战。至于交战的双方投入了多少"兵力"，战场的实况如何，怎么交火，怎样开打，伤亡情况如何，以及怎样鸣金收兵，我们都不得而知了。

这也应当是一场紧锣密鼓的重头戏。对这场重头戏，曹雪芹已经在第九回和第九回之前的几回做了很多富有匠心的铺垫。第七回秦钟上场之后，在第八回等地方，处处不忘记提到秦钟上学的事儿。最后，终于在第九回迎来了一场小的风暴，在第十回初稿中迎来了一场大风暴。

所以，薛蟠大闹学堂的情节一定是前十回当中一个重要的关目。

下面我要介绍一条脂批。这条脂批存于蒙古王府本第九回。这条批语很短，就一句：

伏下文"阿呆争风"一回。

"阿呆"就是薛蟠。

怎么理解这条批语？这条批语指的是什么？

有人以为它指的是第四十七回的事。实际上不是。因为有两点不合。第一，第四十七回离第九回太远。既然是"伏下文"，下文应该是近一点才好，第四十七回就隔得太远了。第二，第四十七回写薛蟠调戏柳湘莲，遭到柳湘莲毒打的事。这个事不能够用"争风"两个字来概括，这和"争风"没有关系，"争风"一定要涉及第三者。

这条批语实际上指的就是薛蟠大闹学堂的事。它正可以做第十回旧稿有薛蟠大闹学堂情节的一个重要的佐证，第十回恰恰可以做第九回的下文，离得很近。这是内容之三。

内容之四，这个事件对秦可卿的影响。

薛蟠大闹学堂这件事对秦可卿有很大影响，给秦可卿造成了很大的心理压力，以至于秦可卿生病卧床。秦可卿在第七回出场的时候是一个正常的健康的人。在第八回开头，写贾宝玉心理活动的时候，提到了秦可卿的名字。第九回秦可卿没有出场。到了第十回，从尤氏的话里透露出来，秦可卿病倒了。这个病来得非常突然，读者听到这个消息的时候，有点出乎意料。在此之前，似乎缺少一个必要的中间环节，缺少一个必要的过程。如果把薛蟠大闹学堂和秦可卿生病这两件事情用因果关系加以联结，那不正可以把这个必要的中间环节、必要的过程补全了么？

仅仅一个小小的金荣，仅仅秦钟头上破了一层皮，并不足以对秦可卿造成威胁，并不足以使她忧虑成病。只有薛蟠的介入，只有薛蟠的大闹特闹，才能构成秦可卿得病的重要条件。我们不要忘记，薛蟠不是别的人，他是王夫人的外甥，在现在的第十回里边，尤氏曾经对贾璜的妻子金氏说：

> 婶子，你是知道那媳妇的（"那媳妇"就是秦可卿），虽则见了人有说有笑，会行事儿，他可心细，心又重，不拘听见个什么话儿，都要度量个三日五夜。这病就是打这个秉性上头思虑出来的。

今儿听见有人欺负了他兄弟,又是恼,又是气,恼的是那群混帐狐朋狗友,扯是搬非,调三惑四;气的是他兄弟不学好,不上心念书,以致如此学里吵闹。他听了这事,今日索性连早饭也没吃。

这就是薛蟠大闹学堂以后秦可卿的情况。尤氏的话把这个讲出来了,尤氏的那段话把秦可卿得病的原因和过程都解释得清清楚楚。这也可以说是第十回的初稿某一部分的压缩和改写。

这是我要讲的第十一个问题。

十二　曹雪芹为什么要删改第十回初稿?

最后讲第十二个问题,曹雪芹为什么要删改第十回的初稿。

原因何在?在我看来,主要是两个方面的考虑,一个是思想方面的考虑,另一个是艺术方面的考虑。

从思想内容来说,在曹雪芹把初稿写出来以后,还需要进行一个工作——净化。

《风月宝鉴》是《红楼梦》的初稿,《风月宝鉴》的内容就是风月。什么叫"风月"?风月,是指男女恋爱的事,尤其是指男女私情的事。因此,由于题材这方面的原因,在《风月宝鉴》当中不免存在着很多有伤大雅的描写。

第十六回是写秦钟之死,而在第十六回之前已经有很多回的文字程度不同地存在着比较庸俗的、格调不高的细节描写。比如说第六回"贾宝玉初试云雨情"写的是宝玉和袭人,第七回"送宫花贾琏戏熙凤"写的是贾琏和凤姐白昼宣淫,第九回"嗔顽童茗烟闹书房"写的是同性恋,第十二回"贾天祥正照风月鉴"、第十五回"秦鲸卿得趣馒头庵"描写的是秦钟和智能儿,等等。

这些还是我们现在所看到的定稿,而不是删改前的旧稿,这已经有五回之多,存在着比较庸俗的、格调不高的、有伤大雅的描写。我想,在初稿、旧稿当中，有关这种描写的篇幅肯定大大超过这个数字，为了提高思想境界和艺术境界，曹雪芹必须要对旧稿、初稿"动手术"。

动什么手术呢？那就是删节、改写。不让它们显得那么多，那么集中，那么惹眼。

初稿当中有"秦可卿淫丧天香楼"的情节。甲戌本第十三回的回末总评这么说的：

"秦可卿淫丧天香楼"，作者用史笔也。老朽因有魂托凤姐贾家后事二件，嫡是安富尊荣坐享人能想得到处，其事虽未漏，其言其意则令人悲切感服，姑赦之，因命芹溪删去。

这段话就是说，初稿中有"秦可卿淫丧天香楼"，秦可卿和贾珍私通，被两个丫鬟碰见了，然后上吊自杀。现在把和贾珍私通的情节删掉了。

为什么删掉？批语的作者说因为秦可卿这个人不错，她后来还给凤姐托梦，叫她注意贾家现在虽然很繁华，可终究有衰败的一天，因此要想到后事，后事就是说当时抄家，家产全部都要抄掉的。唯独祖坟附近的田地是不抄的，是不入官的，要在这方面多买些田地。

曹家的祖坟在通州张家湾。后来为什么有200亩地？就是为了养这个祖坟的。曹雪芹后来为什么死在通州的张家湾，就是因为那个地方有他的祖坟。他晚年并不是一直都在西郊，有时候也要到东郊去。那个时候东郊是很繁华的，西郊很冷僻，交通都很困难。曹雪芹的一些朋友经常在东郊饮酒作乐，互相来往。曹雪芹也免不了要去，最后死在那里。

因为有这么两件事，批的人说秦可卿这个人不错，你何必那么去写她呢，就要曹雪芹把那些删掉了，曹雪芹果然就删掉了。

所以，我们看甲戌本第十三回，要比别的回少了三页到四页，就是因为其中一部分文字删掉了。

这条批语告诉我们，旧稿当中秦可卿淫丧天香楼的情节已经被曹雪芹删掉了。

曹雪芹为什么要删，我想问题并不像这条批语说的那么简单。曹雪芹是一位伟大的、有成就的、有主见的作家，要增加什么、删掉什么、改写什么，他都会有自己艺术上的考虑，而不会被别人的意见所左右。

前面我已经指出，第三十五回的结尾和第三十六回的开头不衔接，这些都是由于初稿被改写以后在拼接的时候没有细加注意留下的漏洞，这证明了《红楼梦》的创作有一个从初稿到改稿，再从改稿到初步定稿的过程。第十回初稿被删改就存在于这个过程当中。而第九回和第十回不正与现在保存下来的第三十五回和第三十六回一样吗？

以上是从思想上来说的删改的原因。

下面从艺术上来说，删改的原因是什么。

曹雪芹在写出初稿以后，他要删除枝叶，突出主干。一棵树，要把多余的枝枝叶叶删掉，使这个树干能够突出出来。什么是枝叶，什么是主干呢？宝玉、黛玉、宝钗三人之间的恋爱婚姻故事是全书的精华所在，也是贯穿全书的中心线索，他——曹雪芹，必须采取和调动一切艺术手段使这条线索起到贯穿全书的作用，尤其不能够使这条线索停滞，不能使它中断，甚至不能够使它离开中心位置退居一旁，造成喧宾夺主的局面。

这个可以拿我们现在所见到的第八回到第十九回、第二十回作例子来说明。

第八回、第十九回、第二十回，这三回的内容都是围绕贾宝玉、林黛玉、薛宝钗三个人之间的复杂而微妙的关系展开的。中间的十回完全相反，个别的地方只不过也写到了三个人当中的两个人，或者三个人当中的一个人。

这样，在叙事上，从第八回到第十九回，不是显得相隔太久、相隔太远了吗？何况，中间再加上第十回的初稿、加上"秦可卿淫丧天香楼"，可能还有其他被删掉的故事情节，初稿首尾相隔太远的距离肯定大大超过十回的篇幅。

看来，曹雪芹在前一二十回中删掉、改掉的初稿——包括第十回在内——大概都是一些和贾宝玉、林黛玉、薛宝钗恋爱婚姻的发展线索没有直接关系或者关系不大的人物和情节。这样，他们三个人之间的纠葛、三个人之间的种种悲欢离合的故事就能够更完整的、更连续的、更提前的和读者见面了。

为什么要删改，就是出于这两个方面的原因。一个是从思想上来说，一个是从艺术上来说。

不能够让读者把主要的人物忘掉，而去看贾琏和凤姐怎么样，秦钟和智能儿怎么样，宝玉又和袭人怎么样。不能够让读者的目光专注于这些东西，而忘掉了还有林黛玉、薛宝钗她们和宝玉的种种情感纠葛。

当然，有的作品主要的人物出现得不是很早，是很晚，那是极个别的。

有这么一个例子，就是关汉卿写《单刀会》，一共是四折，主角是关羽。可是关羽在第一折和第二折里根本没有出场，一共四折，他在第三折里才出场。这是一个很特殊的例子。一般地说，大家并不认为这是一个很成功的例子。但是，著名的文艺批评家李健吾先生——现在已经去世了——在《人民日报》中发表了一篇短文，对这个大加称赞。他讲的有一定的道理，说这是伏笔，前面是造气氛，造铺垫，主要人物就是迟迟不上场，让读者有一种等待的心理。但是，我想，那是戏剧，一共才四折，这样处理是可以理解的，也可以说精彩。李先生的肯定，我们也可以同意。

但《红楼梦》是一部八十回、一百二十回的大书，把这三个人的关系搁那么久，迟迟不让它发展，让你看到的尽是些其他的男女私情，这在艺术上来说，恐怕是有缺点的。

曹雪芹是看到了这点，因为他开始写《风月宝鉴》的时候，并不是想写贾府怎么从兴盛走向衰落，也并不是想写这三个人之间的恋爱婚姻故事，他写的是贵族大家庭中一些腐朽的黑暗的东西。所谓《风月宝鉴》嘛，所以秦钟啊、尤二姐、尤三姐啊，贾琏、王熙凤啊，等等，这些都是《风月宝鉴》中的内容。

我们知道，第四十多回，宝玉和柳湘莲两个人碰上了，宝玉就问他，"你最近做些什么事啊？你最近有没有到秦钟的坟上去看一看啊？"

柳湘莲说,"是,我到秦钟的坟上去看了,而且我给他添了土"。

可是我们也知道,现在的《红楼梦》里边没有一个地方写到了柳湘莲和秦钟是认识的。那么,为什么这个地方忽然出现了秦钟和柳湘莲是朋友,而且给秦钟坟上添土呢?

这个就是《风月宝鉴》初稿里的内容,他们两个人认识结交——就像薛蟠大闹学堂一样——被曹雪芹删掉了。

曹雪芹要把《风月宝鉴》里的东西压缩或删掉,或挪到别的地方去,尤二姐、尤三姐的故事挪到了后面六十几回才去写,经过了改造。我们仔细去看尤二姐、尤三姐的故事,可以发现,曹雪芹描写的笔调、行文句式的风格和其他写贾宝玉、林黛玉、薛宝钗这些地方,以及其他写贾府别的事情,是不一样的,有点细微的区别。我们仔细去体味,能体味得出来。

所以,曹雪芹在写出初稿以后,需要芟除枝叶,以突出主干。

这个就是第十回初稿被他删改的原因。

关于第二讲,我就讲这十二个问题,不晓得大家是不是同意,请大家多多指教!

《红楼梦》之谜（三）

——《红楼梦》的后四十回作者是谁

演讲时间：2006年2月26日

大家好，今天的讲座是"《红楼梦》之谜"系列讲座之三，题目叫"《红楼梦》后四十回的作者是谁？"

我研究《红楼梦》的版本问题分两个方面：一个方面是从文本出发，从故事情节、人物形象、书里边所描写的时间、地点这些方面，寻找曹雪芹在创作过程中构思的变化，来探讨版本问题；另外一个方面是作者问题。今天所讲的题目就属于第二种类型。后面还有几讲，那都是属于第一种类型。

在正式讲以前，我借助这个题目怀念三位先行者。

这三位先行者是我在文学研究所的同事，前两位是我老师一辈的，后一位跟我是同辈。

为什么讲《红楼梦》后四十回的作者问题会谈到他们的名字呢？因为在20世纪20年代，首先是由俞平伯发表论文，说《红楼梦》后四十回不是曹雪芹写的，前八十回和后四十回的作者不是一个人。但是那个时候，他认为是高鹗，因为他跟胡适的观点是一样的。这是第一位。

第二位——范宁，原来是文学研究所的研究员，他在20世纪60年代，在杨继振旧藏本影印本的"后记"里提出，《红楼梦》后四十回的作者不是高鹗。

第三位——王佩璋，她是我在北京大学的同学，比我高两届，她是1953年毕业的。毕业以后，她来到文学研究所，主要就是研究《红楼梦》，首先帮助俞平伯先生整理《红楼梦》的抄本。我到所以后和她是在一间办公室，她的办公桌就在我的办公桌的前面。她给我一个很突出的印象，首先就是在办公桌的前头有和办公桌齐平的两摞纸，是剪贴上去的详详细细的《红楼梦》校勘记，那是20世纪50年代她所做的工作。非常可惜，经历了"文化大革命"，她所校勘的那些资料荡然无存，她本人也在"文化大革命"中自杀。她是一个才女，对《红楼梦》非常熟悉，可以说是倒背如流，任何一个情节、人物，任何一句话，你只要一问她，她就能给你指出在什么地方。非常可惜——这么一位《红楼梦》的专家。她在1957年发表了一篇文章，说《红楼梦》后四十回的作者不是高鹗（我的观点也是这样）。所以今天讲之前首先想起来这三位，他们可以说是先行者。

我今天要讲的题目一共包括五个问题：

一、《红楼梦》后四十回作者问题有哪几种说法？

二、《红楼梦》后四十回作者是不是曹雪芹？

三、《红楼梦》后四十回的作者是不是高鹗？

四、《红楼梦》后四十回的作者是不是程伟元？

五、《红楼梦》后四十回的作者究竟是谁？

我要讲的重点是第三个问题——《红楼梦》后四十回的作者是不是高鹗。

关于这个问题我要谈八小节，八小节是这样的：

（一）高鹗何许人也？

（二）风自何处来？

（三）"外证"检讨之一：高鹗是不是张问陶的妹夫？

（四）"外证"检讨之二："补"字应该怎样解释？

（五）"外证"检讨之三：怎样理解程伟元的自述？

（六）举出两个真正的外证

（七）从冬至到花朝

（八）再举出七个内证（所谓"内证"，就是指的《红楼梦》本文里后四十回的文字）。

一 《红楼梦》后四十回作者问题有哪几种说法？

先讲头一个问题，《红楼梦》后四十回的作者问题有哪几种说法？我把这几种说法和代表人物提出来介绍给大家。

第一种说法，说《红楼梦》一百二十回全部都是曹雪芹一个人所写。我举两个代表人物。

第一位叫宋孔显，他在1949年以前公开发表过一篇文章——《红楼梦一百二十回均曹雪芹作》。这篇文章发表在《青年界》杂志的第七卷第五号，也就是1935年5月，他提出了这个看法。

第二位叫朱眉叔，他是辽宁大学教授。

这里我要讲一段插曲，在20世纪，研究生因为有一笔经费，经常跑到外地请一些专家、学者座谈，叫作"游学"。于是，辽宁大学有十来个研究生就到了文学研究所，和我座谈。在座谈当中，他们每个人都谈了自己对《红楼梦》的看法，然后我发言。我发言的时候就指出来，说你们对《红楼梦》的看法口口声声是曹雪芹这样、曹雪芹那样，然后举一些例子，可是有些例子是后四十回的，《红楼梦》的后四十回又不是曹雪芹写的，你们怎么可以把它算在曹雪芹头上？这些学生听了我这个发言以后，都不说话了。我当时也没注意，座谈还有其他的事情。结束以后，就有一位学生偷偷地跟我说，《红楼梦》后四十回也是曹雪芹所写，这是我们导师朱眉叔先生的观点，而且他当时就坐在这个座谈会那儿。

我觉得非常尴尬，因为当着人家的面说出不同意他的观点。我也没注意在座的还有一位老师，我以为都是学生，所以我那个意见提得非常直接。可在那以后，我就知道了朱眉叔先生有这么一个观点，他的学生也都同意他这个观点。

这是第一种看法。

第二种看法，《红楼梦》后四十回当中有一部分曹雪芹的残稿，有一部分是曹雪芹写的,别人拿到这个残稿再加以补充改写。

持这个观点的是周绍良先生。周先生是一位著名的红学家,他就在几个月以前刚刚去世。他是很有名的,是《红楼梦》学会的顾问,也是中国佛教协会的秘书长,中国佛教文物图书馆的馆长。他的父亲也很有名,生前是中国佛教协会的会长,叫周叔迦。他的叔父更有名,叫周叔弢,民族资本家,原来天津市副市长。周先生曾经和另外一位叫朱南铣的先生两个人用笔名"一粟"出版了《红楼梦卷》《红楼梦书录》。他自己也有《红楼梦》的论文,《红楼梦》的著作。

他就持这个看法,是比较典型的,这是第二种。

第三种看法是非常普遍的。首先是由胡适提出来的,后四十回是高鹗所写。胡适这个看法出来以后,基本上占统治地位,一直到现在,很多公开出版的《红楼梦》一百二十回的排印本上面所署的作者的名字是曹雪芹、高鹗。

第四种看法认为不是高鹗写的后四十回而是程伟元写的,或者说其中很大一部分或一部分是程伟元写的,持这种看法公开发表文字的是白盾。白盾是屯溪师专的(现在是不是叫黄山师院了,我不晓得),白盾是他的笔名,他姓吴。他写了一本书,天津人民出版社出的,叫《红楼梦研究史论》,里边这么说:

> 后四十回的基本构思及激动人心的篇章,如"焚诗绝粒"、"黛死钗嫁"、"抄检贾府"、"贾母之死"等优秀篇章,均出自他(程伟元)的手笔。所谓"多年积有廿余卷",就是"多年"创作所"积",约占近四分之三,鼓担上的"十余卷",可能只有构想或不完全的草稿。

一共是这么四种关于《红楼梦》后四十回作者的说法。

其中最主要的、占统治地位的就是第三种,高鹗的说法。

我今天就是要向这种说法提出挑战,我认为不是高鹗,这种说法是错误的。怎么是错误的?我在这里不是随便说,不是胡乱说,我要举出一系列的证据,来证明不是高鹗。

关于作者问题是个考据问题。考据问题,我觉得要讲究两个方面,一个是外证,另一个是内证。我要来检查认为是高鹗所写的后四十回有些什么外证,什么内证,然后我再举出外证和内证来反驳。

所以今天我会把这些材料全部举出来。

二 《红楼梦》后四十回作者是不是曹雪芹?

下面接着谈第二个问题,《红楼梦》后四十回是不是曹雪芹所作。

我认为,后四十回和曹雪芹无关,不是他写的。

这个问题,我认为非常简单,我只要举柳五儿这个问题就可以来说明了。有关柳五儿的问题,我们首先看《红楼梦》的第六十回"茉莉粉替去蔷薇硝,玫瑰露引出茯苓霜",我念一下吧:

> 原来这柳家的有个女儿,今年才十六岁,虽是厨役之女,却生的人物与平、袭、紫、鸳皆类。因他排行第五,便叫他作五儿。因素有弱疾,故没得差。近因柳家的见宝玉房中的、丫鬟差轻人多,且又闻得宝玉将来都要放他们,故如今要送他到那里去应名儿。正无头路,可巧这柳家的是梨香院的差役,他最小意殷勤,伏侍得芳官一干人比别的干娘还好,芳官等亦待他们极好。如今便和芳官说了,央芳官去与宝玉说。宝玉虽是依允,只是近日病着,又见事多,尚未说得。

柳五儿在六十回里始终也没能进怡红院。下边看第七十七回,这是非常关键的。第七十七回"俏丫鬟抱屈夭风流,美优伶斩情归水月",这回中王夫人曾责问芳官说:

> 我且问你,前年我们往皇陵上去,是谁调唆宝玉要柳家的丫头

五儿了？幸而那丫头短命死了，不然进来了，你们又连伙聚党，遭害这园子呢！

从王夫人这个话里就能听出来，柳五儿在这之前已经死了，这是很明确的。可很奇怪的是，到了后四十回中——第一〇一回"大观园月夜感幽魂，散花寺神签惊异兆"——柳五儿又复活了。

当时，凤姐来到宝玉房间里，看见宝玉穿着衣服歪在炕上，看着宝钗梳头，就问他为什么还不动身去看看舅太爷。宝玉就说，我只是嫌我这衣服不好，不像前年去看老太太时所穿的雀金呢那么好。凤姐又问他为什么不穿。袭人就在旁边解释说，因为他看见这件衣服就想起晴雯了。接着，凤姐就说了一大篇话，其中有这么几句：

还有一件事，那一天我瞧见厨房里柳家的女人（就是柳五儿的妈妈），他女孩儿叫什么五儿，那丫头长的和晴雯脱了个影儿似的。我心里要叫他进来，后来我问他妈，他妈说是很愿意。我想着，宝二爷屋里的小红跟了我去，我还没还他呢，就把五儿补过来。平儿说，太太那一天说了，凡像那个样儿的，都不叫派到宝二爷屋里呢。我所以也就搁下了。这如今宝二爷也成了家了，还怕什么呢？不如我就叫他进来，可不知宝二爷愿意不愿意？要想着晴雯，只瞧见这五儿就是了。

宝玉听见这个话以后，非常高兴。

这些不等于是说，柳五儿没有死，她还活在世上吗？后来在第一〇九回，还有一段非常有名的"候芳魂五儿承错爱"。

后四十回有一些章节写得很漂亮、很不错。大部分是不怎么好，但有小部分写得非常精彩，其中有一段就是这第一〇九回。

在这第一〇九回中写得好的场景、故事情节当中的女主角就是柳五儿。那就是说，后四十回柳五儿还活着。可是曹雪芹在前八十回里已经安排她死了。

那你想，一个人物，前头让她死了，后头又让她活了，这不可能出自一个伟大的作家的笔下。如果他写了这后四十回，他肯定要把前八十回当中所说的柳五儿已经死了的那些话、那些情节删掉，不可能自己给自己找矛盾，不可能自己打自己的耳光。所以，单从这一个例子，就可以看出后四十回绝对不可能是曹雪芹所写。

三　《红楼梦》后四十回的作者是不是高鹗？

第三个问题，这是我们今天要讲的主要问题——《红楼梦》后四十回的作者是不是高鹗？如果不是高鹗，为什么？

我的看法当然不是高鹗。说高鹗写了后四十回，这个说法是望文生义，看错了资料，是主观主义的猜测，根据不足，不能够成立。

（一）高鹗何许人也？

我们先介绍高鹗是什么人。

高鹗，字云士，号秋雨。"兰墅"大家都知道，那是他的别号，他还有个别号叫"红楼外史"，这个名字是他在编辑、修改、整理《红楼梦》的时候所起的一个别号，表示他对《红楼梦》非常喜爱。他是现在的辽宁省铁岭市人。

我要插一句，现在也有人认为曹雪芹是辽宁铁岭人，我可以很负责任地告诉大家，这是没有根据的，没有任何一条材料能够证明曹雪芹是铁岭人，就像没有一条材料能够证明曹雪芹是河北丰润人一样，都是无稽之谈。只有高鹗，是的的确确的铁岭人。

高鹗有两个儿子，一个叫玉枢，一个叫玉纶。他上一代是这么几个名字，大家稍微知道就行——高可仕，高宏璧，高尔荣，高八十一（宋元以来很多人取名字是以数字来取的，有两种取法，一个是夫妻两个人合起来，另一个是父子两个人年龄合起来，这个八十一，我们不知道是哪两个人的年龄合起来的，不是说他本人八十一岁），下面是高存住，再下面就是高鹗。我们知道的高鹗的世系大概是这样子。

高鹗早年做幕僚，后来中举，再后来又变成了进士，做官做过内阁中书、顺天乡试同考官，又做到江南道监察御史，最后因为犯了一些错误，降了三级调用。高鹗是一个从小就立志做官，最后一直做下去的人。

下面介绍一下他的著作。他最重要的著作叫作《月小山房遗稿》。

为什么叫"月小山房"？因为在苏东坡的《后赤壁赋》里有个名句，"山高月小"，描写风景的。高鹗姓高，所以他把自己的书房就叫作"月小山房"，正好"月、小、山"这三个字里边隐隐埋藏了一个"高"字。

《月小山房遗稿》有个刻本，过去不为人知，是在20世纪60年代发现的。这本书现在被收藏在国家图书馆，我很有幸在20世纪60年代结识了国家图书馆的一位朋友，这位朋友是一个《红楼梦》迷，他对《红楼梦》非常感兴趣，对曹雪芹也非常感兴趣，经常到我家里来聊天。有一天，他忽然跟我说，高鹗有一本书，叫《月小山房遗稿》，你知道么？我说，我不知道，从来没有听说过。他说我拿给你看看，现成的刻本。第二天，他就把这本书拿来了。我一看，很高兴，就写了一篇文章在《光明日报》发表，介绍这本书，并且考出了高鹗的生卒年。

非常重要的是《月小山房遗稿》当中有一首诗，和《红楼梦》有关，我在底下要介绍这首诗。这个诗稿有嘉庆二十一年的刻本。

第二个要提到的高鹗的著作是《兰墅诗钞》。这本书我们没有看到。此外，还有《砚香词》《兰墅文存》。

20世纪50年代，人民文学出版社影印了一本《高兰墅集》，把现在所能够搜集到的高鹗在文学方面的著作全影印出来了，但是其中不包括《月小山房遗稿》。这是他的著作情况。

高鹗何许人，我就很简单地介绍这些。因为他不是后四十回的作者，我们对他的生平有个大概的了解就可以了，没有必要去深入地研究。

（二）风自何处来？

我讲第二个问题，风自何处来？

高鹗续写《红楼梦》这股"风"从什么地方吹来的？哪些人提出来哪些看法，他们引了什么资料？

认为《红楼梦》后四十回是高鹗所写的人，他们也不是空口说白话，还是举出来了证据，举出了外证——《红楼梦》书外的证据。

这个证据有三条。第一条证据，张问陶的一首诗。张问陶，字船山，是乾隆年间非常有名的一个诗人，四川人。第二条证据，张问陶的另外四首诗。加起来一共是五首诗。第三条证据，程伟元自己的说法，《红楼梦》程甲本、程乙本的序。所谓的证据无非就是这三个。

我现在就来介绍一下这几个证据。

第一个证据，张问陶的一首诗。这首诗在《船山诗草》卷十六《辛癸集》，诗的题目叫《赠高兰墅（鹗）同年》：

> 无花无酒耐深秋，洒扫云房且唱酬。
> 侠气君能空紫塞，艳情人自说红楼。
> 逶迟把臂如今雨，得失关心此旧游。
> 弹指十三年已去，朱衣帘外亦回头。

关于这首诗有这么几点值得注意。

第一点，他把高鹗叫作"同年"，他们是同一年中的进士。这"同年"两个字值得我们注意。为什么？因为底下有证据说，高鹗是他的妹夫。妹夫和同年二者相比，哪一个疏？哪一个亲？当然是妹夫亲，同年疏。为什么这个地方不说"赠高兰墅妹夫或妹倩"，而偏偏要说"同年"，这就值得我们研究了。

第二点，最值得注意的是第三、四句"侠气君能空紫塞，艳情人自说红楼"。这个"红楼"指的就是《红楼梦》。

第三点，值得注意的是第五句"逶迟把臂如今雨"，特别要注意

"今雨"。不晓得大家到过中山公园没有,中山公园有个饭馆叫"来今雨轩",很多人都读错了,读成"来今、雨轩",应该是"来、今雨轩",这个是杜甫诗里边的一个典故,"今雨"是指新结交的朋友。如果高鹗是张船山的妹夫,那么,他们不应该是新朋友,不应该是"今雨",而应该是老朋友,应该是亲戚。为什么把一个亲戚,一个老朋友说成新朋友?这是值得注意的第三点。

"弹指十三年已去"是说他们同年中进士离现在已经有十三年了。其中在第三、第四句的底下有一条注,这条注说"传奇《红楼梦》八十回以后俱兰墅所补"。

这条材料是最根本的一条。高鹗是《红楼梦》后四十回作者的说法全部是从这条材料出发的。你想,张船山的妹夫是高鹗,张船山说高鹗补了《红楼梦》的后四十回,这个话还能错么?一般人的心理都是这么看的。

所以,在胡适他们找出来这条材料以后,以及在这之前,很多人都相信张船山这句话。

我们可以举几个例子:

一个例子是俞樾。俞樾也是个大学问家,他是俞平伯的祖父还是曾祖我也忘了,德清俞氏是很有名的。俞樾的《小浮梅闲话》说:

> 《船山诗草》有《赠高兰墅(鹗)同年》一首云:"艳情人自说红楼。"注云:"《红楼梦》八十回以后俱兰墅所补。"然则此书非出一手。按乡会试增五言八韵诗,始乾隆朝。而书中叙科场事已有诗,则其为高君所补,可证矣。

这个话其实不对。为什么乾隆年间有了这样的诗,书里边也写了,就是高鹗写的呢?这首诗出现在《红楼梦》当中,只能够证明后四十回是乾隆年间的人写的,不能证明是张三或李四写的。这个道理很明显。俞樾这个话讲得是不对的。

还有个戏曲家杨恩寿,湖南人,他的《词余丛话》卷三中说:

《红楼梦》为小说中无上上品。向见张船山赠高兰墅有"艳情人自说红楼"之句,自注兰墅著有《红楼梦》传奇,余数访其书未得。

那么,他也是听别人说的,这个材料里值得注意的是"数访其书未得",为什么在同治年间杨恩寿去找《红楼梦》找不到呢?这是《红楼梦》流传过程中很值得注意的现象,那个时候的《红楼梦》那么畅销,买不到!这句话值得注意,他讲的高鹗的问题倒不值得我们注意。

下面一条材料,李葆恂《旧学盦笔记》"红楼外史",说:

近人《桐阴清话》中引船山诗注云:《红楼梦》小说自八十回后皆高兰墅(鹗)所补。予按:鹗,汉军旗人,乾隆乙卯进士,官给事中,尝自号红楼外史,其即因曾补是书之故欤?

这条材料也是大家引过的。

下面还有一个材料,杨钟羲《雪桥诗话》卷九:

兰墅名鹗,乾隆乙卯进士,世所传曹雪芹小说,兰墅实卒成之,与雪芹皆隶汉军籍。

这也是说,高鹗补写了后四十回;而且说,高鹗是旗人,和曹雪芹都是汉军。曹雪芹究竟是汉军,还是正白旗,在学术界是有争论的。这条材料里说曹雪芹是汉军。

还有一条材料,李放的《八旗画录》:

嘉庆时汉军高进士鹗酷嗜此书,续作四十卷附于后,自号为红楼外史。

他是说,高鹗非常喜欢这部书,就续写了后四十回附在书的后边,自己起了个外号叫"红楼外史"。

接下去，恩华《八旗艺文编目》明确讲：

《红楼梦》一百二十回，汉军曹霑著，高鹗补。

再有，许叶芬《红楼梦辨》中说：

《红楼梦》一书，为故大学士明珠故事，曹雪芹原本只八十回，以下则高兰墅先生所补也。

他对《红楼梦》有一个错误的看法，认为《红楼梦》写的是明珠的故事。明珠就是纳兰性德的父亲，是一个宰相。他也明确地讲，曹雪芹只写了八十回，后四十回是高鹗写的。

还有条材料，铁珊《增订太上感应篇图说》子册中说：

高兰墅撰《红楼》，终身困阨。

这个里边是骂写小说的人，高鹗写了后四十回，所以他不得好死，终身贫穷不得意。

最后一条材料，是《红楼梦》的续书，长白临鹤山人的《红楼圆梦》，楔子中就说：

梦梦先生（就是作者）……一日，忽梦到一座红楼里面，见一姓高的在那里说梦话，悲欢离合，确当世态，实在听之不倦。

为什么这个人不姓"低"，要姓"高"，说明他也相信《红楼梦》的后四十回是高鹗写的。

所以，自从胡适公开提出高鹗是《红楼梦》后四十回的作者并且引了张船山的诗以后，基本上学术界就有了个定论：《红楼梦》后四十回的作者是高鹗。所有出版界出版的书，因为要出版一百二十回，不能说是曹雪芹写的，那作者就变成了曹雪芹、高鹗。

无独有偶，不知道大家有没有听过一个姓王的，湖北人，一个农民，他自以为搞了个太极《红楼梦》，跑到北京来，请了某红学家给他题几句话，说这个研究了不起，他就出了这么厚一本书，叫《太极红楼梦》。为什么叫《太极红楼梦》呢？用太极这种学术观点把《红楼梦》拆散了、打散了，按照他的想法，一回一回地重新组合排列下来，这本书的题名作者第一个居然是王某某，第二个是曹雪芹。这个人原来是个农民，有人认为他有研究前途，先是湖北省社会科学院文学研究所把他招了进去，作为研究人员，后来跑到了北京，在北普陀那个地方成立了一个曹雪芹祠堂，然后他就变成这个祠堂的主任，再后来，不晓得因为什么事情逃走了，这个人到现在不知踪迹何在。《太极红楼梦》就变成了他和曹雪芹合著，这个和曹雪芹、高鹗合著一样，异曲同工。

（三）"外证"检讨之一：高鹗是不是张问陶的妹夫？

现在我们来检查外证。

既然"风"自这里来，那么来得对不对，为什么说高鹗不是后四十回的作者，他们举的材料为什么不对？我们要加以仔细地分析、评判。

先看张问陶哭他妹妹的四首诗，叫《冬日将谋乞假，出齐化门，哭四妹筠墓》，"齐化门"大概就是今天的朝阳门。

说到这里，我还要插几句题外话。

在乾隆年间，和曹雪芹有来往的人，他们有的是宗室，写诗喝酒的一帮朋友，有时春天、夏天出去游玩。到什么地方去游玩？我们不要拿我们今天的眼光，今天所知道的事情，去想象两百年以前的事。他们游玩的地方是在东郊，不在西郊。东郊是平原，西郊是山区。

那时候从北京城里到西郊去，最起码你要坐毛驴儿，没有车。清明节要去上坟，你把一个坟墓安在西郊，山路崎岖，交通不便，一家人去上坟，一个一个地骑着毛驴，要走多少时间才能到？

所以曹雪芹的很多朋友——我们现在都查得出来——他们的坟墓在东郊的潞河边上，那是他们生前游赏的所在，春游也好，夏游也好。不像我们现在，春游、秋游不可能跑到东郊去，倒是有可能上西郊，这是两百年之间的变化。

我们不能拿这一点去设想，为什么？因为最近在通州博物馆展览曹雪芹的墓石，曹雪芹的墓石是真是假，在学术界有争论。我认为，那个墓石是真的，那个墓石上写的"壬午"两个字就证明了曹雪芹死于乾隆二十七年除夕，不像有些人说的是死于乾隆二十八年、二十九年。

但是反对的人，都是主张曹雪芹死于二十八年、二十九年，因为这块墓石直接可以破除他们的证据。

大家还说曹雪芹不是死在东郊，是死在西郊。我可以很负责任地告诉大家，说曹雪芹死在西郊，没有任何一条证据。我们只知道，曹雪芹晚年在西郊住。但他没有死在西郊。

为什么死在东郊呢？东郊有曹家的祖坟。曹家的祖坟在东郊，曹雪芹的曾祖父叫曹玺，在南京做官，死了以后棺材是用船运回来的。从运河一直过来，到天津，再到北京，就在张家湾上岸，上岸不久就埋葬。而且在他们写给皇帝的报告中，说他们父亲的棺材是出城以后就埋葬了，是葬在郊区。出城就埋葬，不是走的山路，而是在一个平原。

而且，曹雪芹家里在张家湾有当铺，还有田二百亩。我们知道，田是用来维持祖墓的祭祀田。《红楼梦》第十三回中秦可卿不是给王熙凤托梦么，说你不要看我们贾家现在这么繁华，有朝一日会跌下去，就会遭到抄家的命运，但是你知道祭祀用的土地是不入官的。所以曹雪芹家的祖坟就在通县，张家湾有个地名就叫曹家坟。那么，曹玺他们都是葬在这里，为什么曹雪芹不可以葬在这里？

而且那块墓石确实是在张家湾发现的，现在这块墓石正在通州博物馆展览。我有感而发，所以插了这么几句话。

张问陶去哭他妹妹的墓也是在东郊，在齐化门之外。我们来看看这四首诗，诗里边有注解，说我这个妹妹嫁给了一个汉军，姓高的，乾隆五十二年死在北京。第一首诗：

> 似闻垂死尚吞声，二十年入了一生。
> 拜墓无儿天厄汝，辞家久客鬼怜兄。
> 再来早慰庭帏望，一病难抒骨肉情。
> 寄语孤魂休夜哭，登车从我共西征。

写这首诗的时候，张问陶正要从北京回到四川老家，所以说是"西征"。这是第一首。

第二首：

> 窈窕云扶月上迟，伤心重检旧乌丝。
> 闺中玉暎张元妹，林下风清道韫诗。
> 死恋家山难瞑目，生逢罗刹早低眉。
> 他年东观藏书阁，身后谁修未竟辞。

第六、七句说虽然是在北京，但是过的生活不好，她的丈夫对她不好，我想，打骂总是不会少的，所以说"生逢罗刹"，她这丈夫简直就不是人，是鬼，对他妹妹很凶。第七、八句，可以看出他妹妹是会写诗的，很有文采。

第三首：

> 一曲桃夭泪数行，残衫破镜不成妆。
> 穷愁嫁女难为礼，宛转从夫亦可伤。
> 人到自怜天亦悔，生无多日死偏长。
> 未知绵惙留何语，侍婢扪心暗断肠。

从前四句可知，张问陶家境贫寒，他妹夫家境大概富裕，所以嫁到高家以后，被高家的人看不起，经常遭到丈夫的打骂，可是也没办法可想。

第四首：

> 我正东游汝北征，五年前事尚分明。
> 那知已是千秋别，犹怅难为万里行。
> 日下重逢惟断冢，人间谋面剩来生。
> 绕坟不忍驱车去，无数昏鸦乱哭声。

这些诗，很多人都注意到了，都说高鹗所娶的妻子是张问陶的妹妹，后来抑郁不欢而死，张问陶写了诗来挽她，然后高鹗怎么样怎么样；又查了张问陶的诗集，发现和高鹗没有什么来往。为什么没有来往呢？就有人猜测，大概是高鹗待他妹妹不好，两个人感情不好。

实际上，这个说法完全是主观主义，先入之见。张问陶明明是有《赠高兰墅（鹗）同年》的诗，诗里对高鹗还是给了很高的评价，怎么能够说和高鹗没有来往呢？

到底高鹗是不是张问陶的妹夫？如果是，这就增加了高鹗是后四十回作者的分量。为什么？因为是张问陶说他是后四十回的作者。那么，张问陶的妹妹嫁给了高鹗，他们是亲戚，关系这么近，他说的话难道还会假，难道没有根据么？

大家要注意，张问陶的诗里只是说他的妹妹嫁给了汉军高氏，并没有说这个人就是高鹗。从他写给高鹗的诗能看出，他跟高鹗的关系很好，是新朋友，又说他有"侠气"，这根本看不出来高鹗打过、骂过他的妹妹，对他妹妹不好，以至于他妹妹含恨而死。

现在，我就要举出正面的证据证明高鹗不是张问陶的妹夫。

我举两个证据。

第一个证据，张问陶有一个集子叫《船山文集》，另一个集子是《船山诗集》。《文集》里有一篇关于他爸爸的小传，其中说：

> 府君讳顾鉴，字镜千……女二人：长适湖州太学生潘本侃；次适汉军高扬曾。

因此，可以知道，他妹妹嫁的汉军高氏的名字叫高扬曾。这是第一个材料。

再举一个证据。《遂宁张氏族谱》卷一说：

> 张顾鉴，字镜千……子三人：问安、问陶、问莱。女二人：长适浙江归安监生潘本侃，次适镶黄旗袭骑都尉高扬曾。

这两个材料是一致的，说明张问陶的妹夫是旗人，姓高，但不叫高鹗，叫高扬曾。因此，从高鹗的亲戚关系去证明张问陶说的高鹗写后四十回这件事情联系不起来，不能够成立。

到底是不是高鹗写的，要寻找别的证据，不能够从高鹗是不是他妹夫来证明。

说到这里，还要介绍一个情况。

在20世纪50年代，一位老红学专家从我这里借到了《月小山房遗稿》以后，他又看了人民文学出版社影印的高鹗的词。高鹗的词里边经常出现赠给一个女性的词，也就是说，高鹗有婚外恋。于是，这位老专家写文章大骂高鹗，说他品质如何恶劣，在外面搞婚外恋，在家里对老婆非打即骂，人品如何低下，又说他写了很多艳情词，这个人不可取。

那么，我要说，这是冤枉了高鹗，起码对高鹗人品的评价是不对的。因为打骂张问陶妹妹、让她含恨而死的人不是高鹗，是高扬曾。至于他的婚外恋等，那是另外一回事。不能把这些问题联系在一起，不能把它和《红楼梦》后四十回以及后四十回的作者联系在一起，不能和高鹗的思想联系在一起谈。

大家要了解这么一个情况，以后看到这样子的论文就可以知道是这样的背景。

这是讲的张问陶的妹夫不是高鹗。看《赠高兰墅（鹗）同年》的诗题就很清楚，是妹夫为什么说同年？不说亲的说疏的？是妹夫为什么说是"今雨"，那妹夫已经认识十几、二十几年了，那应该是老交情了。这些地方我们仔细一想，就可以了然了。

(四)"外证"检讨之二:"补"字应该怎样解释?

下面还有一个证据我们要检查,"补"字怎么解释?这是很关键的一个问题。张问陶说"传奇《红楼梦》八十回以后俱兰墅所补",怎么解释这个"补"字?"补"是不是补写、创作、改写的意思?我认为不是。

我先介绍高鹗的一首诗,这首诗的出处是《月小山房遗稿》,诗题是《重订红楼梦小说既竣题》,他重订《红楼梦》小说完了以后,写了这首诗:

老去风情减昔年,万花丛里日高眠。
昨宵偶抱嫦娥月,悟得光明自在禅。

《月小山房遗稿》中的诗有几百首,其中和《红楼梦》有关系的就这一首。这首值得注意的就是标题。

什么叫"重订"?我们要琢磨这两个字,"重"就是再一次。什么是"订"?我想"订"就是修改、整理、编辑。这个"订"不是创作,不是写。应该这么理解吧。

当然也有一种情况,比如我写了一篇长篇小说,写完以后,我觉得要修改,要把它"订"一下,这个"订"是可以的。

但是,《红楼梦》和高鹗没有关系,"订"的是别人的,不是他自己创作的《红楼梦》小说。所以这个"订"本身就是修改、整理、编辑的意思,绝对不是创作、撰写的意思,这不能等同。

我们再来看程甲本的序怎么说的:

好事者每传抄一部置庙市中,昂其值得数十金,可谓不胫而走者矣。然原本目录一百二十卷,今所藏只八十卷,殊非全本。即间有称全部者,及检阅仍只八十卷,读者颇以为憾。不佞以是书既有百二十卷之目,岂无全璧?

爱为竭力搜罗，自藏书家甚至故纸堆中，无不留心。数年以来，仅积有二十余卷。一日，偶于鼓担上得十余卷，遂重价购之，欣然翻阅，见其前后起伏尚属接榫。然漶漫不可收拾。乃同友人细加厘剔，截长补短，抄成全部，复为镌板，以公同好。《石头记》全书至是始告成矣。

大家注意，"细加厘剔，截长补短"，这里出现了"补"，程伟元自己是怎么用这个"补"的，就是分别删掉了一些不要的、重复的，把很长的进行删节，缺少的补进去。"补"不是自己写一些补，因为他手上有好多抄本，他根据各个抄本来补，然后出版。这个时候《红楼梦》全书才告成。

然后我们看高鹗在序言里怎么说的。高鹗程乙本序：

予闻《红楼梦》脍炙人口者，几廿余年，然无全璧，无定本。……今年春，友人程子小泉过予，以其所购全书见示，且曰："此仆数年铢积寸累之苦心，将付剞劂，公同好。子闲且惫矣，盍分任之？"予以是书虽稗官野史之流，然尚不谬于名教，欣然拜诺，正以波斯奴见宝为幸，遂襄其役。工既竣，并识端末，以告阅者。

他并没有说他写了多少，他只是接受程伟元的邀请，参加出版的工作，把这个稿子加以整理，如此而已。程乙本还有引言，一共七条，其中这么说：

书中后四十回系就历年所得，集腋成裘，更无他本可考，惟按前后关照者，略为修辑，使其有应接而无矛盾。至其原文，未敢臆改。俟再得善本，更为厘定，且不欲尽掩其本来面目也。

也就是说，他们这几年一直在访求、搜罗各种各样的《红楼梦》的抄本，藏书家的也搜罗，市场上也去搜罗，搜罗到了以后，他们就进行整理，把互相矛盾的去掉，截长补短。

由此可见，程伟元也好，高鹗也好，他们在程甲本出版之前，只做了两样工作，第一是搜集，第二是整理。

那么，搜集和整理绝对不是续写，这个和续写有原则性的区别，事实的真相就是这样。

(五)"外证"检讨之三：怎样理解程伟元的自述？

从考据学的角度说，你要推翻一种说法、一种结论，一定要举出反证，要是没有反证，凭着主观主义的猜测，那是没有说服力的。

胡适是个大学者，可是他关于后四十回作者问题恰恰没有举出任何的反证，只不过是说，程伟元说一天忽然发现了鼓担上有二十多卷，买来了一看，把合理的合在一起就是一百二十回。胡适说，哪有这样的巧事，这是漫天大谎。"漫天大谎"四个字是胡适的原文。凭着这么一种猜测，不相信他们是编辑、整理，非要说他们是续写，这种方法是不可取的，这不是一个学者应该采取的正确的、严肃的态度，不是一种正确的、严肃的、科学的学风。

这是对他们举出的外证所做的分析。

下面我要举出两个真正的外证，他们的外证不是外证，不能够证明什么。我现在要举出两个真正的外证来证明《红楼梦》后四十回不是高鹗写的。

(六) 举出两个真正的外证

现在讲第六点，举出两个真正的外证。

第一个外证，有一本书，叫《读红楼梦笔记》，是一个浙江海盐人周春所写的。他是乾隆年间的人。这书有抄本流传，20世纪影印出来了，我们看看周春怎么说：

> 乾隆庚戌（五十五年，1790）秋，杨畹耕语余云："雁隅（是一个人的名字，我后面要介绍）以重价购抄本两部，一为《石头

记》，八十回，一为《红楼梦》，一百二十回，微有异同。爱不释手，监临省试，必携带入闱，闱中传为佳话。"时始闻《红楼梦》之名，而未得见也。壬子（五十七年，1792）冬，知吴门坊间已开雕矣。兹茗贾以新刻本来，方阅其全。……甲寅（五十九年，1794）中元日，黍谷居士记。

大家注意，乾隆五十五年，什么意思呢？因为《红楼梦》在乾隆五十六年以前只以抄本的形式流传，它第一次有刻本是在乾隆五十六年，也就是程甲本。

现在周春说乾隆五十五年——程甲本出现的前一年——有一个姓杨的朋友就告诉他，有一个叫"雁隅"的人买到了两部书，一部是《红楼梦》一百二十回，一部是《石头记》八十回。那也就是说，在程甲本出现以前，已经有《红楼梦》一百二十回了。而高鹗干这个事情是乾隆五十六年，那就直接就推翻了高鹗续《红楼梦》的说法。

我们还可以具体地指出来《红楼梦》一百二十回的抄本究竟是在什么时候出现的。周春听到了《红楼梦》的名字，可是没有见到书，后来到了乾隆五十七年冬天——乾隆五十七年就是程乙本出现的年份——知道苏州书店已经刻印了，浙江吴兴的书商把一个新刻本拿来，他才看到了《红楼梦》全书。这是周春的说法，这段文字写于乾隆五十九年。

现在我们就要进一步查"雁隅"这个买到了《红楼梦》抄本的人，他是哪一年买到的？他所买到的抄本最晚是在哪一年出现的？我们查得出来。

雁隅姓徐，叫徐嗣曾，他考试的时候曾经冒姓，榜上的姓是杨，杨嗣曾，他本人实际姓徐。过去的考试，一可以冒充籍贯，二可以冒充别人的名字。冒充别人的名字一直到现在还有。

我给大家举一个例子。北京大学，我有一位老学长，现在也是一个很有名的专家，叫陈贻焮，北大中文系教授。但是，他考大学的时候不叫陈贻焮，叫陈炳坤。他本来的名字叫陈贻焮，冒充了别人的名字来考试，用的是别人的证件。所以他留在北京大学教书以后，申请改名，改回本人的名字。他是湖南人，现在已经去世了，一位研究唐诗的专家，很有名的，是我的大师兄。他就是考试的时候冒名，从古到今这样的事情不稀奇。

雁隅冒用杨嗣曾的名字考取了功名，后来做了官，他是乾隆二十八年的进士。乾隆五十年七月他担任福建巡抚，乾隆五十五年他在福建巡抚的任上病死。

那么，他买到《红楼梦》一百二十回抄本究竟是在哪一年呢？

周春说这事是乾隆五十五年听别人说的。所以徐嗣曾买到这个本子肯定发生在乾隆五十五年以前。他买到了，让别人知道了，知道了以后再告诉周春，这是要经过一段时间的，不是一个月、两个月所能够办到的事情。所以，他买到《红楼梦》一百二十回的抄本肯定比乾隆五十五年要早得多，最晚不能晚于乾隆五十五年的秋天。

到底是哪一年呢？我们可以考察得出来。

我们知道，在一个省的范围里边考试叫乡试。清代什么时候举行乡试？是在这四年：子、午、卯、酉。天干地支纪年的子年、午年、卯年、酉年均八月初九日至十五日举行乡试，就是在省里考试。

这位徐嗣曾在福建巡抚任上一共做了五年。在这五年之间，究竟哪一年考试呢？

我们看了一下，举行考试的只有两年。在他任期之内，也就是他带着《红楼梦》抄本去监考，只可能是乾隆五十一年或者是乾隆五十四年。五十年、五十二年、五十三年、五十五年都不可能。

所以，我们第一步敲定他有可能是在乾隆五十一年或五十四年带这两个《红楼梦》抄本去监考，只有这两个年份可能。

但是，这里有一个特殊情况，乾隆五十五年是乾隆皇帝的八十大寿。所以，朝廷把五十四年的考试提前在五十三年举行，五十四年照样还举行，叫"恩科"。

因此，在徐嗣曾做福建巡抚的任内，他去监考的乡试有三次，乾隆五十一年八月，乾隆五十三年八月，乾隆五十四年八月，这三年他都参加了监考。因此，他把《红楼梦》一百二十回的抄本带去看，只有发生在这三年才有可能。

我们要用排除法来排除这三年的一些年份。乾隆五十三年八月不可能，因为他在台湾出差，他不可能去监考。他监考的只可能是乾隆五十一年或五十四年。因此，他买《红楼梦》一百二十抄本要么在乾隆五十一年之前，要么在乾隆五十四年之前，无论如何，不可能晚于乾隆五十四年的八月。肯定在乾隆五十四年八月之前，社会上就已经有一百二十回的抄本流传，而且被他买到了，带到考场去看了。

这是头一个证据，这不就证明了乾隆五十六年程甲本出版之前在社会上就已经有一百二十回抄本流传了么！这个一百二十回和高鹗毫无关系，和高鹗有关系的是程甲本，那是乾隆五十六年的事。

再讲第二个证据。

《红楼梦》有一个版本叫舒元炜序本。舒元炜序本只保存了四十回。过去大家不太注意这个版本，也不太容易见到这个版本，因为它是私人收藏的，它原来的收藏者叫吴晓铃。我上一次讲《红楼梦》第九回结尾的时候就介绍过。吴晓铃去世以后，他的家属把他的所有藏书都捐献给了首都图书馆。所以，现在我们人人都可以看到这部书了。

我上次也介绍过这个情况，"文化大革命"当中，北京的藏书家都遭到了厄运，他们的藏书不是被烧了，就是被豪取强夺。比如傅惜华，他的书大部分被康生搞去了，还有很多被红卫兵抄家抄掉了。唯独吴晓铃丝毫没有受到损失，因为"文化大革命"一起来，红卫兵一起来，我们文学研究所的红卫兵就把一张封条贴在了吴晓铃的书房的门上——"文学研究所红卫兵封"，任何人不得进去。那时候红卫兵是很威风的，谁敢撕红卫兵贴的封条呢！于是吴晓铃的藏书全部丝毫无损地保存下来了。

这部书很重要，我上次已经介绍过了，里边有曹雪芹初稿的一些成分。

这本书前面有一篇舒元炜写的序。舒元炜是杭州人，到北京来考试，没有考取，就在一个藏书家叫作玉栋的满洲人家里做一些秘书之类的工作。在这期间,他看见了玉栋收藏的一部《红楼梦》,给这部《红楼梦》写了个序。

这篇序是乾隆五十四年阴历六月上旬写的,这序里有三句话值得我们注意。

第一句话是"惜乎《红楼梦》之观止于八十回也。全册未窥,怅神龙之无尾;阙疑不少,隐斑豹之全身。"说明他所看到也是八十回。

第二句话是"漫云用十而得五,业已有二于三分"。意思是,你不要说我现在这书不全,只是《红楼梦》的一半,不是,我现在已经有了《红楼梦》的三分之二。因为舒元炜序本的原本是八十回,那么,一百二十回的三分之二就是八十回。这也就证明了《红楼梦》的原书,当时社会上流传的、舒元炜所知道的是一百二十回,不是八十回,八十回是不全的,全的是一百二十回。

第三句话是"核全函于斯部,数尚缺夫秦关"。意思是,我把这《红楼梦》全部拿来搁在这儿,就是玉栋家里所收藏的还缺,缺多少呢?秦关。秦关是个典故,出自《史记·高祖本纪》,原来叫"秦关百二",这个地方拿这个成语"秦关百二"来代替一百二十回,把"百二"作一百二十来理解。也就是说,《红楼梦》是一百二十回,现在只有三分之二。

这是舒元炜说的话。这些话也是一个证据,乾隆五十四年说的,可见得一百二十回的流传是在乾隆五十四年以前,也就是在高鹗他们出版的程甲本之前两年。

这可以证明,高鹗和程伟元没有说谎,他们先是搜集后四十回当中的二十几回,后来又从鼓担买到了后四十回的另外十几回,已经有二十几回,又买到了十几回,拼在一起正好是四十回,这是完全有可能的。

以上,是用程伟元自己的话,用高鹗自己的话,用周春的话,用舒元炜的话来证明两点。哪两点呢?第一,《红楼梦》后四十回的作者不是高鹗,也不是程伟元。第二,程甲本乾隆五十六年出版之前,《红楼梦》后四十回已经在流传。

(七) 从冬至到花朝

下面一点，从冬至到花朝。

这是我要举的内证甲。什么意思呢？为什么要从冬至到花朝？

我们要举八九个内证来证明《红楼梦》后四十回的作者既不是高鹗，也不是程伟元。

这个内证有两类：甲，高鹗、程伟元的序；乙，后四十回的本文、正文。

关于高鹗、程伟元的序，前面我们谈外证的时候已经谈到了。现在谈一下这两篇序的写作时间问题。

在程甲本的头上有一篇序，这么说的：

> 时乾隆辛亥冬至后五日，铁岭高鹗叙并书。

辛亥就是乾隆五十六年，冬至在农历的十一月。

再看程乙本中，高鹗和程伟元两个人写的序：

> 壬子花朝后一日，小泉、兰墅又识。

壬子就是乾隆五十七年。什么叫"花朝"？就是百花生日，在阴历的二月。百花生日到底是哪一天，有三种不同的说法：二月初二，二月十二，二月十五。不管是哪种说法，都在阴历二月。

那么，从乾隆五十六年程甲本到乾隆五十七年程乙本，表面上看，只差一年的时间。但从月份上看，也就两个多月，六七十天，时间不长。

这么短的时间内，程伟元、高鹗究竟做了什么事情呢？大量的工作。什么工作？对程甲本的前八十回和后四十回进行了大量的修改。为什么说是大量？我们有统计，修改的字数有两万多字，增加也好，删减也好，一共是两万一千五百零六字。

我们手上有程甲本和程乙本，每一页的行款、字数、版口完全一样，程甲本有1751页；程乙本有1755页，多了4页。程甲本1751页当中几乎每一页的文字他们都做了改动，没有改动的只有56页。这是我们的统计。

这些改动有两个特殊的现象。

第一，每一页的头一个字和最后一个字基本不改，只改当中的字，因此每一页最开头和最后的字在绝大多数情况下都是相同的，在这1750多页中只有69页开头的一个字和最后一个字不同。

第二，邻近的几行当中，要是删掉了三个字，就一定补上三个字，要删掉五个字，就补上五个字，要是添上了五个字，在旁边一定要减少五个字，因为他们印的是活字版，所以字数是很注意的。这是删改中第二个特殊的现象。

总而言之，从程甲本到程乙本，正文的改动字数有两万一千多，改动的地方有几千处。如果高鹗和程伟元是后四十回的作者，那么在如此短暂的两个多月时间里，对自己的作品或者自己整理、校订的作品进行这么匆忙的大量修改，有什么必要吗？短短的70多天里，他们不可能做这样大量的修改。我的意思就是说，不是在修改自己的作品。

我们知道，作家一般对自己写出来的东西是很爱护的，不轻易修改的，已经出版了的作品万不得已才进行修改，中外古今恐怕都是这样子。所以，如果他们是作者，进行这样大量的修改在情理上说不通。

这讲的是外证。

（八）再举出七个内证

下面我要举出七个内证。

内证完全是《红楼梦》后四十回的本文。我们从本文出发，来证明后四十回的作者不可能是程伟元，也不可能是高鹗。

我们要说明的结论就是：如果是自己改自己的作品，怎么能把对的改成错的？怎么能把错的越改越错？

1. 第一个内证是非常有名的例子，见于第一○一回，凤姐在大观园里碰见了秦可卿的鬼魂以后：

> 凤姐……带了两个丫头，急急忙忙回到家中。贾琏已回来了，只是见他脸上神色更变，不似往常。待要问他，又知他素日性格，不敢突然相问，只得睡了。

大家注意，这里边有三个"他"。在五四运动之前，"他"字不分男女，都是单立人，"她"是"五四"以后才出现的。所以，这里虽然是男性的"他"，但指的是凤姐。这三个"他"指的都是凤姐。

贾琏看见凤姐脸上神色更变，为什么神色更变？因为凤姐碰见了"鬼"。贾琏想问凤姐，又知道她素日性格，不敢相问。为什么不敢问？因为他怕老婆，怕触犯了凤姐。这是说得通的。

我们看程乙本怎么改：

> 凤姐……带了两个丫头，急急忙忙回到家中。贾琏已回来了，凤姐见他脸上神色更变，不似往常。待要问他，又知他素日性格，不敢突然相问，只得睡了。

程乙本把"只是"改成了"凤姐"。既然是"凤姐见他"，那这里的"他"不是凤姐了，就是贾琏。贾琏在家里好好的没什么事情，为什么脸色更变呢？不可能的。凤姐向来不怕贾琏的，怎么会不敢问贾琏呢？这不就是错了么？

这是个非常明显的例子。只改了两个字，"只是"变成了"凤姐"，这样句子的主语就换了，三个"他"字就指贾琏了。

自己改自己作品，怎么能够把对的改成错的呢？这就证明，后四十回的正文不是程伟元、高鹗所写的。

2. 第二个内证，更有意思，见于程甲本九十三回。

刚才举的例子是把对的改成错的，现在举的第二个例子是把错的改成对的，但是这个"对"也不对。

第九十三回水月庵的事情发作了，在那里主持的贾芹被叫回来，他看到了贾琏以后，就跟着赖大一块儿出来，赖大就问他有什么人跟你不对啊，发生了这样的事情。然后：

  贾芹想了一想，忽然想起一个人来。未知是谁，下回分解。

既然是这样，那第九十四回就该交代出他想出来和他不对的那个人是谁。正因为有人跟他不对，前去告密告发了他，所以害得他丢了差事。可是到了第九十四回，没有下文，也没有再提起贾芹有没有想起那个人是谁。因此九十三回和九十四回不衔接。

程乙本就改了，我们看看怎么改动九十三回结尾的：

  贾芹想了一会子，并无不对的，只得无精打采，跟了赖大走回。未知如何抵赖，且听下回分解。

既然没有不对的，故事里也不和这个人发生关系，那赖大干什么要问他，这不是多此一举么，完全是节外生枝么？跟事情的发展毫无关系。肯定原来是有一个人跟贾芹不对，这个人起了作用，赖大提醒他，才去想，而且想出来了这个人是谁。

但因为程伟元、高鹗搜集来的后四十回的文字有的地方不衔接，他们也搞不清楚，贾芹想起来的人究竟是谁，于是第九十四回只好不提。不提了，可是前面又有说贾芹想起来的话，那就不应该让他想起来，所以就说想了半天，不晓得是谁，这样应付了过去，糊弄读者。

这个例子说明不是自己改自己的作品。如果是自己写的第九十三回，他应该知道贾芹想起的那个人是谁。可贾芹跟那个人之间有什么关系，发生了什么事情，高鹗、程伟元完全不知道，所以只好这么稀里糊涂地打个马虎眼过去了。

  3. 第三个例子，本来错的，一改又错了，错上加错。

程甲本第九十回，这是很有名的一回，梅兰芳曾经把它改成京剧，叫《宝蟾送酒》，这里边写：

> 宝蟾方才要走，又到门口往外看看，回过头来向着薛蟠一笑。

这里有一个错字，"蟠"应该是"蝌"。程甲本印错了，印成了薛蟠。我们看程乙本怎么改：

> 宝蟾方才要走，又到门口往外看看，回过头来向着宝蟾一笑。

应该是把"蟠"改成"蝌"，现在把"薛"改成"宝"了。这就变成宝蟾自己向自己一笑，这不是错上加错么！宝蟾在勾引薛蝌，应该冲着薛蝌笑才对，自己冲自己一笑，成了什么文章呢？这也证明原来写的人不是高鹗、程伟元。

4. 第四个例子，第一○九回，是很有名的，叫"候芳魂五儿承错爱"。

20世纪20年代俞平伯老先生就提出来，后四十回里有好几个地方写得很精彩，其中就有这一回。我们来看看：

> 五儿此时走开不好，站着不好，坐下不好，倒没了主意了。因微微的笑着道："你别混说了，看人家听见这是什么意思。"

这话是对宝玉说的。这段描写的是五儿很不愿意和宝玉的谈话继续下去，可是又不敢拦住宝玉，不让宝玉说话，她怕她的做法过于生硬，得罪了宝玉，所以她微笑着敷衍宝玉，是这个意思。我们看程乙本怎么改：

> 五儿此时走开不好，站着不好，坐下不好，倒没了主意。因拿眼一溜，抿着嘴儿笑道："你别混说了，看人家听见什么意思。"

结果变成了五儿在那里故意勾引贾宝玉，眼睛一溜，就不是一个很正经的神态，还抿着嘴儿说，等于是在那里勾引贾宝玉了。实际上，原来不是这个意思，她是怕得罪贾宝玉，要想赶快脱身，这样一改，反而变成了进一步勾引宝玉了。

这也证明，不是自己改自己的作品。他不了解原来的意思，所以改错了，错上加错。完全和程甲本叙述的情景不合，如果程甲本是高鹗所写的，那么程乙本一定不是高鹗所改；如果程乙本是高鹗所改，那么程甲本一定不是高鹗所写。

5. 第五个例子，也是非常有名的一个例子，九十二回"评女传巧姐慕贤良，玩母珠贾政参聚散"。

我们看到的程甲本里边，既没有"巧姐慕贤良"，下半部分也没有"贾政参聚散"。也就是说，回目和正文之间文不对题。这就说明，程甲本不是程伟元、高鹗所写。我们看程甲本上半回的文字：

> 宝玉道："那文王后妃是不必说了。想来是知道的。那姜后脱簪待罪，齐国的无盐虽丑，能安邦定国，是后妃里头的贤能的。若说有才的，是曹大姑、班婕妤、蔡文姬、谢道韫诸人。孟光的荆钗裙布，鲍宣妻的提瓮出汲，陶侃的母截发留宾，还有画荻教子的，这是不厌贫的。那苦的里头，有乐昌公主破镜重圆，苏蕙的回文感主。那孝的是更多了，木兰代父从军，曹娥投水寻父的尸首等类也多，我也说不得许多。那个曹氏的引刀割鼻，是魏国的故事。那守节的更多了，只好慢慢的讲。若是那些艳的，如王嫱、西子、樊素、小蛮、绛仙等。姑（妒）的是秃妾发怨、洛神等类也少，文君、红拂是女中的。"贾母听到这里，说："够了，不用说了，你讲的太多，他那里还记得呢？"

大家看看，始终是贾宝玉一个人在那里独自演说，"慕贤良"的是巧姐，可巧姐一点反应都没有。但回目明明说"评女传巧姐慕贤良"，现在变成了贾宝玉一个人在评说女传，文不对题。程乙本就改了：

宝玉便道："那文王后妃是不必说了。那姜后脱簪待罪，和齐国的无盐安邦定国，是后妃里头的贤能的。"巧姐听了，答应个是。宝玉又道："若说有才的，是曹大姑、班婕妤、蔡文姬、谢道韫诸人。"巧姐问道："那贤德的呢？"宝玉道："孟光的荆钗裙布，鲍宣妻的提瓮出汲，陶侃的母截发留宾，这些不厌贫的就是贤德了。"巧姐欣然点头。宝玉道："还有苦的，像那乐昌破镜，苏蕙回文。那孝的，木兰代父从军，曹娥投水寻尸等类，也难尽说。"巧姐听到这些，却默默如有所思。宝玉又讲那曹氏的引刀割鼻，及那些守节的。巧姐听着，更觉肃敬起来。宝玉恐他不自在，又是那些艳的，如王嫱、西子、樊素、小蛮、绛仙、文君、红拂，都是女中的。尚未说出，贾母见巧姐默然，便说："够了，不用说了，讲的太多，他那里记得？"

大家看那些加了着重点的字，是在贾宝玉长篇累牍的演说当中，插进去了几个巧姐的反应。不是"慕贤良"么，巧姐总得有反应啊，就这样弥补缺点。如果说程甲本后四十回是高鹗所写，第一，不会文不对题，第二，补进去的也不会补得这么笨拙。完全是为了要补"慕贤良"，加了这么几句，一会儿点点头，一会儿说好，这个文章做得是很笨拙的。

我们再看看程甲本第九十二回下半回，不是"玩母珠贾政参聚散"么：

冯紫英道："人世的荣枯，仕途的得失，终属难定。"贾政道："像雨村算是便宜的了。还有我们差不多的人家，就是甄家，从前一样的功勋，一样的世袭，一样的起居，我们也是时常来往。不多几年，他们进京来，差人到我这里请安，还很热闹。一会儿抄了原籍的家财，至今杳无音信。不知他近况若何，心下也着实惦记。看了这样，你想做官的怕不怕？"贾赦道："咱们家里再没有事的。"

讲了这么半天，和"母珠"没有关系。"玩"是赏识的意思。一个母珠旁边吸引了好多子珠，看母珠想起了人世的聚散，贾政就发了一番感慨。从回目来想，应该是这么一个情节。可是，现在跟"母珠"联系不起来，没有这个内容。

结果程乙本怎么样呢，我们看看：

> 冯紫英道："人世的荣枯，仕途的得失，终属难定。"贾政道："天下事都是一个理呦！比如方才那珠子，那颗大的就像有福气的人似的，那些小的都托赖着他的灵气护庇着，要是那大的没有了，那些小的也就没有收揽了。就像人家儿当头人有了事，骨肉也都分离了，亲戚也都零落了，就是好朋友也都散了，转瞬荣枯，真似春云秋叶一般。你想做官有什么趣儿呢？像雨村算便宜的了。还有我们差不多的人家儿，就是甄家；从前一样功勋，一样世袭，一样起居，我们也是时常来往。不多几年，他们进京来，差人到我这里请安，还很热闹。一会儿抄了原籍的家财，至今杳无音信。不知他近况若何，心下也着实惦记。"贾赦道："什么珠子？"贾政同冯紫英又说了一遍给贾赦听。贾赦道："咱们家里再没有事的。"

这就算是贾政"玩母珠贾政参聚散"了，完全是为了弥补程甲本文不对题的缺陷。

这种文不对题的缺陷是怎么产生的呢？

我想，事情是这样的：

第一，后四十回是别人所续写，不是高鹗所续。

第二，在程甲本出版以前，社会上已经有一百二十回的抄本在流传。

第三，一百二十回抄本在流传的过程当中，由于种种的原因，被传抄的人进行了删改。程甲本第九十二回的底本应该是有巧姐"慕贤良"和贾政"参聚散"的内容和文字，可是到了程甲本的底本，这两大内容被删掉了。

高鹗、程伟元在编辑和整理程甲本的时候，因为急于出书，而没有发现九十二回存在这么个大缺点。程甲本出版了以后，他们发现了九十二回存在着文不对题的毛病，于是他们进行补救。

他们怎么补救的呢？就是加上巧姐一边听，一边说"是"，一边点头；吃饭的时候贾政发了一通议论，说人生聚散如何如何。高鹗所添加的这个文字不高明，呆板枯燥，但目的达到了：文，对上了题。对得这么不高明，那可见得原来不是他写的。他要使别人的文章文对题，他受到了很大的局限，所以他不可能发挥才能把它写得精彩。

6. 第六个例子，贾蓉的妻子到底是谁，姓什么？

当然，贾蓉的妻子是秦可卿，这是毫无疑问的。问题在于，秦可卿死了以后，贾蓉又娶了谁，他续娶的妻子姓什么？这在前八十回和后四十回里有问题。

贾蓉续娶的妻子，根据后四十回的描写，姓胡。

她以"胡氏"的名义初次露面，在第二十九回。但仅见于程乙本。

我们看第二十九回，宝玉把金麒麟揣在怀里，看见黛玉冲着他点头——

> 宝玉不觉心里不好意思起来，又掏了出来，向黛玉笑道："这个东西倒好顽，我替你留着，到了家穿上你带。"宝玉笑道："你果然不稀罕，我少不得就拿着。"说着，又揣了起来。刚要说话，只见贾珍、贾蓉的妻子，婆媳两个来了，彼此见过。

这是脂本的记载。贾珍、贾蓉的妻子婆媳两个，其中贾珍的妻子是谁，没有说；贾蓉的妻子，是原配还是续弦，她姓什么，都没有提到。只用了"贾珍、贾蓉的妻子"七个字空空洞洞地一笔带过。

这七个字在所有的脂本里都完全一样，但这七个字到了程甲本里变成了这样：

> 贾珍之妻尤氏和贾蓉新近续娶的媳妇

"新近续娶的"五个字是程甲本加的。也就是说，贾珍的妻子是尤氏，贾蓉的妻子姓什么没有说，可是是最近刚娶的。

到了程乙本，改了：

贾珍之妻尤氏和贾蓉续娶的媳妇胡氏

我们注意，程乙本改成了"胡氏"。这个"胡氏"是不是整理者高鹗和程伟元乱写出来的呢？不是。他们还是比较细心的，在后四十回里找出来了，出处在哪儿呢？是哪一回说是胡氏呢？在第九十二回。

第九十二回里，冯紫英和贾政对话，然后冯紫英就问：

冯紫英又问："东府珍大爷可好么？我前儿见他，说起家常话儿来，提到他令郎续娶的媳妇，远不及头里那位秦氏奶奶了。如今后娶的到底是那一家的？我也没有问起。"

贾政道："我们这个侄孙媳妇儿，也是这里大家，从前做过京畿道的胡老爷的女孩儿。"

紫英道："胡道长，我是知道的。但是他家教上也不怎么样。也罢了，只要姑娘好就好。"

"胡老爷的女孩儿"当然就姓胡。因此，前面第二十九回程乙本就把贾蓉的续弦叫作胡氏，出处就在这里。

我们刚才说，高鹗他们说"胡氏"是有根据的，在后四十回找出来的，很细心。但我要说，他还是不细心。

说他细心，因为他发现胡老爷的女儿嫁给了贾蓉，在第九十二回。在第九十二回之前没有提到她姓什么。

怎么又说他不细心呢？是因为他居然没有看到曹雪芹对贾蓉后来娶的妻子姓什么早就有了交代。这个交代在哪儿？第五十八回！第五十八回之前，第十三回之后——第十三回是秦可卿死——有个别的地方提到了贾蓉的媳妇，但是没提到这个媳妇怎么回事，到了第五十八回才提了。

在这里我要插几句：为什么贾蓉有没有再娶，曹雪芹不交代？我猜想，曹雪芹对秦可卿什么时候死，构思上起了变化。有的章节秦可卿没有死，所以他就没有明确讲贾蓉另外又娶了妻子。那个妻子姓什么他不交代，很含糊，就是因为秦可卿究竟什么时候死，在他最初的安排中，不是现在的第十三回。

我这是插进来说这几句。第五十八回怎么说的呢：

> 谁知上回所表的那位老太妃已薨，凡诰命等皆入朝随班按爵守制。……贾母、邢、王、尤、许婆媳祖孙等，皆每日入朝随祭，至未正以后方回。

贾母和邢、王是婆媳，贾母跟尤、许是祖孙，尤是尤氏，是贾珍的老婆。那么这个"许"是谁呢？当然就是贾蓉的老婆。所以，这个地方已经安排了，贾蓉后来娶的妻子姓许。第五十八回很明确地说出来了，"婆媳祖孙"四个字把她们的辈分扣得很紧，不容易让我们产生别的联想。

由此可见，在曹雪芹的安排中，她姓许，不姓胡。

考察了这个问题，能得出什么结论呢？

第一个结论，程甲本后四十回的作者和程乙本的整理者不是同一个人，如果程乙本的整理者是高鹗或程伟元，那么程甲本后四十回的作者就不是高鹗或程伟元。

第二个结论，八十回的作者和后四十回的作者不是同一个人。也就是说，后四十回不是曹雪芹写的，如果后四十回出于曹雪芹之手，他就不会让贾蓉所续娶的妻子姓胡了，应该是姓许。

7. 最后一个例子，讲的是雪雁。

我们知道，黛玉房里有两个丫鬟，一个叫雪雁，一个叫紫鹃。紫鹃是大丫鬟，雪雁是个小丫鬟。

可是，黛玉临死的时候，只有紫鹃一个人留在黛玉的身边。那么，雪雁到什么地方去了呢？

原来，林之孝家的传贾母的命令，要雪雁去做一件事，没有明确讲是什么事。所以，雪雁就不在黛玉身边。

原先林之孝家的是想传紫鹃，紫鹃不肯去，商量的结果让雪雁去，雪雁就去了。所以，黛玉临死的时候，身边只有紫鹃一个人。那么，到底雪雁干吗去了？

一直到《红楼梦》后四十回薛宝钗结婚的时候，我们才发现雪雁是女傧相。为什么雪雁要做女傧相？因为要给贾宝玉造成错觉，新娘子是盖头的，女傧相是露脸的，贾宝玉一看女傧相是雪雁，雪雁是林黛玉的丫鬟，那么，这个新娘子就一定是林黛玉了，而不会是薛宝钗了。在客观上，是起到了凤姐调包计的帮凶的作用。这不是雪雁本身想做的，雪雁也是没办法的。

到底雪雁后来到哪里去了呢？被打发出去嫁人了。

在程甲本、程乙本里描写就不一样。是谁提出让她出去嫁人？程甲本说是宝钗：

> 那雪雁虽是宝玉娶亲这夜出过力的，宝钗见他心地不甚明白，便回了贾母、王夫人，将他配了一个小厮，各自过活去了。

程乙本则说是宝玉：

> 那雪雁虽是宝玉娶亲这夜出过力的，宝玉见他心地不甚明白，便回了贾母、王夫人，将他配了一个小厮，各自过活去了。

说宝钗，我们想一想，是完全可以的。因为在宝钗的心目中，她是刚结婚，不愿意在面前留一个林黛玉的丫鬟。所以把她打发走，是很说得通的。

可是，宝玉，他怎么可能舍得把雪雁打发出去嫁人，把她轰走？那不可能。因为尽管结婚以后，他还是想念林黛玉——书里边有很具体的描写。在这种情况下，他怎么会提出让雪雁嫁人？那是不可能的，但是程乙本就是这么改的。

如果程甲本是高鹗所写的，薛宝钗提出让雪雁嫁人那是很合情理的，可为什么要把一个合乎情理的改成不合乎情理呢？如果是高鹗写的，他应该知道为什么要写宝钗提出把雪雁轰走，可见他不了解这些，所以改成了宝玉。宝玉打发雪雁就不符合贾宝玉和林黛玉两个人之间的感情。

所以，从这个例子也可以看出，程甲本后四十回作者和程乙本后四十回修改者不是一个人。修改者不了解作者那么写的意图，他完全从主观出发来修改，结果修改得让我们觉得不对，不符合情理。

这种情况只有在后四十回作者不是高鹗的情况下才可能出现，如果是他写的，绝不可能露出这样的败笔。

这是我们举的最后一个例子。

综合以上所讲的，我们对外证的分析，又举出了七个内证，我们得出来的结论就是：后四十回的作者不是曹雪芹，不是程伟元，不是高鹗，而是他们之外的另外一个人。

这另外的一个人是谁？非常遗憾，我们现在没有任何一条材料能证明这个人姓什么、叫什么，现在也没有看到有谁能说出这个人是谁。

我们只能肯定一点，这个人是生活在曹雪芹之后，高鹗、程伟元之前的一位无名氏。这就是我们的答案，再多说一句话就错了，材料能够告诉我们的到这里为止。

今天所讲的《红楼梦》后四十回作者的问题大致就是这么多了。

《红楼梦》之谜（四）

——彩云、彩霞是两个人还是一个人

演讲时间：2006 年 3 月 26 日

大家好！

今天讲的题目是"彩云彩霞问题"。

1995 年，我写了一篇论文，题目叫"彩云与彩霞齐飞"，这个题目是套用了唐朝人王勃《滕王阁序》的句子。文章比较长，有将近四万字。

我为什么会写这篇论文呢？为了纪念我的一个朋友，现在他已经去世了，就是上次我提到的周绍良先生。周绍良先生快 90 岁的时候，中华书局给他出了一本纪念论文集。编辑四处征稿，因为我是他的朋友，就征稿征到我这儿了。我就写了这么一篇文章。当时挑选题目的时候，因为周绍良先生当年曾经写过一篇小文章，题目就叫《彩云彩霞》，我觉得他谈得还不够深入，还可以继续探讨，所以我说我也继续写这篇文章，作为对他的一个纪念，还算是个好事吧，所以就这么写了。写了以后，交到了负责编辑这本书的同志手里，给退回来了。退回来不是别的原因，说你这文章太长了，三四万字我们没法登。于是我就另外拿了五篇小文章充数，这篇文章就收回来了。

后来，在 1996 年哈尔滨召开的"海峡两岸《红楼梦》讨论会"上，我就提交了这篇论文。今天要谈的和那篇论文里边所讲的内容差不多。

周先生是一个著名的红学家，他的两本书到现在还是所有研究《红楼梦》和对《红楼梦》感兴趣的人的必读书，一个叫《中国古典文学研究资料汇编·红楼梦卷》，一本叫《红楼梦书录》，这都是他的传世之作。他现在已经去世了。

当年，我住在东四头条，他住在东四五条。他因为在人民文学出版社上班（后来在法源寺上班），每天都要从我们宿舍的后门进来，从前门出去，路上要经过我的窗前，所以我们几乎是天天见面，见面就常谈红学问题。

所以今天讲这个问题就想起了他。

我今天讲的题目一共有 16 个问题。

我先把这 16 个问题说一下：

（今天非常抱歉，这个投影仪不能使用，而要讲的内容有很多要引用红楼梦的本文，那么只好我来念了，我念得尽可能慢一点）。

一、丫鬟和小厮命名的规律。

二、"彩凤"就是彩霞。

三、"彩鸾"是什么人。

四、彩云和彩霞是两个人。

五、彩云和彩霞是一个人。

六、谁是王夫人的"膀臂"。

七、彩云与贾环。

八、彩霞与贾环。

九、彩云的"分身术"。

十、发放丫鬟。

十一、初步的推测。

十二、七条脂批内证。

十三、脂砚斋与"十二钗"。

十四、畸笏叟与"风月之情"。

十五、"彩云"隐藏的义蕴。

十六、跳跃着写（"跳跃着写"是我总结出来的曹雪芹的一种写作方式）。

这一讲的内容主要是讲两个方面：

第一，从彩云、彩霞问题看曹雪芹的创作过程，看曹雪芹艺术构思的变化。这是今天要讲的第一个主要的内容。

第二，从彩云、彩霞问题看曹雪芹的某种写作方式。所谓写作方式，就是说曹雪芹写红楼梦是从第一回开写，然后第二回，第三回……一直写到第八十回这样地按顺序写呢？还是乱插花地不按照顺序写？通过彩云彩霞问题我们能够看出一点情况，他不是按照第一回、第二回……七十八回、七十九回、八十回这样的自然顺序写下来的，而是当中有跳跃。

一　丫鬟和小厮命名的规律

下面先讲第一个问题，彩云、彩霞命名的规律。

是丫鬟嘛，都要取名字，这个名字都是主人给她取的。曹雪芹在《红楼梦》里写了很多男的小厮、女的丫鬟，每个人都要取个名字。在曹雪芹给他们（她们）取名字的过程当中，我们发现了一个规律。

我们可以指出两点：

第一，无论是丫鬟还是小厮，往往是四个人一组出现，我们可以把这个叫作"四人组"。我不晓得大家懂不懂日文，我们中国出了个"四人帮"，日语翻译出来，不叫"四人帮"，而叫"四人组"。我这里借用这个词。小厮也好，丫鬟也好，取名字的时候四个人一组，这是第一个特点。

第二，他们（她们）取名字的时候往往配成对儿，这叫作对偶形象，从名字来看，他们是一对。从《红楼梦》全书我们普遍地去查，都符合这个规律这个特点。

我们来举一些例子。

比如说，元、迎、探、惜四个小姐的丫鬟，元春的丫鬟叫抱琴，迎春的丫鬟叫司棋，探春的丫鬟叫待书（有的版本叫侍书），惜春的丫鬟叫入画。这四个人配在一起是"琴、棋、书、画"。这是第一个例子。这都是精心设计好的,不是随便命名的。

第二个例子,贾母有四个丫鬟,分别是琥珀、珍珠、翡翠、玻璃。这四个丫鬟的名字,全是一种珍贵的装饰品。玻璃在那个时候也是很名贵的,不像现在,玻璃是很普通的了。

再看看贾宝玉的四个小厮,他们在第二十四回同时登场,也是四个人一组。这四个是引泉、扫花(有的版本叫扫红,这是一个意思)、挑云、伴鹤。这四个名字取得也是很有意思。

无论是给丫鬟取名,还是给小厮取名字,当然是曹雪芹定的。但这个名字不是随便取的,而是反映出他们(她们)的主人的爱好、身份、素质。贾宝玉的四个小厮的名字反映的都是古代一些文人的雅事、韵事。所以说,符合贾宝玉的身份、气质。贾母的四个丫鬟的名字是珍贵的装饰品,符合贾母的地位、气派。

这讲的是"四人组"。

第二个特点,对偶形象,往往两个人是配合成对的,这就更普遍。

比如说王夫人的丫鬟,一个叫金钏儿,一个叫玉钏儿,姐妹两个。还有两个丫鬟,一个叫绣鸾,一个叫绣凤。这是王夫人的丫鬟,是两对儿。

再看李纨,李纨的两个丫鬟,一个叫素云,一个叫碧月,这是一对。

贾母两个丫鬟,一个叫鸳鸯,一个叫鹦鹉,两个鸟。

可卿的两个丫鬟,一个叫瑞珠,一个叫宝珠。

贾宝玉除了前面说的那几个以外,还有两个小厮,一个叫双瑞,一个叫双寿。贾琏的两个小厮,一个叫隆儿,一个叫兴儿,这两个意义相近。

贾珍两个小厮,一个叫喜儿,一个叫寿儿。

这是第二个特点,配合成对的组成对偶的形象。

"四人组"也好,对偶形象也好,它有一个普遍的规律,就是这个名字上一个字相同,或下一个字相同。上一个字相同的像绣鸾、绣凤、双瑞、双寿,下一个字相同的像瑞珠、宝珠、金钏儿、玉钏儿。

这是给丫鬟、小厮取名字的特点和规律。

为什么要先从这一点讲起呢?因为这个和我们讲的彩云、彩霞有关系,也就是从这个规律我们可以去找是不是还有不符合规律的地方?为什么不符合?这样我们就对彩云、彩霞产生了一些怀疑。

这是我要讲的第一个问题。

二 "彩凤"就是彩霞

下面讲第二个问题。"彩凤"就是彩霞。

彩凤是怎么回事呢?怎么有彩凤呢?

可以说,红楼梦的绝大多数读者都不认识这个人,或者说没有见过这个人。但是,在红楼梦的书里是有的。彩凤出现在第二十三回,可是,在《红楼梦》的所有版本中,只有三个版本中有这个人名,其他的版本没有。这三种就是梦觉主人序本、程甲本、程乙本。只有这三个版本里边的第二十三回中有彩凤。

第二十三回写的是什么故事情节呢?贾政召见贾宝玉,贾宝玉就赶紧到王夫人房中见贾政和王夫人。《红楼梦》的正文是这么写的:

> 金钏儿、彩云、彩凤、绣鸾、绣凤等众丫头都廊檐下站着呢,一见宝玉来:"都抿着嘴儿笑他。"

他去了,很多丫鬟看见他,跟他开玩笑,一下子列举了这么几个丫鬟,出现了五个名字。这五个人都站在王夫人的房间前边,当然是王夫人、贾政房间的丫鬟,这是没有问题的。

那么,这五个人名在版本里有没有问题呢?几个版本比较下来,有问题。大多数的脂本中,五个人名都有,但彩凤不叫"彩凤",叫"彩霞"。只有梦觉主人序本、程甲本、程乙本把"彩霞"改成了"彩凤"。

还有一个本子，只保存了第二十三回、第二十四回，恰恰有这个第二十三回，一般叫它"郑本"，是原来郑振铎收藏的，现在藏在国家图书馆。在郑本里，这五个人里边有彩霞，没有彩云，也没有彩凤。

五个丫鬟的名字从版本来考察，就发现了这么两点。为什么会出现？我们可以看出是这么个问题，这五个人实际上是三对，金钏儿孤零零的，但是我们知道，她的妹妹是玉钏儿，这个时候没出来，算是半对儿。另外的四个人应该是两对儿。一对儿叫彩云、彩凤，一对儿叫绣鸾、绣凤。这里边就出现问题了。

彩云、彩凤，根据我们上边总结的规律，应该是上边一个字相同，"彩"字相同，底下那个字不同，这个不同的字的意义应该是相同的或者是相近的。现在"彩云"和"彩凤"，上边的字相同，底下的那个字意义不相同也不相近，一个是"云"，一个是"凤"，一个是动物，一个是天上的云彩，这看上去是不大合理的。

第二个不合理的是，既然有绣鸾、绣凤，为什么又有彩凤，这"凤"字有重复。那么，一个主人给自己的丫鬟取名字，前面一个排行的字，后面的字应该是不相同的，为什么这两个人的第二个字又相同了呢？贾政也好，王夫人也好，起名字时肯定不会这么粗心。这里就有问题。

我们从版本校勘来看，在程甲本、程乙本都把彩云保留下来了，不是彩云和彩凤是一对儿吗，都把彩云保留下来的，彩凤是它们二者都有的，为什么有？因为它们把脂本的彩霞改成了彩凤。这是第一个我们觉得不合理的原因。

第二个不合理的原因，郑本保留了彩霞，删掉了彩云，所以少了一个人。从这两个例子，我说，彩凤就是彩霞。

他们为什么要改动曹雪芹原来的文字？有一个共同的想法，涉及我们今天所讲的彩云、彩霞问题，他们不想让彩霞在这个地方出现，不想让彩云和彩霞同时出现。所以就出现了一个彩凤，实际上没有这个人，他们随便改的。改动的原因就是他们不愿意这个地方出现彩霞，不愿意彩云和彩霞同时出现。为什么？——我后面会讲。

底下要举更多的例子来分析为什么不让彩云和彩霞同时出现。也就是说，他们看到了《红楼梦》八十回全书里边有些地方在彩云、彩霞的问题上解释不通，有些地方互相矛盾，他们看出来了。那么，怎么办？他们就改。彩云、彩霞有矛盾吗，是一个人呢还是两个人呢，搞得大家迷迷糊糊的。不让这个现象出现，就进行修改，只保留一个人，有的保留了彩云，有的保留了彩霞。所以就出现了不同的情况，这是我要讲的第二个问题。

三 "彩鸾"是什么人

第一个问题和第二个问题只是一种引子，我们要引出底下所讲的彩云彩霞的问题。

下面讲第三个问题——"彩鸾"是什么人？

刚才讲的是彩凤，现在还出现一个彩鸾。这也是一个引子，不是正文。

彩鸾出现在第六十二回。这个丫鬟在八十回里边只在这一个地方出现，其他的地方都没有出现过。

第六十二回写的是什么内容呢？贾宝玉过生日，既然是小少爷过生日，家里边的佣人连续不断地你来我往地都跑到贾宝玉这里来给他拜寿。这个时候，贾环和贾兰给贾宝玉拜寿来了，坐了一会儿刚走，下面的描写，我念给大家听：

> 宝玉笑说走乏了，便歪在床上。方吃了半盏茶，只听外面咭咭呱呱，一群丫头笑进来，原来是翠墨、小螺、翠缕、入画、邢岫烟的丫头篆儿，并奶子抱着巧姐儿，彩鸾、绣鸾八九个人，都抱着红毡，笑着走来，说："拜寿的挤破了门了，快拿面来我们吃。"

红毡是不是磕头时铺在地上的，是不是这个我也不太清楚。吃面嘛，是过生日的长寿面。

这一段里出现了"彩鸾"，全书只在这一个地方出现过。

那么，这个彩鸾是什么人呢？这八个人名里边，我分析了一下，可以分为四个层次：

第一个层次，四个小姐的丫鬟，就是翠墨——探春的丫鬟，小螺——宝琴的丫鬟，翠缕——湘云的丫鬟，入画——惜春的丫鬟。这四个小姐呢，都是大观园内部的。

第二个层次，篆儿——邢岫烟的丫鬟，这是外来的小姐的丫鬟，这和大观园贾府原来的小姐不同。

第三个层次，是凤姐的奶妈，不是丫鬟，她还抱着巧姐儿，也没有名字，因为她不是丫鬟，是个奶妈，不是曹雪芹描写的对象，所以没起名字。

第四个层次，就应该是奶奶的丫鬟，王夫人、邢夫人这一辈的丫鬟，就是彩鸾、绣鸾。也就是说，这里出现的一个绣鸾和彩鸾都是王夫人的丫鬟。

这样一来，就和我们前边讲的王夫人房间里边的丫鬟出现了矛盾。王夫人房里的丫鬟是金钏儿、玉钏儿姐妹两个，彩云、彩霞这一对儿，还有就是绣鸾、绣凤，这是全书中多次出现的六个人名，现在忽然出现了彩鸾、绣鸾，又是用"鸾"字辈排行的，这就和绣鸾、绣凤发生矛盾了，绣鸾和绣凤是"绣"字排行，一个是"鸾"，一个是"凤"，现在怎么又来了彩鸾，"彩"字又和彩云、彩霞重了，这不是有问题吗？

这是我讲的第三个引子，为什么出现彩鸾？

有人改了，或者是写错了。改，是故意的，有心的；写错了，是笔误，是无心无意的。不管是哪种情况，这个彩鸾和前面绣凤的出现，都是后来的人看出彩云、彩霞有问题，而在这里做的修改。或者是曹雪芹一下子写错了，比如说想写彩霞的，写成彩鸾了。

这和我们前面讲的命名的规律不符合，和对偶形象不符合。因此我们就要解释为什么会出现彩鸾。

我想了一下，为什么出现彩鸾的解释应该有四个，这四个解释哪一个能成立,哪一个不能成立呢?

第一种解释,彩鸾是"绣凤"两个字的笔误,彩鸾就是绣凤。这个可能性不大。我们说一个人名,你改也好错也好,两个字里边错上一个,很普通,容易出现,可以理解。现在两个字都错,变成了完全不同的两个字,这种可能性是很小的,这种解释基本上不能成立。

第二种解释,彩鸾就是彩云,"鸾"是"云"字的笔误,这也是一种解释。我们想了一下,存在着这种可能性。

第三种解释,彩鸾就是彩霞,"鸾"是"霞"字的笔误。

我想了一下,无非就是这么几种解释。

曹雪芹自己写错,有没有可能呢?有,有例子。我不知道大家读的《红楼梦》的版本,是"文化大革命"之前的还是之后的。这里边有一个区别。曹雪芹有一个笔误,把一个人名写错了。但是,在"文化大革命"以前出版的所有排印本,以及所有的《红楼梦》抄本、刻本中,都是错的。"文化大革命"以后,有个别的版本改正了曹雪芹的错误。

这个错误发生在第五回。1980年我发现后,写了一篇文章,叫《曹雪芹的笔误》。

第五回,贾宝玉到秦可卿的房里边,看见了有这个东西、那个东西,其中提到了一个寿昌公主,还提到了含章殿、梅花桩,向来的版本都是这样。当时我在校勘、注释《红楼梦》,心里就想,寿昌公主到底是何许人?既然秦可卿房里的什么杨贵妃都是名人,这个寿昌公主应该也是名人。

我查了大大小小的工具书,基本上没有寿昌公主。只有一个地方有一个人名叫寿昌公主,但和这个完全不符合。

这是怎么一回事呢,再一查,原来寿昌公主应该是寿阳公主。这是历史上很有名的一个典故。含章殿也好,梅花桩也好,都是她的典故。

为什么会错成了寿昌呢?因为底下又讲了一个破镜重圆的典故,那个妇女的名字中有一个"昌"字。曹雪芹写到那里,联想到下边的问题,就把"阳"字写成了"昌",因为底下讲到一个同昌公主。

所以说,曹雪芹写错,也有这种可能。这第五回中的"寿昌公主"

就是个很明显的例子。

那么，彩鸾也有可能是写错的，也有可能是后人改的。

我认为，彩鸾这个名字的出现是曹雪芹故意改写的。因为这一回是第六十二回，六十二回已经出现了彩云，彩霞还没露过面，他故意改写。

原来是谁呢，为什么要改掉呢？原来是彩霞，这是我的分析。下面我都会结合着讲这个问题，我就不具体地一一地说彩云怎么在六十二回就出现，六十二回贾宝玉做生日，彩云在好几个地方出现，这引文我下边还要讲到。

彩霞没有出现，当时不安排彩霞出场，所以就把彩霞这个名字改成了彩鸾，这是曹雪芹故意改的。

刚才我念的第五回的引文是这样的：

> 上面设着寿昌公主于含章殿下卧的榻，悬的是同昌公主制的连环帐。

这里的"寿昌公主"是"寿阳公主"的错误。那篇《曹雪芹的笔误》发表以后，有一些版本的整理者注意到这个问题，就把寿昌公主改成了寿阳公主，或者是加个注。在这之前，没有人纠正这个错误。

这是我要讲的第三个问题。

四 彩云和彩霞是两个人

下面就要进入正文，讲第四个问题——彩云和彩霞是两个人。

彩云和彩霞是两个名字，当然是两个人，这是毫无疑问的。

或者说，一开始，曹雪芹的设想就是安排彩云和彩霞是两个人，是一个对偶的形象，这也是没有疑问的。

为什么现在要提出来她们是一个人还是两个人呢？就是因为有

矛盾。

我先讲第四个问题，彩云和彩霞是两个人。接下去，我讲第五个问题，彩云和彩霞是一个人。是两个人和是一个人就发生了矛盾，然后，我们再进一步追究为什么会产生这种矛盾，曹雪芹是怎么了，我们要给出一个合理的解释。

彩云和彩霞不仅是两个不同的名字，当然就是两个人，而且她们两个人曾经四次出现在同一个场合，这更证明了她们是两个人，毫无疑问的。

哪四次呢？

第一次出现在第二十三回，就是刚才第一个引子里我讲的，绝大多数脂本里边是这么写的：贾宝玉到王夫人的房里，还没进门，刚走上台阶，就看见金钏儿、彩云、彩凤、绣鸾、绣凤这些丫鬟在那站着呢，因为贾政和王夫人在房间里商量事情，这些丫鬟不能在里边听，只能在门口站着，一看见宝玉来了，都给他做个鬼脸儿，抿着嘴笑。这些丫鬟里边有彩云、彩霞，这是脂本；程甲本、程乙本把这个彩霞改掉了，改成了彩凤，实际上曹雪芹这个地方写的是彩霞。这是第一次。

第二次出现，在第二十五回。第二十五回大家要细读，这里边牵涉到彩云、彩霞是一个人还是两个人，非常重要的。这一回说，王夫人叫贾环抄金刚咒，贾环就拿架子，彩云还是彩霞就看不惯，写的是这个情景：

> 那贾环……一时叫彩云倒杯茶来（彩云不理他）……只有彩霞还和他合的来，倒了一钟茶来递与他……彩霞咬着嘴唇，向贾环头上戳了一指头……这个是彩霞，不是彩云，表明彩霞和贾环有很亲密的关系。

在这个地方，我不是讲谁和贾环谈恋爱。谁和贾环谈恋爱，底下有一节我们专门分析。这个地方是讲彩云和彩霞同时出现，证明她们是两个人，一个对贾环好，一个对贾环不好，很鲜明的对比。这是第二十五回。

还有第三十八回。第三十八回，彩云和彩霞也同时出现了。《红楼梦》的本文是这样的：

> 又见凤姐走来道："你不惯张罗，你吃你的去。我先替你张罗，等散了我再吃。"湘云不肯，又命人在那边廊上摆了两桌，让鸳鸯、琥珀、彩霞、彩云、平儿去坐。……琥珀、彩霞二人也斟上一杯，送至凤姐唇边，那凤姐也吃了。

这里也同时出现了彩云和彩霞。在湘云请客的时候，两个人同时坐在一个桌子上。

第三个例子在第五十九回。第五十九回描写：

> 离送灵日不远，鸳鸯、琥珀、翡翠、玻璃四人都忙着打点贾母之物，玉钏、彩云、彩霞等皆打点王夫人之物，当面查点与跟随的营事媳妇们。

这里，彩云和彩霞也同时出现了。

既然两个人同时出现，又有两个不同的名字，那么当然在当时就是两个活生生的人，不可能是一个人，毫无疑问。

也许有人会问，金钏儿和玉钏儿是亲姐妹，那会不会彩霞和彩云也是亲姐妹，她们有比较亲密的血缘关系。

我要告诉大家，她们不是亲姐妹，她们没有血缘关系。这么说有什么证据呢？证据在第七十二回。第七十二回写了彩霞有一个妹妹叫小霞，可见在彩霞家里面，姐妹之间的排行是以"霞"字来排的，不是以"彩"字来排行。彩霞和小霞是亲姐妹两个，这就排除了彩云和彩霞是亲姐妹的可能。

这是我要讲的第四个问题。就是说，彩云和彩霞同时出现在同一个场合，这证明了她们确凿无疑是两个人。

五　彩云和彩霞是一个人

下面我要讲的是今天的一个重点——第五个问题，彩云、彩霞是一个人。

明明是两个人，同时又出现在一个场合，为什么会出现这么个问题，说她们是一个人，这究竟是怎么回事呢？

现在我要介绍，在《红楼梦》里边，确实有一个地方让我们怀疑，让我们深思：她们两个人非是一个人不可。

那是什么情节呢？在第四十三回。

第四十三回里，贾母出主意要给凤姐过生日，叫大家凑份子，让尤氏去操办。平时这些事儿是凤姐操办的，因为要给凤姐过生日，那不能由寿星自己出面，就让尤氏去做。尤氏也是个很会办事的人，贾母出多少，王夫人出多少，哪个丫鬟出多少，书里边就描写了这些凑份子的活动。

在凑份子之前，由鸳鸯引出了彩霞的名字。凑份子之后，由尤氏带出了彩云的名字。正文里的人名，在所有的《红楼梦》的脂本、现在的各个版本里边，彩云也好，彩霞也好，没有不同的，完全一致。奇怪的事情就出现了。

凑份子是贾母引起的：

> 贾母又道："姑娘们不过应个景儿，每人照一个月的月例就是了。"回头叫鸳鸯来："你们也凑几个人，商议商议，凑了来。"鸳鸯答应了去，不多时，带了平儿、袭人、彩霞等，还有几个小丫鬟来，也有二两的，也有一两的。

这段话告诉我们什么呢？彩霞参加了凑份子的活动，出了钱。她出的钱，我们推测是二两。需要特别指出，这里没有提到彩云。如果彩云也参加了凑份子，考虑到她的身份、地位，曹雪芹不可能不写她的名字。但是这个地方没有写。

这段话还告诉我们，彩霞不是一般的小丫鬟，而是一个大丫头，是和平儿、鸳鸯的身份、地位相同的大丫头。她们有的是贾母的丫头，有的是王夫人的丫头，有的是凤姐的丫头，有的是宝玉的丫头，可见她们是大丫头，是丫头里面的代表人物，是有地位的人物。

这点写得很突出，也很重要。这是鸳鸯引出了彩霞的名字。

下面我再讲凑了份子以后尤氏怎么带出了彩云的名字。

尤氏这个人很会办事，她不是收了钱么，然后她偷偷地又把收来的钱都还给大家了，就博得了这些人的好感。比如说，把周姨娘、赵姨娘的钱还了，她知道周姨娘、赵姨娘都很苦，钱不多，现在逼迫着要出份子，她们很不愿意，可是怕凤姐、怕贾母，不得不出。那么，尤氏就很体贴她们，背着王夫人、凤姐，偷偷地把钱还给了她们。然后，把平儿的钱也还了，把鸳鸯的钱也还了。这时，书里这样写的：

> 说着，一径出来，又至王夫人跟前说了一回话。因王夫人进了佛堂，把彩云的一份也还了他。

大家注意，收钱收的是彩霞的，还钱却还给了彩云。彩霞出了钱，没有还给她；彩云没出钱，还给了她。

你们去看这第四十三回，是不是这么回事。彩霞出的钱，应该还给彩霞啊，却还给彩云了。怎么会出现这个事呢？这就是开始让我们怀疑彩云、彩霞是一个人的一个地方。这个矛盾启发了我们的思考，为什么会这样：出钱的没还，没出钱的还给她了？

于是，这个原因的猜想之一，会不会是曹雪芹搞错了？把她们应该是一个人，在这个地方忘了改了，应该是彩云，就把彩霞改成彩云，应该是彩霞，就把彩云改成彩霞。这样一来就没有矛盾了，收了谁的钱还给谁。尤氏办事很精明的，绝对不可能把钱还给没有交钱的人。交了钱没有还的还有鸳鸯，这和我们讨论的问题没有关系，我们不去管。

为什么彩霞交了，没有退？为什么彩云没有交，反而退了？奇不奇怪？

说奇怪也不奇怪。我们可以提出比较圆满的解释，这种解释就可以去除这个怀疑：交钱的彩霞，就是退钱的彩云。也就是说，前面一段引文当中的彩霞，就是后面一段引文中的彩云。她们实际上是一个人！

彩云、彩霞是两个人，又是一个人，这是发生在彩云、彩霞身上的第一个奇怪的现象。

为什么说是第一个？还有第二个，第三个，第四个，第五个。我们接下去会讲。

六　谁是王夫人的"膀臂"

下面讲第六个问题，谁是王夫人的膀臂？

膀臂就是得力的心腹，得力的助手，也就是说，在那些丫鬟里面最受主人赏识的、最有地位、最有权势的一号人物。

这样的心腹，往往都是很少的，一般只有一个。丫鬟四个、六个、八个里边成为膀臂的只有一个。

彩云是王夫人的膀臂，彩霞也是王夫人的膀臂。于是，我们产生了一个疑问：王夫人的膀臂何其多也！怎么有两个？王夫人的膀臂，她手下的一号丫鬟是彩云，还是彩霞呢？

先介绍"膀臂"之说。

"膀臂"是李纨的说法，见于第三十九回。第三十九回，李纨、宝钗、宝玉和探春四个人在聊天，聊天的内容是什么呢？聊的是对贾母、王夫人、凤姐、宝玉房间里的大丫头，一个一个加以评论。被评论的对象是四个人：平儿、鸳鸯、彩霞和袭人。评论了一番以后，平儿说，凤姐房里原来有四个丫头，后来死的死，去的去，只剩她一个人，她自我解嘲说，我是一个孤鬼。于是，李纨说：

你倒是有造化的。凤丫头也是有造化的。想当初，你珠大爷在日，何曾也没两个人，你们看我还是那容不下人的？天天只见他两个不自在，所以你珠大爷一没了，趁年轻，我都打发了。若有一个守得住，我倒有个膀臂。

"膀臂"就是从这里来的。她评论了四个膀臂，我们看她们怎么评论的。
首先，评论的是平儿，李纨夸赞她，说她：

是凤姐的"一把总钥匙"，"凤丫头就是楚霸王也得这两只膀子，好举千斤鼎"。

这是李纨对平儿的评论。
第二个评论的是鸳鸯，贾母手底下的一号。李纨夸奖她：

老太太屋里，要没那个鸳鸯，如何使得？

第四个评论的是袭人，是宝玉那里的一号，李纨指着宝玉说：

这一个小爷屋里，要不是袭人，你们度量到什么田地。

最后，宝钗说了两句总结性的话，她是这么说的：

这几个都是百个里头挑不出一个来，妙在各人有各人的好处。

这是评论了四个人以后，薛宝钗作的总结。
其中我刚才没有提到的评到的第三个人是彩霞。
我们听听宝玉和探春是怎么评论彩霞的。宝玉说：

> 太太屋里的彩霞，是个老实人。

探春说：

> 可不是，外头老实，心里有数儿。太太是那么佛爷似的，事情上不留心，他都知道。凡百一应事，都是他提着太太行。连老爷在家、出外去的一应大小事，他都知道。太太忘了，他背地里告诉太太。

这是探春对彩霞——王夫人房里的一号——的评论。

根据这里的描写，彩霞的身份、地位、作用和平儿、鸳鸯、袭人没什么区别，她们是一个类型的、一样的地位。显然，彩霞在这点上要比王夫人房里的别的丫鬟高出一头，别的丫鬟就是金钏儿、玉钏儿、彩云、绣鸾、绣凤五个人，彩霞显然比她们高出一头。

关于这一点，我们可以举出旁证。彩霞是不是一号，是不是要比别的丫头高出一头，我们要举旁证，光是刚才讲的那一段还不能够完整地说明问题。我们举的一个旁证是三十八回，湘云请客，专门摆了两桌——

> 让鸳鸯、琥珀、彩霞、彩云、平儿去坐。

这个安排是很周到的，也很得体。这些人主要是贾母的丫鬟、王夫人的丫鬟。应该说，鸳鸯、琥珀都是贾母的丫鬟，她们的身份、地位和下面提到的彩霞、彩云应该是一样的。而且，彩霞排在彩云之前也不是偶然的，这两个人都很重要，但彩霞更重要。这是第一个旁证。

第二个旁证，还是在第四十三回。就是刚才我们讲的凤姐过生日。彩霞出二两，出的二两是和鸳鸯、平儿、袭人一样的，小丫头们只要出一两。这也就说明，她是一号，她比别的丫头包括彩云在内，都要高出一头。

无论是第三十九回、第三十八回还是第四十三回,彩霞的地位、身份都是一样的。可以毫不夸张地说,从这三回来看,彩霞是王夫人房里的首席大丫鬟。

问题就来了。仅仅限于这三回,在别的回就不一样。

别的回,是哪几回呢?第二十九回、第三十四回、第六十二回。这三回里好像彩云取代了彩霞的地位,成为王夫人手底下的首席大丫鬟。

那三回是彩霞,这三回是彩云。

我们仔细看看这三回,彩云是不是首席大丫鬟?

第一个例子是第二十九回。第二十九回描写的是清虚观打醮。一家老少坐车的坐车,坐轿子的坐轿子,骑马的骑马,一路上浩浩荡荡地开过去。跟去的丫鬟有二十七个之多。曹雪芹把这二十七个人的名字一一开列。我们注意到,贾母的丫鬟就是那四个,鸳鸯、鹦鹉、琥珀、珍珠。凤姐的丫鬟三个,平儿、丰儿、小红。王夫人的丫鬟两个,金钏儿、彩云。

这几个人名,在所有的版本里都一样。

请看,凤姐是平儿跟去的,贾母是鸳鸯跟去的,而王夫人是金钏儿和彩云跟去的,没有彩霞的份儿。那么,在这里,和平儿、鸳鸯她们身份、地位相同的便成了彩云,而不是彩霞。这是第二十九回。

第二个例子,第三十四回,袭人来见王夫人,王夫人要把香露拿来给宝玉吃,王夫人就——

> 唤彩云来:"把前儿的那几瓶香露拿了来。"……彩云听说,去了半日,果然拿了两瓶来付与袭人。

第一,王夫人不是叫彩霞去拿,而是叫彩云去拿;第二,知道香露放在什么地方,能够把它取出来的是彩云,不是彩霞。这是第三十四回。

第三个例子,第六十二回给宝玉、宝琴、岫烟、平儿四个人过生日。过生日嘛,要喝酒吃饭,有好几个桌子,桌子是怎么安排的,是这么描写的：

> 探春等方回来，终久让宝琴、岫烟二人在上，平儿面西坐，宝玉面东坐。探春又接了鸳鸯来，二人并肩对面相陪。西边一桌，宝钗、黛玉、湘云、迎春、惜春依序，一面又拉了香菱、玉钏儿二人打横。三桌上，尤氏、李纨，又拉了袭人、彩云陪坐。四桌上，边是紫鹃、莺儿、晴雯、小螺、司棋等人围坐。

大家注意，陪坐的丫鬟有鸳鸯和袭人，和她身份、地位相当的是彩云，不是彩霞。其次，彩霞根本就没有接到参加这次酒宴的邀请信，没有请她来。于是，我们根据这六回——三回是彩霞，三回是彩云——我们就产生了一个疑问：王夫人手下的一号丫鬟究竟是彩云还是彩霞？有不同的描写啊，我们一时就看不清楚了。

这是第六个问题。

七　彩云与贾环

下面讲第七个问题，彩云和贾环。

前面讲的是发生在彩云和彩霞身上的两个奇怪的现象。这一节，我们讲发生在她们身上的第三个奇怪的现象。

彩云爱上了贾环，彩霞也爱上了贾环，这就是第三个奇怪的现象。

彩云也好，彩霞也好，作为一个不是很重要而是次要的，次要中又是比较重要的人物，彩云和彩霞为什么出现在《红楼梦》中？我想她们有两个作用。第一，她们作为王夫人的丫鬟，在人物形象塑造上，她们扮演了陪衬的角色；第二，更重要的，作为贾环的追求者，她们维系着故事情节的发展。也就是说，她们对故事情节的发展起了很重要的作用。尤其是在后半部。非常可惜，后半部有些地方我们已经看不到了，曹雪芹去世了，没有写出来。

她们联系到贾环的命运，联系到贾府的前途，这就牵涉到彩霞或彩云在后四十回起什么作用。

我认为，她们将起非常重要的作用，在前八十回还看不出来，后四十回就很清楚，关系到贾环命运，关系到贾府的前途，这可不是个小人物。

王夫人房里的丫鬟都起到比较重要的作用。金钏儿她是和宝玉联系起来的，彩云或彩霞和贾环联系起来了，那么，宝玉、贾环都是贾府里那一辈中有可能继承家产、继承官职的关键性人物，这两个丫鬟追求的、联系的恰恰是这两个重要人物，所以在后四十回会起很大的作用。

金钏儿已经自杀死了，而彩云、彩霞在前八十回没有死，后四十回还要出现，当然我讲的是曹雪芹的安排，不是现在程伟元、高鹗他们所修改的后四十回里的安排。现在的后四十回里，我们看不到，因为他们没有体会到曹雪芹在这两个人物身上所花的心血。

和贾环有感情纠葛的，到底是彩云，还是彩霞呢？我曾经在一次演讲里问：你们知道谁在和贾环谈恋爱么？是彩云，还是彩霞？我说，同意彩云的请举手，同意彩霞的请举手。结果都有，有人认为是彩云，有人认为是彩霞。我觉得不奇怪，因为曹雪芹这两个方面都写了，你看到了这一面就取这一面，你看到那一面就取那一面，这恰恰是我们所揭发出来的矛盾。

有五回写到了追求贾环的人是彩云。我一一列举这五回，看大家读《红楼梦》的时候是不是有这样的感觉。

我先列举第三十回，贾宝玉来到了王夫人的上房，王夫人在里边睡着了，宝玉趁这个机会就向金钏儿表白，金钏儿然后笑着就向宝玉这么说：

你忙什么，"金簪子掉在井里头，有你的只有你的"，连这句话语难道也不明白？我倒告诉你个巧宗儿，你往东小院子里拿环哥儿同彩云去。

这就是说,贾环和彩云在东边小院子里有私情,你到那里去,可以撞破。"彩云"这两个字,所有的版本都一样。贾环和彩云有私情是从金钏儿嘴里说出来的。金钏儿跟彩云是一块儿在王夫人房里做丫鬟的,消息应当是可靠的,她应当是个知情人。这是第三十回。

接下来,第六十回、第六十一回、第六十二回,连续三回,曹雪芹用了重笔浓墨描写贾环和彩云之间的关系。

我们先看第六十回:

> 贾环……如今得了硝,兴兴头头来找彩云。正值彩云和赵姨娘闲谈,贾环嘻嘻向彩云道:"我也得了一包好的,送你擦脸。你常说,蔷薇硝擦癣,比外头的银硝强。你且看看,可是这个?"
>
> 彩云打开一看,嗤的一声笑了,说道:"你是和谁要来的?"贾环便将方才之事说了。彩云笑道:"这是他们哄你这乡下老儿呢。这不是硝,这是茉莉粉。"贾环看了一看,果见比先的带些红色,闻一闻倒也很香,就笑了:"这反正也是好东西,硝也好,粉也好,留着擦吧,总比外头买的要好。"彩云只好收下了。

这里"彩云"两个字,各个版本都一样。

贾环得到了这个东西,不送给别人偏送给彩云,这当然就表明了彩云是贾环的意中人。他要讨好她,所以把要来的好东西送给她。而赵姨娘和彩云两个人在那里聊天,也表明她们之间有亲密的关系,也表明了赵姨娘对贾环挑选、看中彩云是赞成的、支持的,这是第六十回。

接着,我们看第六十一回,宝玉和平儿正在商量王夫人那边丢了露,不晓得谁偷的——

> 晴雯走来,笑道:"太太那边的露,再无别人,分明是彩云偷了给环哥儿去了。你们可瞎乱说。"平儿笑道:"谁不知是这个原故。但今玉钏儿急的哭,悄悄问着他,他若应了,玉钏儿也罢了。

大家也就混着不问了。难道我们好意兜揽这事不成！可恨彩云不但不应，他还挤玉钏儿，说他偷了去了。两个人窝里发炮，先吵的合府皆知。我们如何装没事人？少不得要查的。殊不知，告失盗的就是贼，又没脏证，怎么说他？"……平儿又笑道："也须得把彩云和玉钏儿两个孽障叫了来，问准了他方好。不然，他们得了益，不说为这个，倒像我没有本事，问不出来，烦出这里来完事，他们以后越发偷的偷，不管的不管了。"……彩云听了，不觉红了脸，一时羞恶之心感发，便说道："姐姐放心，也别冤了好人，也别带累了无辜之人伤体面。偷东西原是赵姨奶奶央告我再三，我拿了些与环哥是情真。连太太在家我们还拿过，各人去送人，也是常事。我原说嚷过两天就罢了。如今既冤屈了好人，我心也不忍。姐姐竟带了我回奶奶去，我一概应了完事。"……宝玉忙笑道："彩云姐姐果然是个正经人，如今也不用你应，我只说是我悄悄的偷的，唬你们玩，如今闹出事来，我原该承认。只求姐姐们以后省些事，大家就好了。"彩云道："我干的事，为什么叫你应？死活我该去受。"……彩云听了，低头想了一想，方依允。

上面讲的"彩云"，所有版本里都一样。

这也就是说，通过这些情节，我们可以看出，贾环和彩云有特殊的关系。而这个特殊关系，平儿也好，晴雯也好，心里都很清楚，连彩云在这些人的面前也不避讳，完全都承认了，这是六十一回。

第六十二回继续写这个事，还是写彩云和贾环：

赵姨娘正因彩云私赠了许多东西，被玉钏儿吵出，生恐查诘出来，每日捏一把汗打听信儿。忽见彩云来告诉说："都是宝玉应了，从此无事。"……谁知贾环听如此说，便起了疑心，将彩云凡私赠之物都拿了出来，照着彩云的脸摔了去，说："这两面三刀的东西！我不稀罕。你不和宝玉好，他如何肯替你应？你既有担当给了我，原该不与一个人知道。如今你既然告诉他，如今我再要这个，也没趣。"彩云见如此，气的赌咒发誓，至于哭了。百般解说，贾环执意不信，说："不看你素日之情，去告诉二嫂子，就说你偷来给我，我不敢要。你细想去。"说毕，摔手出去了。急的赵姨娘骂："没造化的种子，蛆心孽障！"气的彩云哭个泪干肠断。赵姨娘百般的安慰他："好孩子，他辜负了你的心，我看的真。让我收起来，过两日他自然回转过来了。"说着，便要收东西。彩云赌气一顿包起来，乘人不见时，来至园中，都撒在河内，顺水沉的沉，漂的漂了。自己气的夜间在被内暗哭。……

上面讲到的"彩云"这两个字在所有的版本里都一样。

这是第六十二回，这还不明白吗，这写的都是彩云她追求的是贾环，贾环看中的是彩云。

再举第七十回，林之孝开了个名单，八个男的小厮，二十五岁了，这些小厮已经到了娶老婆的时候了，就等里边的丫鬟发放出来配给他们。为了这个事情，凤姐就去问贾母，问王夫人——

大家商议，虽有几个应该发配的，奈各人皆原故。第一个鸳鸯，发誓不去……第二个琥珀，现又有病，这次不能了。彩云因近日和贾环分崩，也染了无医之症。只有凤姐儿和李纨房中粗使的大丫头出去了，其余年纪未足。

"彩云"两个字，所有的版本都一样。

这里说，彩云生病的原因就是和贾环闹翻了。也就是说，她和贾环的感情有了裂痕，两个人闹开了别扭，这和第六十二回把东西甩到彩云脸上，彩云把东西扔到河里去的情节是互相呼应的。

上面我们举了五个例子，都很精彩、有趣、生动，从这些情节描写来看，和贾环有感情纠葛的不是彩霞而是彩云！非常清楚。

这是我要讲的第七个问题。

八　彩霞与贾环

第八个问题，追求贾环的居然是彩霞，不是彩云。

这也在《红楼梦》中写到了。我们举两个例子就可以了。一个是第二十五回，另一个是第七十二回。

第二十五回前边我们已经讲过了，举过这个例子。这个例子就是彩云和彩霞同时同地出现，从另一个角度举的例子。现在我详细把这段话这段描写念下来，这段情节中反映出来彩霞和贾环好，彩云和贾环不好：

> 且说王夫人见贾环下了学，便命他来抄个《金刚咒》唪诵。那贾环正在王夫人炕上坐着，命人点上灯烛，拿腔作势的抄写。一时叫彩云倒杯茶来，一时又叫玉钏儿来剪剪灯花，一时又说金钏儿挡了灯影。众丫鬟们素日厌恶他，都不答理。只有彩霞还和他合的来，倒了一钟茶来递与他。因见王夫人和人说话，他便悄悄地向贾环说道："你安分些罢，何苦讨这个厌、那个厌的。"贾环道："我也知道了，你别哄我。如今你和宝玉好，把我不答理，我也看出来了。"彩霞咬着嘴唇，向贾环头上戳了一指头，说道："没良心的！才是狗咬吕洞宾，不识好人心。"……宝玉听了，便下来，在王夫人身后倒下，又叫彩霞来替他拍着。宝玉便和彩霞说笑，只见彩霞淡淡的不大答理，两眼睛只向贾环处看。宝玉便拉他的手，笑道："好姐姐，你也理我一理儿呢。"一面说，一面拉他的手。彩霞夺了手，道："再闹，我就嚷了！"二人正说，原来贾环听的见，素日原恨宝玉，如今又见他和彩霞厮闹，时中越发按不下这口毒气。……

这里边，"彩霞"和"彩云"这两个名字，各个版本都一样。

这一回就很有意思，既出现了彩云，又出现了彩霞，对贾环好的是彩霞，不搭理贾环的是彩云，写得很清楚，而且是对比很分明。因此，给我们的印象——尤其是看了这个二十五回——追求贾环的是彩霞，不是彩云，这是很明显的，彩云都不理他，让彩云倒茶，她根本不倒。结果没有叫彩霞倒，彩霞主动去给他倒了杯茶，而且叫他不要这样不要那样。而且，宝玉和彩霞闹，贾环吃醋。

我们再举个例子，这个例子更从彩霞这个方面肯定了和贾环谈恋爱的是彩霞，不是彩云。

这个例子见于第七十二回，回目叫"来旺妇倚势霸成亲"。王夫人看彩霞大了，另外彩霞又多病多灾，因此开恩，打发她出去了，给她老子娘随便挑自己的女婿。然后，来旺的儿子看中了彩霞，来旺的媳妇儿仗着是凤姐的陪房，就要贾琏出面做媒，贾琏就打发林之孝去办这个事。林之孝因为来旺的儿子吃喝嫖赌无所不为，就劝贾琏别管这个事。谁知凤姐竟然亲自出马，把彩霞的母亲叫来说媒。彩霞的母亲没办法，只好答应了，就是讲的这么回事。

下面是《红楼梦》里边的文字：

> 且说彩霞因前日出去，等父母择人，心中虽是与贾环有旧，尚未作准。今日又见旺儿每每来求亲，早闻得旺儿之子酗酒赌博，而且容颜丑陋，一技不知，自此心中越发懊恼。生恐旺儿仗凤姐之势，一时作成，终身为患，不免心中急躁。遂至晚间悄命他妹子小霞进二门来找赵姨娘，问个端的。赵姨娘素日深与彩霞契合，巴不得与了贾环，方有个膀臂，不承望王夫人又放了出去。每唆贾环去讨，一则贾环羞口难开，二则贾环也不大甚在意，不过是个丫头，他去了，将来自然还有，遂迁延着不说，思便丢开手。无奈赵姨娘又不舍，又见他妹子来问，是晚得空，便先求了贾政。

这里说得再清楚也没有了，彩霞和贾环有旧，两个人之间有私情。我们上边引的两个例子，证明了贾环的对象是彩霞，不是彩云。

一会儿是彩霞,一会儿是彩云,这究竟怎么回事呢?彩霞爱上了贾环,彩云也爱上了贾环,她们是同时爱上的,还是一先一后爱上的?这一点,书里边没有给我们做任何的提示。

曹雪芹安排彩霞、彩云登场,又让她们都爱上了贾环,莫非是想写她们两个人争风吃醋,明争暗斗吗?莫非是在贾环身上写三角恋爱么?我们仔细地读《红楼梦》,反复地读,读了八十回以后,我们只能够得出一个结论:曹雪芹没有这样的企图。

那么,曹雪芹为什么还要写这些呢,这究竟是怎么回事呢?原因我们放在下面几节里讲,现在讲第九个问题。

九 彩云的"分身术"

第九个问题,彩云的分身术。

我想很简单地说一下,前面讲了彩云、彩霞身上有三个奇怪的现象。现在我们发现还有第四个奇怪的现象、第五个奇怪的现象。

第四个奇怪的现象是什么呢?就是我们这一节要讲的。彩云和彩霞都参加了外出送灵的行列,与此同时,彩云又留在了大观园。一方面,离开了大观园去送灵了,另外一方面,在大观园里的活动描写当中,彩云又出场了。

正文我就不念了,我把出处告诉大家。在第五十九回、第六十回、第六十一回、第六十二回这连着的四回中,出现了这样的矛盾。

第五十九回描写彩云跟随着王夫人去送灵。但在第六十回、第六十一回、第六十二回这三回里边,彩云又出现了。大家去查查书就行了,就能够发现这个矛盾。

送灵没有写得那么具体,但是去送灵的丫鬟的名字都写出来了,其中有彩云,也有彩霞。就是说,彩云不在大观园,已经出去了。可是紧跟第五十九回的后三回里描写的大观园的活动,彩云都是参加者。这就矛盾了:又出去了,又在家,怎么理解这个?

平时大家看《红楼梦》不会注意这个细节，不会注意到彩云已经出门了，怎么在大观园活动还有她？大家不会很留心、很着意地从这个角度去看，不容易发现这个矛盾。可我们细心地从这些方面去找些问题，人、事、时、地——人物、情节、时间、地点，这里边有前后不符合的，那么就要去找出来，追查这个原因，然后从曹雪芹创作过程中艺术构思的变化来加以解释。

十　发放丫鬟

下面讲第十个问题，这也是个矛盾，关于发放丫鬟。

在第七十回，描写发放丫鬟，写到了彩云，说彩云因近日和贾环分崩，染了无医之症，所以就不发放了。

下面发生了两件奇怪的事情。

第一件，前面不是说她患了"无医之症"吗，所以不能发放，把她留下来了。可是，下一次彩云出现在读者面前的时候，已经变成了健康者的形象，一点儿生病的影子都没有了，不但不生病，而且也没有发放。照理说，她要是不生病，就应该把她发放出去配人，就是因为生病了，而且这个病是"无医之症"，所以不发放。结果在后面出现的时候，她一点病也没有了，而且还留着没有发放。这见于第七十七回和第七十二回。

这两次发放还有一个矛盾，第七十二回和第七十一回讲发放丫鬟，实际上讲的是一回事，但分作两次写。我怀疑，这是曹雪芹在改写的过程中把同一件事情拆分开来，作为两件事情来描写。

有什么必要讨论两次把丫鬟发放出去嫁人的事呢？而且在贾府这么一个规矩森严的贵族大家庭里边，什么时候发放丫鬟、什么原因发放丫鬟，应该是固定的，不是林之孝随便想起来就去提议的。

那么，第七十一回、第七十二回隔得这么近，出现了两次，这恐怕都是由于曹雪芹原来写的时候是连着写，后来要插进去其他东西，把它拆分开来了，使我们看出来其中的矛盾，其中的疏漏。

彩霞发放事情上的矛盾，我在前面已经举过例子了，就不重复了。

十一　初步的推测

讲了这么多问题、这么多奇怪的现象，应该怎么看？我想提出我初步的推测。首先，让我们回顾一下我前边列举的七个问题。

第一节和第二节提出两个问题，为什么有的本子要把彩云、彩霞写成彩云、彩凤；为什么有的本子把彩云删掉了只留下了彩霞，这是第一个问题。

第二个问题，在第六十二回，曹雪芹为什么要把初稿的彩霞改成了彩鸾？

这两个问题容易回答，我前边都已经讲了。

第三个问题，彩云和彩霞是两个人，还是一个人？

第四个问题，作为王夫人的膀臂的，是彩云，还是彩霞？

第五个问题，和贾环有风月之情的，是彩云，还是彩霞？

第六个问题，为什么彩云和彩霞都参加了送灵的行列，而彩云同时又留守在大观园内？

第七个问题，为什么彩云应该发放而没有发放？为什么彩霞不应该发放却已经发放了。

前面我主要是举了这么七个奇怪的现象、奇怪的问题，怎么来回答呢？

这涉及彩云和彩霞的定位，涉及初稿、旧稿、改稿、新稿当中的剪接。

我们先从彩云、彩霞是两个人，还是一个人的问题来说。彩云和彩霞都是王夫人房里的丫鬟，她们的名字和别的丫鬟的名字完全一样，有对偶的特点。金钏儿、玉钏儿是两个人，绣鸾、绣凤同样是两个人。当然，彩云和彩霞也是两个人。这一点可以证明，在曹雪芹最初的设想当中，彩云和彩霞是两个人。第二十三回、第二十五回、第三十八回、第五十九回，这四回完全符合刚才所讲的答案。

既然如此，为什么第四十三回凑份子收钱、还钱的描写给人的印象，彩云、彩霞是一个人呢？这表明，曹雪芹在创作过程当中改变了主意，他想把彩云、彩霞两个人的某一些故事集中合并在一个人的身上，他想把其中一个人发生的故事转移到另外一个人的身上，他想改变其中一个人的身份、地位。和贾环有风月故事的本来是彩云，他想把她改写成彩霞。王夫人的膀臂本来也是彩云，曹雪芹后来想把她改写成彩霞。

为了达到这个目的，他采取了两种做法。一种做法，是把彩云的名字直接改成彩霞。另一种做法，他只让她们单独出现，不让她们同时出现在同一个场合。他的这个想法产生在创作过程的中途，不是一开始就想到的，而是中途有改变。也就是说，产生这些想法的时候，他还没有写完八十回的全部，但是已经写出了一部分的初稿，一部分的旧稿。有了这个想法，经过一番深思熟虑以后，他需要做两方面的事。一方面他完全可以按照新的想法、新的构思、新的路子继续写下去。另一方面，他必须按照新的想法、新的路子把那些已经写出来的初稿、旧稿中的章节、段落进行一定程度的修改。

看来，他的修改工作不是一次完成的，而是断断续续进行的，修改初稿、修改旧稿和写新稿，在他，恐怕也是同时交替进行的。

我们目前看到的《红楼梦》前八十回，没有完，只是曹雪芹初步的定稿，不是最后的定稿。

他原来的打算是要等到完全写完了以后，再回过头来对全书做统一的修改、统一的润色。既然是初步的定稿，就不免存在这样或那样疏漏的毛病。前面所举出的那些问题和奇怪的现象就是由于这样的原因产生的。

第四十三回所写的彩云、彩霞实际上就是同一个人。退钱的彩云应该就是交钱的彩霞。人名之所以会有分歧，变成了两个，那不是由于曹雪芹的笔误，而是曹雪芹在修改初稿、旧稿的时候，疏忽造成的。彩云是出于初稿、旧稿，彩霞是出于改稿、新稿。这点非常重要。在四十三回中，彩霞没有错，错的是彩云。"彩云"应当改成"彩霞"，而没有改，这是修改过程的一条"漏网之鱼"。

抓住这条"漏网之鱼"，上面说的七个问题都可以迎刃而解。

那么，是什么原因促使曹雪芹中途改变主意，想在彩云、彩霞问题上有所集中，有所合并，有所转移呢？为什么曹雪芹最后选择的名字是彩霞，而不是彩云呢？

看来，解决这个需要找内证。

所以，从第十二节开始，我就要举内证，来证明我这个初步的推测能否成立，能否得到证据来证明。

这是第十一点。

十二　七条脂批内证

下面讲第十二点，介绍七条脂批，我就不详细说了，把脂批念给大家听听好了。

七条脂批说明什么问题，我底下要分析。

第一条，第二十五回，正文是"只有彩霞还和他和得来"。批语是"暗中又伏一风月之隙"。

第二条，也在第二十五回，评论贾环和彩霞的关系说的，批语是"风月之情皆系彼此业障所牵，虽无惺惺惜惺惺，但亦从业障而来。蠢妇配才郎，世间固不少，然俏女慕村夫者尤多。所谓业障牵魔，不在才貌之论。"

第三条，还是第二十五回，彩霞说贾环"狗咬吕洞宾，不识好人心"。批语是"此等世俗之言，亦因人而用，妥极当极。壬午孟夏雨窗，畸笏叟。"

第四条，第四十六回，正文说"比如袭人、琥珀、素云、紫鹃、彩霞、玉钏儿、麝月、翠墨，跟了史姑娘去的翠缕，死了的可人和金钏，去了的茜雪……"这个地方的批语是"余按此一算，亦是十二钗……

脂砚斋"。

第五条，第四十六回，正文内容同上，"这如今因都大了，各自干各自的去了。"批语说，"此语已可伤，犹未'各自干各自去'，后日更有各自之处也，知之乎？"

第六条，第六十一回，戚本回前总批，"须看他争端起自环哥，却起自彩云；争端结自宝玉，却亦结自彩云。"

第七条，第七十二回，评论彩霞之妹小霞的名字，批语是"霞大小，奇奇怪怪之文，更觉有趣"。

我举出这七条脂批，其中六条谈到了彩霞，只有一条谈到了彩云，而这一条出于戚本。戚本的每回之前有一大段批语，这个批语是不是脂砚斋写的，还是另外的人写的，很难判断。其他的六条脂批谈到的都是彩霞和贾环。

从批语可以证明，和贾环发生感情纠葛的、代表了曹雪芹最后设想的是贾环和彩霞，不是贾环和彩云。

十三 脂砚斋与"十二钗"

下面讲脂砚斋和"十二钗"。

"十二钗"呢，很简单，就是刚才念的第四条脂批里讲的十二个人的名字。这十二个人里边，有彩霞，没有彩云。

我们知道，这"十二钗"是很重要的。《红楼梦》又叫《金陵十二钗》，最后的情榜里边还有三十六个人啊六十个人啊，都是十二个人一组。彩霞和鸳鸯这几个大丫头在一组里。

这也说明了，曹雪芹最后安排彩霞担任这种角色。

这是我第十三节要说的问题。

十四　畸笏叟与"风月之情"

第十四节，牵涉一个问题，前面有的批语是脂砚斋，有的是畸笏叟。他们都告诉我们，和贾环发生感情纠葛的是彩霞，而不是彩云。这可靠不可靠？可靠！

虽然现在关于脂砚斋是谁，在学术界有各种说法。有的说是曹雪芹的爸爸，有的说是他叔叔，有的说是他兄弟，有的说是他老婆。我认为，脂砚斋是曹雪芹叔叔的说法最可靠，最不可靠的是说脂砚斋是他的老婆，这个最不可靠，最不能成立。

脂砚斋是曹雪芹的叔叔，就是说，他是曹家内部的人，对曹家很多事情都知道。他是《红楼梦》的第一个读者，第一个批评者，第一个参加了红楼梦创作过程的人。曹雪芹怎么修改，这个内情是什么，他是了解的。这些，通过他的批语，我们都可以知道。

脂砚斋是他的叔叔，说明了什么问题？因为关于曹雪芹的父亲是谁，有不同的看法。有人说是曹颙的儿子，有人说是曹頫的儿子。我们知道，他的爷爷叫曹寅，曹寅只有一个独生子叫曹颙。曹寅是做江宁织造，死了以后，康熙皇帝就说，曹寅死了要让他的儿子继承。结果他的儿子做了没几年又死了。康熙皇帝说，应该在曹寅兄弟的儿子当中找一个条件比较好的作为曹寅过继的儿子，来继承这个官职。

康熙为什么要这么做？康熙当年六次南巡，都是曹寅接驾，曹寅贴了不少钱，闹了很大的亏空，这个亏空都是因为康熙的南巡，康熙自己肚子里明白。那么，要他的儿子做官干什么呢？继续捞钱来补这个亏空。如果这个江宁织造是别人做的，那曹家就没有钱的来源了，就补不了这个亏空。所以，康熙是这么个意思。

如果脂砚斋是曹雪芹的叔叔，而他的父亲是曹颙，那说得过去，这个叔叔就是曹頫。如果他的父亲是曹頫，这个叔叔就成问题了。除非是别的人了，别的人就跟曹家隔了一层关系了。所以，这个问题牵涉很多方面,暂且不去管它。反正脂砚斋了解曹家的事情,知道曹雪芹写《红楼梦》是怎么回事,写的是什么素材,应该怎么写,不应该怎么写,他都提出过意见。有的曹雪芹接受了,有的曹雪芹没有接受。是他的叔叔,这点比较可靠,因为这是嘉庆年间的人说的,比较有根据。

畸笏叟也是了解一些内情的人。所以他们的话都比较可靠。所以我说,脂批能证明这个。更重要的是,畸笏叟的那条批语写在壬午年。壬午是乾隆二十七年,曹雪芹就是在乾隆二十七年的除夕逝世的。也就是说,畸笏叟写那条批语的时候,应该是曹雪芹的创作到了最后阶段,他所看到的应该是曹雪芹初步的定稿。

畸笏叟也好,脂砚斋也好,他们对和贾环有感情纠葛的是彩霞这一点一定是了解的,是曹雪芹最后的想法,最后的安排。

这个七条内证主要是讲这么一个问题,作这么一个结论。

十五 畸笏叟与"风月之情"

下面我要讲十五节和十六节,这要讲得比较简单些。

十五节要特别强调一下彩云是什么意思,"彩云"这个名字所隐藏的意蕴是什么。

我认为,从彩云的风月故事到彩霞的风月故事的构思,经历了三个阶段。第一个阶段,彩云跟贾环是一对儿,旁边是彩霞;第二个过程,彩云在旁边,彩霞和贾环是一对儿;第三个阶段,彩霞和贾环还是一对儿,把彩云并到了彩霞的身上。也就是说,在彩云和彩霞之间要画一个箭头,彩云进入了彩霞。经历了这么三个阶段。

为什么得出这个结论呢?

首先,我们要了解"彩云"是什么意思,为什么这个丫鬟叫"彩云"?

"彩云"就是彩色的云。古时候有句成语,叫"彩云易散"。彩云很容易分散开来。意思就是说,美丽的云、彩色的云很容易就消失。因此，这句成语被大家引用作什么比喻呢？好景不长——彩云易散，好景不长。这句成语，对曹雪芹来说，是相当熟悉的。我们知道，第五回写的晴雯的判词，首先说"霁月难逢，彩云易散"，就用了这四个字。他怎么会不知道彩云这个词所隐藏的含义呢！

曹雪芹给这个丫鬟设计的"彩云"这个名字，应该是有所指的，不是随便取名的。

曹雪芹在初稿上设计的贾环的对象是彩云，而从"彩云"这个名字的含义看来，他们的好事不长久。

他给丫鬟取名字不是随便的，我们完全可以相信这一点。我可以举出例子。金钏儿——为什么叫"金钏儿"？后来不是自杀了吗，金钏儿本来是一种装饰品。我们记得，她对贾宝玉说过一句话："你忙什么，'金簪子掉在井里头，有你的只有你的'。"金簪子就是金钏儿，为什么她要说这句话，曹雪芹就有意思在里面，提到了井，最后金钏儿就是跳井自杀的。她的跳井自杀的结局和她的名字以及她讲的这句俗语都是有关联的。曹雪芹写东西写得细密啊，在这些地方，都能够表现出来，都能让我们看出来。

所以，他给彩云起了这么个名字，绝对不是偶然的，而是有所考虑的。

因此，曹雪芹原来给贾环、彩云设计的结局是分离，不是美满的结合。就像第六十二回，贾环把东西往她脸上一甩，她把东西往河里一扔，两个人就分手了。甩也好，扔也好，象征着他们感情的破裂。初稿应该是这样的，由于贾环的猜疑之心，他们两个人的故事就这样悲剧性地结束了。

这和宝玉、金钏儿的故事有对比性，都是贾政的儿子，都是王夫人房里的丫鬟，有对比性。从贾宝玉和金钏儿风月故事的结局，我们也可以看到贾环和彩云故事的结局。所以在八十回以后，照曹雪芹初稿的设想，彩云和贾环不会有发展的余地，就是结束了。

可是，在写作当中，曹雪芹改变了主意，他要把好事不长久变成好事多磨，而且变成好事长久。他要把第六十二回两个人的决裂变成一对小儿女日常拌嘴式、暂时的分手散伙,然后在八十回以后继续写他们的风月故事的发展。

根据我的理解,在八十回以后——在我们没看到的曹雪芹的故事里边——彩霞和贾环的故事继续发展。八十回以后,在贾府不得势的是宝玉和凤姐、贾母这些人,后来得势的是赵姨娘、贾环、彩霞这些人。

这么推测有没有根据呢?我举一个例子,第七十五回,贾赦拍着贾环的头说了一句话,不晓得大家注意到没有,是这么说的:

贾赦拍着贾环的头说:"将来这世袭的前程定跑不了你袭呢。"

这句话不是曹雪芹随随便便写的。所以到了八十回以后,恐怕贾环他们是得势了。因为赵姨娘母子二人在贾府里边没有什么得力的助手,好不容易找到这么个丫鬟比较能干,那应该是他们的一个"膀臂"。

这是我个人的分析,不一定能成立,提出来供大家参考。

八十回以后——现在有人叫探佚学。只不过是根据前面的分析,怎么发展合理,怎么才符合曹雪芹的思路,大家努力往正确的方向去猜,我这只是一种想法。

曹雪芹有了这样的构思以后,就必须把彩云的名字去掉,因为"彩云"就意味着易散。而实际上他们不能分手,所以曹雪芹把彩云的名字换成彩霞,把彩云和贾环的故事集中转移成彩霞和贾环的故事,甚至在有些场合不让彩云出现,或者把彩云、彩霞两个人合并成彩霞一个人,采取这些措施也就是可以理解的了。

这是我讲的第十五个问题。

十六　跳跃着写

第十六个问题,跳跃着写。

我们首先找到了一条线索,曹雪芹的初稿、旧稿里边写的是彩云和贾环，他的新稿、改稿里写的是彩霞和贾环。我们抓住了这条线索，就找到了一个分界线，凡是写彩云和贾环有感情纠葛的应该是旧稿，凡是写彩霞和贾环的都是新稿。旧稿必然写在新稿之前，这是一个很清楚的道理。

我们把出现彩云的回目和出现彩霞的回目一排列，发现不是按顺序的，新稿有时候在次序上是在旧稿之前，这就颠倒过来了。

这说明什么问题呢？这就说明，曹雪芹写作的时候并不是按照第一回、第二回、第三回，一直到第八十回这样的顺序来的。他可能写完第一回后——我随便举个例子——写第四十四回，第四十四回写完了再写第十一回。

因为《红楼梦》是由很多小故事组成的整个大故事，这个小故事安排在这儿，那个小故事安排在那儿，随时可以调整，由于艺术构思的变化可以调整。

因此，我从彩云、彩霞的问题悟到了他写作可能是这样子：回次在前的不一定写在前，回次在后的不一定写在后。

可以把具体的这些排列说出来。在前八十回里头，凡是涉及彩云、彩霞的，我们按照回次的先后顺序把它分成五个单元。

这五个单元是这样的：

第一个单元是第二十五回；

第二个单元是第二十九、三十、三十四回；

第三个单元是第三十八、三十九、四十三、四十六回；

第四个单元是第六十、六十一、六十二、七十回；

第五个单元是第七十二回。

我们一定要记住这五个单元的次序。可是，按照他实际上写作和修改的顺序，他是一、三、五单元晚于二、四单元。我前头念了五个单元，照理说，就是一到五的顺序下来啊，但恰恰不是，一、三、五比二、四两个单元写得晚，二单元和四单元写得早，这里就可以抓到一条创作过程和修改过程的脉络。

我不懂创作，我没写过长篇小说，我不知道现在的作家写长篇小说是不是老老实实从第一回写到最后一回，还是也有这种跳跃的创作方法。反正曹雪芹写《红楼梦》，从彩云、彩霞的问题，我看出这么一个脉络。

当然，我这么说，并不能因此否定另外一种情况：有时候，或更多的时候，他是按照次序写的。不排除少数时候他不按次序写。不按次序和剪辑有关系。所以，这里边出现的很多矛盾我们都可以去找一找。

我随便举个例子。贾政曾经出差，你去查查是哪一回出差的，哪一回回来的，回来之前他应该不在贾府，不在大观园。但是，在他回来前的章回里贾政又在家里出现了。为什么会造成这个矛盾呢？就是我讲的，故事有剪辑，一会儿把这个故事拿到这儿，一会儿把那个故事拿到那儿，在这个过程中发生了疏漏，就出现了这些问题。

我再举个例子，那次讲座我也讲过了。柳湘莲他们有一次去参加一个宴会，宝玉和柳湘莲两个人聊天。宝玉说，最近你有没有去给秦钟上过坟。柳湘莲说，去了，我还添了一把土，好朋友不能不这样。那也就是说，秦钟和柳湘莲是朋友，是认识的。可是，我们知道，秦钟在第十六回就死了，柳湘莲是很晚才出场的。

这样的情节哪来的呢？初稿《风月宝鉴》。因为柳湘莲、尤三姐的故事就是《风月宝鉴》里边的，秦钟也是《风月宝鉴》中的人物，他们是认识的。不过，曹雪芹后来改写，放弃的一部分里有柳湘莲和秦钟互相认识的情节，他舍弃了，所以我们看不到了，但这句话还是留下来了。

曹雪芹写作的时候还可能采取了先写故事后分章回的方式。他写了一个小故事，再写一个小故事，有些连接着的小故事、段落、章回可能是一气呵成写完的。有些不连接的小故事、段落、章回或者是旧稿，或者是新稿，他可能是在不同的时间里写出来的。

那么，写到了一定火候上，他要把这些小故事串联起来。怎么串联呢？不是剪接，就是缝连，就好像做衣服一样。在剪接和缝连的过程当中，不免对情节内容有增有减，对下文有迁移有变动，打乱了或者颠倒了原来情节发生的前后次序，而对人物、时间、地点也许需要做大或小的、多或少的变动。由于全书没有写完，前八十回也不算最后的定稿，尽管经过一次两次的剪接、缝连和整理，难免还会有疏漏，失却照应，个别地方留下了遗憾。

哪些遗憾呢？回跟回不衔接，前后情节的时间顺序不对头，改稿和旧稿有某些抵触等。

最明显的例子就是第四十三回和第七十二回。第四十三回里边就有明显的矛盾，第七十二回和第七十回存在着明显的矛盾。

亏得有这些矛盾、有这些问题、有这些奇怪的现象，才给了我们一次探讨曹雪芹创作过程的机会。

总而言之，我们看到了曹雪芹创作过程当中构思变化的某些脉络、某些痕迹。显而易见的是，曹雪芹最后属意于彩霞，定位于彩霞。然而后四十回程本的整理者、续作者违背了曹雪芹的意图，反而定位于彩云，而且也没有发展贾环和彩云或彩霞的关系，涉及两个人或一个人在贾府衰败过程当中的作用，贾环和宝玉的矛盾等这些问题，他们都没有继续发展，他们对曹雪芹创作意图的理解是有限的，他们与曹雪芹之间的艺术眼光的差异，艺术水平、艺术成就的悬殊，这里有明确的分野。

我要讲的就是这些。谢谢大家。

《红楼梦》之谜（五）

——从迎春说起

演讲时间：2006 年 4 月 9 日

各位朋友，大家好！

今天是"《红楼梦》之谜"系列讲座的第五讲——从迎春谈起。

《红楼梦》受一部古代小说的很大影响，这部小说就是《金瓶梅》。《红楼梦》大而至于题材，小而至于文字，都受了《金瓶梅》很大的影响。

但是，《红楼梦》与《金瓶梅》有很大的区别。最大的区别在于，《金瓶梅》是把丑恶的东西给展示出来，而且作者还抱着一种欣赏的态度。而《红楼梦》更多的是赞扬了真、善、美的东西。

虽然受了《金瓶梅》的影响，但在《红楼梦》中有许多东西是《金瓶梅》所没有的：一是生活的哲理，二是诗意的光辉。《红楼梦》写了光明的东西，不像《金瓶梅》写了那么多黑暗的东西，而光明的东西很少。

一开始写《红楼梦》的时候，曹雪芹受《金瓶梅》的影响，开始还不叫"红楼梦"，叫"风月宝鉴"。《风月宝鉴》的内容主要是描写贾府这个封建大家庭里的腐朽与丑恶现象，主要是暴露。可是后来，曹雪芹写着写着，不满足于只写这样的题材与故事。他就增加了我们现在都很熟悉的、很喜欢的故事，就是贾宝玉、林黛玉、薛宝钗的爱情、婚姻故事。

也就是说，《红楼梦》是在《风月宝鉴》的基础上，加以改写，增加了很重要的内容，就成了我们今天所看到的《红楼梦》这部伟大的作品。他就是这么一个创作过程。

在《红楼梦》第一回里，有一句很有名的话，说的是曹雪芹在悼红轩里"披阅十载，增删五次"。还有一首诗，"十年辛苦不寻常"。他的《红楼梦》到他临终的时候也没有写完，只写了八十回。十年的光阴，修改了五次，才变成现在我们大家看到的《红楼梦》。

我现在讲"《红楼梦》之谜"，就是为了考察一下，我们能不能看出他"增删五次"的痕迹。在我们现在看到的《红楼梦》的各种版本里，能不能看到这个痕迹。

如果我们花更多的时间与精力去探索，我们不仅可以看出哪些是他的原稿，而且可以知道哪些是他第一次修改，第二次修改、第三次修改、第四次修改的。我想，我们虽然不能够完全知道，但从个别例子中，可以做到这一点。

所以，"《红楼梦》之谜"是朝着这个方向努力的。就是他原来的艺术构思是怎么样的，后来又发生了什么样的改变，他第一次是如何修改的，修改时是怎么考虑的；第二次又是什么情况，以至于后来的情况。有的他不一定修改了，但有的他确实是修改了好几次。我们看看能不能发现这些线索。

《红楼梦》有一个特点，它的版本有十几种。早期的抄本保存下来了，这十几种早期的抄本里，就保存了曹雪芹不同时期修改的稿子。这个和别的小说不一样。曹雪芹只离开我们240年，这部小说在他生前没有印刷出版，而是以一种抄本的形式流传。因为他写得很好，尽管在开始时流传的范围很小，最早在他的亲戚朋友中流传，之后慢慢扩大到社会上。但是故事吸引人，曹雪芹又很大方、慷慨，只要有人借阅，他就借给人家去看。所以，有的稿本就在这样的情况下流传下去了。而且这种借阅是在他创作过程中发生的，并不是写完八十回一起借去的。也许只写完三五回，就被人借走阅读。等到写到第十几回，又有人来借，由于前面的已经借给某个人了，就只有把后来写的这几回借给这个又来借的人。这个过程只是举例子来说。

把书借走的人，认为这个书很好看，就把它抄下来，曹雪芹要回后，这个人保留了抄下来的副本。曹雪芹拿回来了稿本，后来又在上面修改，这一来就有了不同的版本。被先借走的那个人抄的副本是未曾修改过的，被后借走的人抄的本子可能是经过一次或几次修改的。

所以说，《红楼梦》在流传过程中，这些早期的抄本相互之间有一些差异，不论是人物形象，还是具体描写上的差异，主要是由于这个原因产生的。

也就是说，在早期的《红楼梦》抄本中，如果有一些不同的文字、情节，那绝大多数都是曹雪芹自己改的，而不是后来的人，包括抄写者、读者、收藏者给改的。这就给我们提供了一个基础。我们可以从这些抄本中找出他的人物、事件、时间、地点，这些方面不同的描写，和为什么不同的原因。

因为我们坚信这是曹雪芹自己改的，所以我们就可以去探索他的创作过程、艺术构思的变化，为什么这么变，原因何在，好还是不好。

所以我讲《红楼梦》主要是从现存的十几种早期版本中的不同文字、不同情节、不同故事来寻找、探索曹雪芹的创作过程。这就是目的所在。

每一讲都讲一个具体的问题，这些具体的问题合起来，就可以看出他创作中的问题。

这些问题主要集中在贾宝玉、林黛玉、薛宝钗的故事之外。由于这个故事情节是曹雪芹后来加进去的、着意描写的、经过深思熟虑的、基本上没有变动的，所以在宝、黛、钗的故事中矛盾很少。不是说没有有。比如说年龄问题，他们三个人的年龄有一些不合理的地方。但仅限于这些问题。

所以，我举例子，都是举的他们故事之外的例子。

今天，我从迎春讲起。准备讲八个问题。

第一，七种不同的说法。

第二，"老爹"与"老爷"。

第三，迎春父亲是谁（因为不同的版本有不同的说法，有的可能是写错了，有的可能是曹雪芹曾经想那么做，而没有做)？

第四，迎春之母是贾赦的前妻？——评"前妻说"。

第五，贾政"养为己女"（评"贾赦生、贾政养说"，迎春虽然是贾赦的女儿，但长期生活在贾政家)？

第六，评"妻说"，迎春的母亲是不是邢夫人？

第七，评"妾说"与"姨娘说"，迎春的母亲是不是妾或姨娘？

第八，小结。

一 七种不同的说法

先讲第一个问题。

大家读了《红楼梦》有一个印象，那就是元、迎、探、惜四姐妹，各有各的特点，各有各的性格。

《红楼梦》中，兴儿曾经说迎春是"二木头"。"二"是因为她排行老二；"木头"是说她太老实。

元春已经进宫了，是有政治眼光的，所以她很早就看中了薛宝钗，不看中林黛玉。送给她们的礼物，薛宝钗和贾宝玉是一样的，而林黛玉和他们不一样。也就是说，在很多大问题上，元春是有自己独到的眼光的，是有她自己的想法的。

探春是一个很厉害的人，有管家的才能，是很聪明的人，也是曹雪芹很欣赏的人。

惜春是一个很懦弱、胆小的人，连自己的丫鬟犯了事情，她都不加以保护。迎春也是这样，但她不是胆小，而是一个老实巴交的人，是一个很有特点的人。

读了《红楼梦》以后，在大家的印象里，迎春的父亲是贾赦，母亲是邢夫人。由于大家读的不是早期抄本，而是后人整理、排印出来的排印本，所以给了大家这么一个印象。

实际上，这些早期的、出自曹雪芹之手的抄本里，迎春的父亲到是谁有两种说法。一个说她是贾政的女儿；一个说她是贾赦的女儿。

关于迎春的母亲是谁，是我今天主要介绍的，有七种不同的说法。我先介绍一下，然后一一加以分析。

第一种，甲戌本说：

> 二小姐乃赦老爹前妻所出，名迎春。

这是最接近于曹雪芹的最早稿本的说法。

第二种，庚辰本说：

> 二小姐乃政老爹前妻所出，名迎春。

第三种，舒本、蒙本说：

> 二小姐乃赦老爷前妻所出，名迎春。

这里对于贾赦的称呼与前面不同。通过迎春的例子，我们不仅要看到不同版本的区别，而且要看看他们的先后次序，虽然细致到"爷"与"爹"这两个字的差别，我们也从中得到了线索，可以说一说。

第四种，己卯本、杨本说：

> 二小姐乃赦老爷之女，政老爷养为己女，名迎春。

第五种，彼本说：

> 二小姐乃赦老爷之妻所生，名迎春。

这里去掉了"前妻"的"前"字，有可能是邢夫人生。

第六种，戚本说：

　　二小姐乃赦老爷之妾所生，名迎春。

第七种，梦本、程甲本、程乙本说：

　　二小姐乃是赦老爷姨娘所生，名迎春。

这不是曹雪芹的原稿，是后人改的，我待会儿再讲。

总结一下，以上共是七种说法。

关于迎春的父亲，有三种说法：一说贾赦，一说贾政，一说贾赦生、贾政养。

关于她的母亲，有四种说法。第一种说是前妻生。第二种说是妻子生的，不管她是不是前妻。第三种说是妾生。第四种说是姨娘生的。实际上就三种，一个是前妻，一个是妻，一个是小老婆。这么三种说法，妾与姨娘是一回事。

能不能判断这些说法中的哪一种是曹雪芹的，哪一种是后人修改的，哪一种是最早出现的，哪一种是最后出现的呢？

我们现在就细致地分析。

二　"老爹"与"老爷"

现在讲第二个问题，"老爹"与"老爷"。

请看下面的表：

	例1	例2	例3	例4	例5	例6	例7	例8	例9	例10
甲戌	A	A	A	A	A	A	A	A	A	B
庚辰	A	A	A	A	A	A	A	A	A	B

续表

	例1	例2	例3	例4	例5	例6	例7	例8	例9	例10
己卯	A	B	B	B	B	B	B	B	B	B
杨	A	B	B	B	B	B	B	B	B	B
梦	A	B	B	B	B	B	B	B	B	B
舒	B	B	B	B	B	B	B	B	B	B
彼	B	B	B	B	B	B	B	B	B	无
蒙	B	B	B	B	B	B	B	B	B	B
戚	B	B	B	B	B	B	B	B	B	B

A 是老爹；B 是老爷。

在第二回，"冷子兴演说荣国府"中提到"老爹"或者"老爷"的地方有十个，这十个地方在不同的版本中不一样。甲戌本十个地方中有九个地方是"老爹"，只有一个地方是"老爷"；庚辰本与它一样；从己卯本到梦本只有一个地方是"老爹"，其他地方是"老爷"；从舒本往下四个，四个地方全部是"老爷"，而没有"老爹"。

"老爹"与"老爷"有什么区别呢？怎么能够判断哪个是曹雪芹早期写的呢？

我们先来讲"老爹"。

"老爹"主要有两个意思。一个是"对老年男子的一种尊称"；第二个是"对官宦家庭中的长辈的一种尊称"。

我们下面举一条材料。孙锦标的《通俗常言疏证》中写道："世俗，子为官，称其父为老爹"。这是清朝的时候，不是现在。

据我们了解，雍正、乾隆年间，在江南扬州一带，老爹的称呼非常流行。如果我们了解吴敬梓的《儒林外史》的话，我们就会发现，在那本书中，"老爹"这个称呼的使用非常频繁。吴敬梓是安徽人，长期住在南京，所以他的小说中使用"老爹"这个词，反映了雍正、乾隆年间，江南一带所使用的方言土语。

恰恰曹雪芹也是生在南京，他的上代在南京做官长达 60 年之久。所以，曹雪芹对南京一带的方言土语是比较熟悉的。因此，在他的笔下出现了"老爹"。

相反，曹雪芹晚年生活在北京，我不晓得北京称呼语中有没有"老爹"这个词，反正我很少听到。我现在在北京生活了50年了，好像不大听到称呼"老爹"这个词。我不知道有没有人在北京话里在应该叫老爷的地方称呼为老爹。我估计是没有的。

上面介绍了，曹雪芹的上世三代任江宁织造，江宁织造的衙门就在南京，前后60年之久，所以南京一带的方言土语、风土人情，他们应该是很熟悉的。

宝玉挨打时，贾母说了一句话，她说，贾政你不待见我们，我们回南方去。这句话说明了，虽然他们住在北京，但他们认为自己的老家在南京。

这反映了曹雪芹上一代的一个情况。他们以前几十年生活在南京，她现在不愿意看到贾政打宝玉，她要回家，回到南方去，指的就是南京。

《红楼梦》里还有一些地方用到了南方的方言土语。如第三回，贾母向黛玉介绍凤姐说：

他是我们这里有名的一个泼皮破落户儿，南省俗谓作"辣子"，你只叫他"凤辣子"就是。

在顺治、康熙年间，曾经有江南省。在地方建制上，当时把安徽和江苏合起来叫江南省。这只是一个短暂的时期，后来就分开了。南省有两个意思，一是指江南省的简称，二是指南方的意思。

有一部小说叫《清风闸》，其中的主角叫作皮五腊子，这与贾母说的"凤辣子"相似，只不过这个"腊"与"辣"不一样，但发声是一样的。用现在话说，就是流氓、无赖。

我介绍这些就是为了证明，"老爹"这个词是扬州一带的土话，是曹雪芹原来用的。而最早用的不是"老爷"。这说明多用老爹的是曹雪芹原来的稿子，后来才改成老爷。因为要判断版本的先后，所以要把老爷、老爹的问题先讲清。

《红楼梦》用老爹这个词不是偶然的。在甲戌本与庚辰本中,"冷子兴演说荣国府",凡是贾政、贾赦、贾敬一辈人,他都用老爹,所以叫敬老爹、赦老爹、政老爹;凡是贾珍、贾琏这一辈,他都叫爷,珍爷、琏爷。这个分得是很清楚的。

所以,在曹雪芹的原稿上,这几个地方都应该是老爹,老爷是后来他自己或别人改的。

这是因为:

第一,老爹这个词是南方扬州地区特有的,老爷是全国各个地方通用的。把老爹改成老爷最有可能,而反过来,把老爷改成老爹这个可能性极小。

第二,最初《红楼梦》的抄写者,很可能是北京人,或是北方人,他对老爹的称呼不熟悉,所以顺笔把老爹改成老爷。也可能他认为老爹是错误的,所以修改了。

如果这个假设成立,就可以得出以下结论:有老爹的甲戌本与庚辰本的第二回,是最早最接近曹雪芹原稿的,别的版本都晚于它。

但这并不能证明,甲戌本与庚辰本是最早的本子。这里面有一个特殊的情况。如果大家要想了解《红楼梦》的版本,这里面有一个观念必须树立。我不知道我的看法能不能成立,但我愿意把它介绍给大家。就是说,现在我们所看到的《红楼梦》的早期各个抄本,绝大多数都是拼凑的,不是纯粹的。拼凑的原因就是我刚才介绍的传播的情况。

比如有人借走了十回,他抄下来了,曹雪芹要回原稿修改后,又被人借走,这第二个人所抄下的十回,就与第一个人抄的不一样了。但这不一样仅限于这十回,或十回中的某几回。

所以,版本的早晚只限于"冷子兴演说荣国府"的第二回,别的回可能符合、也可能不符合这个情况。所以,我们要树立这样的观念——《红楼梦》抄本的各个回都是拼凑的,不是一个完整的系统下来的,不是说整个这个系统都与别的系统不一样。所以,讲先后次序,一定要了解到这一点。

三 迎春父亲是谁?

第三个问题——迎春的父亲是谁?

除了一种版本外,都说迎春的父亲是贾赦,只有一种版本,庚辰本,说迎春的父亲是贾政。

庚辰本说迎春是贾政的前妻所生,这个说法显然不可能。有两个原因:第一,这不符合元、迎、探、惜的排列;第二,这不符合书中其他地方的叙述,有矛盾。迎春绝对不是贾政的女儿。

元、迎、探、惜四姐妹的排列顺序是固定的。脂批告诉我们,所谓"元迎探惜",实际上是"原应叹息"的谐音。这话是可靠的,因为脂砚斋是曹雪芹的亲友,是《红楼梦》最早的读者,是曹雪芹创作《红楼梦》的亲密合作者,他了解曹雪芹写《红楼梦》的情况,所以他的话是可信的。

冷子兴对贾政一家人的介绍非常具体、详细。贾政的妻子是王夫人,王夫人生了两个儿子、一个女儿。第一个儿子贾珠,死了。第二个儿子是贾宝玉。还有一个女儿是元春。王夫人生了二子一女,贾政没有前妻。

如果贾政有前妻,迎春是前妻所生,迎春就比元春大,那就不是"元迎探惜"了,而是"迎元探惜"。这就不符合曹雪芹用谐音的规律,所以迎春不可能是贾政的女儿,因为它打乱了"元迎探惜"的排列。

另外,迎春若真是贾政的女儿,她不是前妻所生,又不是王夫人所生,只能设想她是小老婆所生。

我们知道,贾政有两个姨娘——周姨娘和赵姨娘。周姨娘没有生儿子,赵姨娘生了儿子贾环和女儿探春。既然这个小老婆生了探春,她就不可能是迎春的母亲。书里面也找不到任何地方说迎春是周姨娘的女儿。如果说有赵姨娘、周姨娘,还有一个姨娘是迎春的妈妈,这也就是说贾政有三个姨娘,这完全不符合我们对贾政一家的印象。有三个姨娘的应是贾赦，贾赦是好色之徒。贾政是假正经的"正人君子"，不会娶那么多小老婆。

关于周姨娘，我要插进来说几句。

赵姨娘确确实实是贾政的小老婆，而周姨娘有些怪。大家反复地读《红楼梦》，可以发现，周姨娘是个非常可疑的人物。因为，一开始书中并没有写到周姨娘，而半路中出来一个周姨娘。有时候赵姨娘和周姨娘还一起出现。大家都知道，贾府是很讲究规矩的，什么时候姨娘应该出现，什么时候不应该出现，非常讲究。有的时候她们两个人出现了，而有的时候只有赵姨娘没有周姨娘，所以周姨娘在该出现的时候不出现。因此，这个周姨娘是一个非常奇怪的，谜一样的人物。大家可以注意一下。

这说明这个人物是以前没有的，曹雪芹后来加的，忘了把以前她该出现的时候补上去。

这和迎春没什么关系。我曾经还写过一篇文章，怀疑周姨娘是贾赦家那边迁过来的。因为我发现了曹雪芹创作的一个倾向——把贾赦家的人往贾政家这边搬迁。

最明显的，贾琏和凤姐是贾赦的儿子和儿媳，但他们不住在贾赦家，住在贾政这边。

还有，迎春是贾赦的女儿，她要么住在贾母那里，要么住在王夫人那里，而不住在邢夫人身边。

整个来说，贾赦的家庭很奇怪，自己的子女不在自己家生活，而要到他弟弟家去生活。

曹雪芹这样写是有深意的，值得我们去探讨。所以，我曾经怀疑周姨娘是贾赦的姨娘。因为贾赦是好色之徒，多几个姨娘没关系，贾政是正人君子，不应该有这么多姨娘，也用不着传宗接代，因为已经有了贾宝玉了，前面还有贾珠。

下面，我们看一下第二十回：

宝玉……更有个呆意思存在心里。你道是何呆意？因他自幼姊妹丛中长大，亲姊妹有元春、探春，叔伯的有迎春、惜春……

这里明确地讲了，迎春是他的堂姐妹，不是亲姐妹。
还有第五十五回，凤姐与平儿算计：

宝玉和林妹妹他两个一娶一嫁，可以使不着官中的钱，老太太自有梯己拿出来。二姑娘是大老爷那边的，也不算。剩了三、四两个，满破着每人花上一万银子。

这里面也明确地说，迎春是大老爷那边的，不是二老爷这边的。所以说，她是贾政的女儿和这些都是矛盾的。

这一点一定要分清。有一个贾敬，他有个儿子叫贾珍，女儿叫惜春。这是另外一个家庭。兄弟俩人，一个叫贾赦，另一个叫贾敬。他们三人是同一个祖父，不是同一个父亲。

《红楼梦》很容易让我们把一些血缘关系搞乱。惜春是贾敬的女儿，迎春是贾赦的女儿，元春、探春是贾政的女儿。他们四个人的比例是一比一比二。无论是按父亲的年龄还是按女儿的年龄，这个比例都很有意思，做到了艺术描写上的错落有致。

如果迎春是贾政的女儿，比例就变成了一比零比三，这就在艺术上造成了困惑，也不是曹雪芹原有的艺术构思。

因此，唯一合理的解释是，把贾赦的"赦"字错写成"政"字。因此，我们不考虑把迎春安排为贾政的女儿看作是曹雪芹的一个设想，这不符合实际情况。这只是一个错字，可能是曹雪芹自己写错了，也可能是抄写人抄错了。

一般来说，抄书的人文化水平不高，对书里的情节、人物不甚了解，他并不是边抄边读故事，就好像现在的计件工资，抄多少拿多少钱，并不会去欣赏小说的故事和艺术，更不会看出来哪儿不符合情节，改一下。抄手没有这个能力、精力和时间，所以，不是抄手改的，不是作者自己改的，这个地方是写错的。

刚才说了,甲戌本与庚辰本最早,从这个问题看,甲戌本又早于庚辰本。这是他们成立的先后顺序。

四　迎春之母是贾赦前妻?
——评"前妻说"

现在讲第四个问题,迎春的母亲是贾赦的前妻。一般把这个说法叫"前妻说",我们来评论一下。

这个说法不是无风起浪。这在书中确实存在着蛛丝马迹。可是,也存在着反证。有四个版本说贾赦的前妻是迎春的妈妈,既然有四个版本都这么说,我们可以断定这绝不是空穴来风,一定是有所依据。

可是,这种说法,在我们看到的《红楼梦》书里,既有蛛丝马迹,可以证明是正确的,也存在反证,证明不是。这是矛盾的。

如果贾赦有前妻,那么,现在的邢夫人就不是前妻。"前妻"就是目前妻子之前的妻子。目前的妻子是邢夫人,所以前妻就不是邢夫人,她应该是续弦。

邢夫人不是一个小人物,如果她是续弦的话,曹雪芹就应该告诉或暗示我们。但是,我们从书中一点也找不到曹雪芹曾向我们透露过这个信息的痕迹。

《红楼梦》里描写了家庭里的许多矛盾与斗争,有长房与次房的斗争,有嫡出与庶出的矛盾,唯独没写出原配的子女与继母的矛盾。照理,这些贵族大家庭由盛到衰,矛盾应该普遍存在,也应该是作者所触及范围之内的事情。但,这里没有。续弦也没有写到。

只有一次写到了续弦,就是秦可卿死后,贾蓉有没有又娶妻,书中没正面交代,只是含含糊糊,隐隐约约在后来说贾蓉来了,他媳妇也来了,但这媳妇什么时候娶的,姓什么叫什么都没说。后来的程甲本、程乙本给加了几个字"贾蓉新娶的媳妇",总算是交代了她在秦可卿之后。

如果没有这几个字，我们甚至怀疑这是不是就是秦可卿，而那时候曹雪芹安排她还没有死，或者他出现的场合是在秦可卿自杀之前，现在放到后面了，这是可以有此怀疑的。否则，他为什么不交代这是什么人，姓甚名谁，只是说是贾蓉的媳妇，而贾蓉的媳妇明明是秦可卿，她已经死了。

所以，程甲本、程乙本加上"新娶的"，而曹雪芹在这里是含含糊糊的。只有这一个地方写到续弦。

我们知道，曹雪芹对于贾政、贾赦的态度是不一样的。他对贾赦采取鄙视的态度，把他描写成色鬼。

贾赦打鸳鸯的主意。他弄到了好几个年轻的女子，她们比妾的地位还低，只比丫鬟的地位高一点。这在贾府是比较有名的。他看上了鸳鸯，让邢夫人去要，邢夫人找到了凤姐。

在四十六回，凤姐说：

　　老太太常说老爷，如今上了年纪，做什么左一个小老婆，右一个小老婆放在屋里？没的耽误了人家。

像贾赦这样一个人如果有前妻，曹雪芹一定会介绍的，因为他的身边妻妾丫鬟不少，而且他对此事很着迷。但曹雪芹没有如此交代。

还有反证，在第七十三回，邢夫人与迎春有一段对话。这段对话，和前面的内容都产生了矛盾。这个回次非常靠后，除非是先写的，要是后来写的，应该定格为后来曹雪芹的艺术构思，原来的艺术构思错了。有可能是先写的，第二回是后写的，那就翻过来了。

这番话是这样说的：

　　况且你（迎春）又不是我养的，你虽然不是同他（贾琏）一娘所生……你是大老爷（贾赦）跟前人养的，这里探丫头（探春）也是二老爷（贾政）跟前人养的，出身一样。如今你娘死了……倒是我一生无儿无女的，一生干净……

这里的"跟前人"指的是小老婆,是从丫鬟收为小老婆的,和赵姨娘的情况一样。

这段话说明,邢夫人没有子女。

这个就很奇怪。我下次要讲,在二十几回中出现了一个贾琮。这个贾琮应该就是邢夫人的儿子。但,这里邢夫人却说自己无儿无女。

从这个话里我们可以得出四条结论:

第一,邢夫人不是迎春的生母;

第二,贾琏和迎春不是一母所生;

第三,邢夫人自己无儿无女;

第四,迎春的生母是贾赦的"跟前人",即小老婆。

既然邢夫人说迎春的生母是贾赦的"跟前人",那么,迎春的母亲不可能是贾赦的前妻。前妻一定是妻、不是妾、不是跟前人,这名分很重要,是不能混淆的。

贾琏的年龄显然比迎春大,是迎春的哥哥。如果迎春的母亲是贾赦的前妻,这就说不通了。除非前妻之前还有妻,生了贾琏,才可能是迎春的哥哥。

所以,这里面又出现一层混乱。这就牵扯我们上次所讲的,贾琏是嫡出还是庶出。

我们讲过了,贾琏绝不可能是小老婆所生。为什么?如果他是小老婆所生,凤姐就不可能对赵姨娘和贾环采取那样的态度,凤姐也不可能做贾府的管家婆,这都会影响凤姐的地位与权威。但,现在从书里面看不是这样的。这就反证出贾琏不是庶出。

贾琏也不是庶出、迎春也不是庶出,只可能是前妻之前还有妻子。这就说明,曹雪芹对于人物的关系,最早的考虑与后来的考虑起了变化。在有一些地方,就没有按照后来那么改。

不像现在的小说、话剧、电视剧的作者,在一开始就列出一个人物表,明确他们的人物关系,写的过程中一直参照这个表,不符合了就改。古时候没有这么科学。当时大观园的图大概是有的,但人物关系表肯定是没有的。

这只能说明，在创作过程中，曹雪芹曾经有过不同的打算。因此，关于迎春的母亲是什么身份，前妻说应该出现得最早，应该是曹雪芹的初稿所写的。

也就是说，从第二回"冷子兴演说荣国府"来看前妻说，这四个版本应该比别的本子早。这四个版本是甲戌本、庚辰本、舒本、蒙本，它们反映了曹雪芹初稿的面貌。前面已经说过了，甲戌本老大，庚辰本老二，舒本与蒙本是老三与老四。

这是第四点。

五 贾政"养为己女"？
——评"贾赦生、贾政养说"

我给我的研究方法起了一个名字，叫作"古代小说版本学"。我认为，这属于版本学范畴之内，但因为研究的是传统白话小说，不是经史子集文言文的书。经史子集文言文的书有时一两个字的出入就会对意义影响很大。但白话小说有很多"的""了""吗"等虚词，这不一样的地方就太多了，这些区别没有太大的影响。对这个进行排列组合排比，没什么意思。很多年轻的同志一听版本就皱眉头。

我特意提出"古代小说版本学"，我认为，这个版本学的目标有两个，第一个是探索作家创作过程中的重大问题，第二个是探索作品传播过程中的重大问题。这样就和青年学生研究文学、文艺学，写文学研究的论文、文学欣赏的论文、文学评论的论文方法是接近的。所以我这个古代小说版本学更接近于文艺学、文学，而远于传统的版本学。

现在有很多学生要写文章，苦于找不到题目，有很多话都是前人说过的，除非是抄来炒冷饭。我就想我这个研究能不能给你们一点启发，从这个地方找题目研究切入。你们也会感兴趣。

所以，我在外面讲这个题目时，说了八个字："别有天地，大有可为"。这就是说，用我这个方法研究古代小说版本问题，是"别有天地，大有可为"。

刚才休息的时候，有一位同志告诉我，"老爹"这个词在北京有。这也就是说，《红楼梦》中"老爹"这个词不一定只能从南方扬州的土话这个方面去解释。他说姑姑叫姑爹，叔叔叫老爹，北京城还有这么叫的。因为现在北京外来人口太多，纯粹的北京话不太能听到了，有些回族人还保留着这样的称呼。

现在讲第五个问题，贾政养为己女，这说得通吗？评"贾赦生、贾政养"的说法。

此种说法见于己卯本和杨本。这种说法实际是调和了贾政生和贾赦生的说法。表面上看，是折中的说法。但实际不是，"贾赦生、贾政养"是曹雪芹创作上的一个安排。这说的是迎春的父亲。这与刚才说母亲的"前妻说"是一对"伴侣"。他们在情节内容上相互补充。

在我们所看到的版本中，除甲戌本、庚辰本、舒本、蒙本的第二回还保留着迎春为贾赦前妻所生一句以外，在全书里这个说法荡然无存。但是在现在的《红楼梦》版本里，除贾赦生贾政养外，还保留了蛛丝马迹。

我们看第八十回，迎春回家的一段描写，他刻画了迎春与王夫人、邢夫人之间的关系。迎春与王夫人亲近而与邢夫人疏远，在八十回里写得清清楚楚。宝玉给王夫人请安，正好碰到迎春的奶娘给王夫人请安，就说起迎春的丈夫对迎春不好，迎春一天到晚掉眼泪，于是王夫人就说"我正要这两日接他去，只因七事八事的都不遂心，所以就忘了。前儿宝玉去了，回来也曾说过的。明日是个好日子，就接他去。"

这话是王夫人说的，她看到迎春日子不好，想回来，就派人去接，这个行为都出于王夫人而不是邢夫人。迎春想回来的意思是通过奶妈来表达的，而奶妈根据迎春的意思不是向邢夫人表达而是向王夫人表达。最后做决定接迎春回来的是王夫人，不是邢夫人。迎春回到家首先到的也是王夫人这里，不是邢夫人那里。

王夫人只是她的婶娘，邢夫人才是她的母亲。但这里对比多么明显，一个亲一个疏。

见到了王夫人，迎春就哭诉，王夫人就劝她："已是遇见了这不晓事的人，可怎么样呢。想当日你叔叔也曾劝过大老爷，不叫做这门亲的。大老爷执意不听，一心情愿，到底做不好了。我的儿，这也是你的命。"王夫人的话告诉了我们，当初迎春结婚，贾政发表过很重要的反对意见，反对这门亲事，认为孙绍祖不好。但是贾赦这个迎春的生身父亲决定把她嫁给孙家。

这里面就透露了贾赦生贾政养的消息。贾政反对，是因为他抚养过她，但他不能起决定作用，因为贾赦是他的亲爸爸，有决定权。这里面作者对人物的身份掌握得很好。更明确表示迎春是贾赦生贾政养的，是迎春听完王夫人的劝慰说的一段话，"迎春哭道：'我不信我的命就这么苦！从小儿没了娘，幸而过婶娘这边来过了几年心净日子。如今偏又是这么个结果！'"

"从小就没了娘"和七十三回邢夫人说的"如今你娘死了"正好对得上。而下面所说的"幸而过婶娘这边来过了几年心净日子"正体现出贾赦生贾政养。她不是在自己父母那里过心净的日子，而是在叔叔婶婶这里。难怪迎春哭诉不在邢夫人的房里，而是王夫人的房里。也难怪迎春回来后住在紫菱洲而不住在贾赦家。她在这儿一连住了三天，第四天才到邢夫人家。因此在她和邢夫人的母女关系上，我们看不到一点亲热的影子。虽然是贾赦的女儿，但和邢夫人的关系冷淡。第八十回末尾还有一句话"邢夫人本不在意，也不问其夫妻和睦、家务烦难，只面情塞责，而终不知端的。"也就是说，迎春受了委屈回来哭诉，而邢夫人不关痛痒，也不问怎么回事，只是表面上搪塞两句，母女二人的冷淡关系可见一斑。

我前面说过，贾赦生贾政养与前妻说不矛盾。可以想象，事情是这样的。迎春是贾赦的前妻所生，在她年纪很小的时候母亲就死了，她和继母，即邢夫人的关系不融洽，所以由贾政和王夫人代为抚养，所以迎春就"过了几年心净日子"，这完全在情理之中。

我想这应该就是曹雪芹初稿的内容。后来曹雪芹的艺术构思有了变化。对贾赦家庭成员有了新的设计与安排。然而在这新的设计与安排过程中，曹雪芹有一定程度的犹豫与徘徊，结果就出现了很不容易察觉到的混乱。他把前妻改掉了，改成贾赦生贾政养。后来，他觉得还不好，又把贾赦生贾政养删掉，把迎春的生母改为一位已经死掉的姨娘。接着又给贾赦加了一个小儿子叫贾琮。是这样的，对贾赦家庭成员的安排有一个变动，这个变动不小。

很可惜，他四十七八岁就死了，没有写完，已经写的没有来得及做统一精心的修饰，于是细心的读者就看到了贾赦家庭内部存在着我们搞不懂的情况。迎春的母亲是谁，贾琏的母亲是谁，小儿子贾琮的母亲是谁，贾赦有没有姨娘，邢夫人有没有儿女，这些疑问，细心的读者都会发现。

但我们从他创作过程中艺术构思的变化这个方面去考虑，就可能得到比较圆满的解释。他死得早，没有来得及去统一。贾赦生贾政养就是曹雪芹创作过程中的产物，他几乎和前妻说同时出现，但是他要早于贾赦之妻所生这个说法。

总而言之，迎春回家的描写直接地说明了，贾赦生贾政养的构思出于曹雪芹的初稿，同时也间接地说明了，前妻说也出自曹雪芹的初稿。

六 评"妻说"

现在讲第六点，妻说的由来。

迎春是贾赦之妻所生的说法见于彼本。

彼本过去叫作"列藏本"，就是"列宁格勒藏本"的简称，但现在列宁格勒改叫圣彼得堡了，所以就简称"彼本"。这个本子认为，迎春为贾赦之妻所生，不管这个妻是原配还是续弦，不管这个妻是不是邢夫人，它回避了这些矛盾。它是不是前妻的变种呢，是不是漏掉了"前"字呢？我认为不会，下面我们来做一些分析。

"前妻说"是这样表达的："乃赦老爷前妻所出"；"妻说"是这样说的："乃赦老爷之妻所生"。这两个句式有两点不同："前妻说"没有

"之"字，前妻用的是"出"，"妻说"用的是"生"。

从这两点不同来看，它不是漏掉了"前"字。因为"出"与"生"不同。如果解释为抄写过程中漏掉了"前"字，不可能圆满地解释以下的问题，为什么在"妻"字上加一个助词，还要在"妻"下改变一个关键的动词。

为什么会产生这种说法呢？很可能它看出了"前妻说"的破绽，"前妻说"不符合书里其他地方的叙述与描写，为了弥补这个很显眼的破绽，于是就把"前妻"改称"之妻"，"前妻"这个特定的称呼就变成了很笼统的称呼。迎春是"赦老爷之妻所生"的话说了等于没说，还不如就说迎春是贾赦之女。

在冷子兴的话语中，介绍元、迎、探、惜姐妹的关系时都是从他们的父兄着眼的，无一例外。我们引一下甲戌本：元春"乃政老爹之长女"，迎春"乃赦老爹前妻所出"，探春"乃政老爹之庶出"，惜春"乃宁府珍爷之胞妹"。这完全是从她们的爸爸、哥哥那里着眼的，而且叙述都不同，所以我说是"错落有致"。

说元春是"政老爹之长女"，等于说元春是政老爹之妻之长女，多了"之妻"两字多么累赘拗口，语言大师曹雪芹不可能这么写。说迎春"乃赦老爷之妻所生"，换成赦老爹之女不是更简洁明快么，何必拐这么一个弯呢。只有在迎春的母亲是前妻、是妾的情况下，曹雪芹才会让冷子兴这么说，为的是提到她的妈妈，就是说她有特殊的身份才会被提及，否则只提到父亲。因此，可知"之妻"二字为后改的，不是原有的。

这里还存在另外一个可能性，有人看到贾赦生贾政养存在缺陷，所以稍微改一下来弥补。

由此我们可以看出来，在七种说法中，除了晚出的妾的说法外，只有贾赦生贾政养这种说法和我们现在所举的这种说法用了"之"字，别的版本都没有。大多数说法用的是"所出"，只有贾赦生贾政养和这种说法用的是"所生"。因此，我推测这种说法是在修改贾赦生贾政养的基础上出现的。也就是说，妻的说法是在修改贾赦生贾政养的基础上产生的。

它做了什么改动呢？第一，把"之女"改为"之妻"；第二，把"政老爷养为己女"改为"所生"。为什么改为"生"而不用"养"，大概是根据"贾赦生贾政养"而来，是针对贾政养，只有贾赦生是可靠的。

由此可见，这个说法比前妻的说法晚，也比贾赦生贾政养的说法晚。这是从情节上讲。从版本上说，彼本晚于甲戌本、庚辰本、舒本、蒙本，还晚于己卯本、杨本，这个版本说得最笼统。因而是多余的，正因为它笼统而且多余，就导致了以下的说法。

七 评"妾说"与"姨娘说"

妾与姨娘的说法是最晚出现的，因为这种说法最符合书里面贾赦和迎春的具体情况，一点都不矛盾，完全符合。所以说后人看到了矛盾，把前妻、妻的说法都改掉了，把漏洞弥补上了，变成了妾和姨娘。这就符合七十三回邢夫人所说的她和迎春的关系。

修改文字总有一个规律，就是从不通到通，从不顺到顺，从不符合到符合。比较地说，最通、最顺、最符合的说法出现在最后，也就是说，妾和姨娘的说法最通、最顺、最符合的说法，应该是最后出现的。

从版本来说，梦本、程甲本、程乙本是出现最晚的本子。我甚至认为，不是别的，正是第七十三回邢夫人那番话，促使妾、姨娘这种说法的出现。

我们再来看一下子兴对四姐妹的介绍。我们看看曹雪芹是怎么描写的。

"大小姐是贾政的长女，四小姐是贾珍的妹妹。"这一头一尾构成了一组，两个不同辈分的男人——贾政和贾珍；两种血缘关系父女和兄妹，本人有两种不同的身份——一个是长女，一个是亲妹妹。

"二小姐是贾赦前妻所出，三小姐是贾政的庶出"，这中间的两个也构成了对应的一组。这一组是两个相同辈分的男人：贾赦和贾政，一种血缘关系：父女，两个特殊身份的母亲：前妻和妾。大小姐和四小姐对应，二小姐和三小姐对应。这种组合，相同和不同组合起来，用文学评论的语言是摇曳生姿，有韵味。这是曹雪芹特有的一种描写笔法。

在曹雪芹的原稿中，第二回，迎春和探春是以一种对比的手法出现的。如果不是前妻所生，而是姨娘或者妾所生，那么对比的格局就不存在了。两个人各自相对的组合就完全打破了。试想，迎春的母亲是妾和姨娘的身份，那她和探春的情况不就完全一模一样么。这就没什么意思和韵味了。所以说，妾和姨娘说与探春的庶出犯重，曹雪芹用笔大概不会有这种重复的。这使我们体会到，妾和姨娘说是后出的，后人的改动。

后出的改动有两种可能：一是曹雪芹属稿过程中的最后阶段的修改。二是曹雪芹以外或以后的人的修改。我比较愿意相信后一种说法。

妾和姨娘两种说法中又是哪一种较早呢？我们再细致地比较一下。

妾带有比较浓厚的书面语言的色彩。姨娘和七十三回所说的"跟前人"纯粹是口头语。我们看第二回"冷子兴演说荣国府"用了妾这个字，而没有用姨娘这两个字。例如说"政公既有玉儿之后，其妾又生了一个，倒不知其好歹。"用的是妾，而不是姨娘。其与妾连用是文言文的说法，在冷子兴同一个时间、地点、同一次说话中，没有必要又用妾、又用姨娘，他只用了一个，就是妾。从第二回冷子兴与贾雨村的对话来看，这是一种接近文言文的口语。比较地说，用妾而不用姨娘与这种风格完全相符。

姨娘有两种解释：一是子女称父亲的妾为姨娘，别的人也随子女称姨娘。二是姨妈，指自己母亲的姐妹。书里宝玉、黛玉多数情况下称呼薛宝钗的母亲为姨妈，但有时也叫姨娘。这两种称呼涉及被称呼人的地位，不可混淆。

第二回在《红楼梦》开卷，故事情节的叙述还没有充分展开，书中人物还没给读者形成一个具体明确的印象，在这样的情况下，像曹雪芹这种高明的作者，不会用姨娘这种容易让读者产生歧义与误会的称呼。我认为,"姨娘"两字在冷子兴的话中出现,应该是后人的改动,而不是曹雪芹笔下所写。

这就是第七点。

八　小结

第八点,我要做一下小结。

我说过了,我们想找出曹雪芹增删五次的情况,各个版本成立的先后。

根据上面的分析,我认为,从冷子兴在第二回所讲的话里来看,各个版本成立的先后应该是:最早的是甲戌本、庚辰本、舒本、蒙本;与之并列的是己卯本、杨本;其次出现的是彼本;第三出现的是戚本;第四出现的是梦本,梦本包括程甲本、程乙本,因为梦本是从脂本过渡到程本的一个过渡本。

其关系如下:

$$
\left.\begin{array}{l}\text{甲戌}\text{——}\text{庚辰}\\ \text{己卯}\text{——}\text{杨}\end{array}\right\}\begin{array}{l}\text{舒}\\ \text{蒙}\end{array}\Bigg\}\ \text{彼}\text{——}\text{戚}\text{——}\text{梦}
$$

甲戌本、庚辰本产生了舒本、蒙本,和它并列的是己卯本和杨本,它们共同产生了彼本,彼本产生了戚本,戚本产生了梦本。这只是从第二回冷子兴的话来说,不代表其他各回的情况。

各回有各回的具体情况,由于第二回与介绍人物有关,所以这是很重要的一回。从它来判断版本的先后也有重要的意义。看迎春的妈妈到底是谁?是前妻、妻还是妾、姨娘,这个问题本身的意义不大,但可以从这个问题看出曹雪芹艺术构思过程中的变化,牵涉我们判断各个版本的先后。所以是值得重视的切入点。

所以，这一讲以迎春为题，主要就是想表达这么一个意思。

九　答问

问：为什么《红楼梦》要至少读三遍？今天我们来研究《红楼梦》有什么现实意义？

答：我只回答一下第一个问题。关于研究《红楼梦》有什么现实意义我就不回答了，这是一个一人一说的问题，有人认为有意义，有人认为没有意义。

《红楼梦》与其他作品不同，是一部细线条的小说，不同于《三国志演义》与《水浒传》的粗线条，所以说《红楼梦》是一部写得很精致的作品。

我的老师吴组缃先生曾经说过，读《红楼梦》就像吃橄榄，刚吃觉得有点苦涩，继续吃，吃出甘甜，吃三四遍才体会出橄榄的好吃。吃第一口尝不到它的好处。这就像读《红楼梦》，你要多读几遍，才能体会出它的好。初读一遍，只对它的故事感兴趣，与故事无关的并不感兴趣。

我在大学做过一个调查，问一个学生最感兴趣的人物、情节是什么，他说是刘姥姥。他只看了前面几回没有往后看，因为他是一个大学生，以前没读过《红楼梦》，因为学中文要读《红楼梦》才看，看又没看完，只看了前面，所以最感兴趣的是刘姥姥。当然大多数人最注意的是贾宝玉、林黛玉、薛宝钗，注意这个就对其他的忽略了。比如我上次讲的彩云、彩霞的问题。你只注意贾宝玉，就没注意到彩云、彩霞是一个人还是两个人，所以多读《红楼梦》才能懂得《红楼梦》的含义。

有人说《红楼梦》是百科全书，它能提供许多方面的知识，除了哲理以外，还有人情世故。我国是个礼仪之邦，有许多的礼节，但许多年轻的同志并不知道我们都有哪些礼节。《红楼梦》描写的贵族大家庭日常生活中的事情，对不同的人应该怎么说话，对待不同的事情应该怎样处理，礼节上弟弟见了哥哥应该怎么样，儿子对父亲、孙子孙女对祖母应该怎么表现，写的是非常具体生动。有许多话说得非常得体。你读了之后会感觉到，这么说很合适，但我以前没有想到过要这么说。就能给你很大的启发。你越读就越会发现，《红楼梦》中的事情好像就发生在你身边，那些人就在你的身边。所以要多读，总而言之，读一遍是不够的。

有没有现实意义呢？

在20世纪六七十年代，我们在故宫博物院办了一个曹雪芹逝世二百周年展览会。办这么一个大规模的展览会需要中央领导点头，我参加了筹备工作。我们就是因为等不到中央领导的批准，所以开不了幕。为什么没有中央领导批准？中宣部、文化部没有表态？因为当时处于反修的时候，有人说现在是反修的时刻，你们读这些软绵绵的、卿卿我我的爱情小说有什么现实意义。于是没有领导敢批。

最后，我们找了邓颖超大姐，找了周总理，因为他们好说话。周总理没有时间来，委托了陈毅副总理来看，陈毅看过后点了头，我们才开了幕。

当时所谓的现实意义是这么理解的。当时普遍大众理解的《红楼梦》就是越剧电影《红楼梦》。越剧电影《红楼梦》很轰动，在外国演出，金日成看了三遍。但它有缺点，它仅仅保留了三个人的恋爱，别的都不要了，所以就给人们一个印象，《红楼梦》就是一个关于三角恋爱的小说。这样就把它的重要性大大降低了。所以说现实意义很难说，一百个人可以有一百个说法，我就不能正面回答你这个问题了，这不但不好回答，而且回答这个问题本身也没有什么现实意义。

问：曹雪芹把贾赦家的人迁到贾政家，有什么意图么？

答：我只是看到了这个现象，但还没有想清楚这个问题的原因。这牵涉在曹雪芹的艺术构思中对贾赦的家庭如何定位的问题。等我把所有的矛盾都考察清楚之后，也许能给一个答案，现在尚处于探索过程中。

问：为什么对于《红楼梦》的阅读存在两端问题，即人在年轻时比较爱读，到中年时兴趣减少了，到了老年时又觉得读起来有滋味了。

答：你所说的现象或许是存在的。我没有想过。我想年轻人喜欢，是因为这部古代小说写恋爱写得生动、细致、动人，没有别的小说可以超越它，这对于年轻人来说有吸引力。《三国志演义》《水浒传》里的英雄好汉，打打杀杀，草莽英雄，帝王将相，离我们太远了。中年时兴趣减少，为什么呢？过去在大学生里做过调查，大观园里你最喜欢的女性是谁，发现分歧很大，有喜欢史湘云、探春的，有喜欢薛宝钗的，有喜欢林黛玉的。现在现实一点，问大家如果找老婆你找林黛玉还是薛宝钗，绝大多数人会找薛宝钗。因为林黛玉一天到晚生气、闹别扭。但是，这部书的作者赞扬的是林黛玉，与现实生活的情况不符。20世纪50年代，在我的单位，以前总有一些老大姐对新来的年轻男同志很照顾，大家会认为这是薛宝钗的风格。这就是价值取向、道德评价的不同，所以人们就会迷惑，不感兴趣了。老年人喜欢《红楼梦》，很容易理解。因为他经历了人生的酸甜苦辣。《红楼梦》中有人生的哲理。这个会让我有所感触，这个和我过去的经历相似，或者对我有启发，就容易和书融合起来，在精神上和书有相通之处。所以年纪大了，有了社会经验和人生体验后，才体会到这本书的好处。而年轻人所感兴趣的只是停留在爱情故事和对人物的喜爱上。

问：我有一位河北的同学在读《红楼梦》时说这里面有他们那里的语言。您是怎么看这个问题？曹雪芹创作《红楼梦》是否在香山的黄叶村？

答：语言问题需要语言学家来判断，读者的判断不能说明问题，因为你只熟悉你所在的地方的方言，而不熟悉其他地方的方言，你无法证明其他地方不存在这样的方言，所以不能以你的方言判定作者所用的方言。黄叶村不是一个具体的地方，北京郊区无此地，只不过曹雪芹的朋友写过一首诗"不如著书黄叶村"，这个黄叶村是个典故，宋朝的诗人在诗中曾经写过，所以这是用典，实际上没有。至于现在的正白旗村也不可能是曹雪芹的故居。曹雪芹在西郊住过，但肯定不是这个地方，这个地方虽然有诗，但那是《东周列国志》《水浒传》里的诗，不是曹雪芹的朋友写的诗。这个我们都考察过，北京市文物局把那块墙皮揭下来保存着呢。这个房主希望卖个大价钱，当地政府也有这方面的考虑，现在这个地方确实被叫作黄叶村，曹雪芹故居。但红学界不认可。认为如果叫曹雪芹纪念馆可以认可，但不可以叫故居。所以这个地方现在叫曹雪芹纪念馆。真正的故居在蒜市口，有十七间半，但是被拆掉了，这才是真正的故居，这是有根据的。很可惜没有保留，有很多政协委员呼吁保存下来，但是两广路一通，还是被拆了，只保留了一个纪晓岚故居，在晋阳饭庄那儿，却对曹雪芹故居不考虑。

问：我认为曹雪芹把书写完了，他增删五次的是全书，而不是前八十回，他有十年的时间为什么不把书写完，而要在只写一半的时候就增删呢，我想听听您的看法。

答：事实上只有八十回流传下来，如果他增删了全书，整部书就会流传下来，在乾隆五十六年有过一百二十回的抄本，但是已经离曹雪芹去世三十多年了。因此，他去世后仅流传了八十回。很显然后四十回与前八十回的手笔不同。比如前八十回没有描写过鬼，后四十回经常遇到鬼。这是一个考据问题，是要凭材料说话的，不能猜想与推测。

问：曹雪芹的《红楼梦》是边写边被借阅的，那他们的回次是怎么排列的呢？

答：他的书被借阅的时候已经有了基本的回次，如果有修改的大纲和稿本，一定也要有了主要的回次以后再做修改，不会有传出去一回，后来变成七十九回了的情况发生。另外流传出去的不是《风月宝鉴》，而是有了宝黛钗爱情的《红楼梦》。

问：批有"闲谈不说《红楼梦》，读尽诗书也惘然"的本子是哪一抄本？

答：《红楼梦》在乾隆五十六年就已经公开发行了，发行的是刻本不是抄本，所以大家读的应该是刻本。

《红楼梦》之谜（六）

——两个奇怪的小孩儿（上篇）：两个贾兰

演讲时间：2006年4月23日

各位朋友，大家好。

今天是《红楼梦》的第六讲。

第六讲和第七讲的题目是"两个奇怪的小孩"，这两个小孩是贾兰和贾琮。我也是最近才把这个字（琮）念对。以前我都是看《红楼梦》，不出声，所以一直把这个字念做"宗"的音，我读大学时有一个同学叫傅璇琮，我们一直叫他傅璇宗，他也没有给我们纠正。直到最近有机会演讲，因为要开口，所以才发现这个字念琮（读如"聪"），不念"宗"，这也是一个收获。

第六讲，讲贾兰。

大家都知道，贾兰是贾珠与李纨的儿子，是贾宝玉的侄子。但是《红楼梦》里描写了许多贾府的族人，他们不属于贾府，但是他们姓贾，是同一个宗族。在这些族人里，也有一个叫贾兰的。这是一个名字，两个人，两个身份。

贾琮在这一点上与贾兰相同，也是一个名字，两种身份。一个身份是，他可能是贾赦的儿子。为什么用"可能"这个词呢？因为，曹雪芹始终没有交代贾琮与贾赦、邢夫人是什么关系，这个关系要靠大家去细读、去揣摩、去捉摸，他没有明说，也没有说破。另外，在贾府的族人里，好像也有一个人叫贾琮。这究竟是怎么回事？这两个人的共同点就是：一个名字，两种身份。到底是一个人，还是两个人，这很值得推敲。

我的第六讲和第七讲就是讲这两个问题。这两个问题都与曹雪芹艺术创作中的构思变化有关系。所以我把他们提出来，和大家讨论，并不只是因为这两个人的名字在不同的版本里有不同的写法，这只是一个单纯的技术问题。我们是要联系曹雪芹的创作过程，来研究为什么会出现这样的现象。这就是第六讲和第七讲要讲的内容。

今天准备讲这么几个题目：

首先，这个题目叫"题外话——给人物起名字是一项艺术"。小说作品里的人物起什么名字，怎么起，这是一个艺术，不是随便起。

第二节讲，贾兰是贾珠的儿子。

第三节讲，另外一个贾兰是贾府的族人。我把贾珠的儿子叫贾兰A，把贾府的族人叫贾兰B。

第四节讲，贾兰的年龄。

第五节讲，贾兰A和贾环。

第六节的题目叫作"这贾兰不是那贾兰"，这句话套用了《红楼梦》里"这丫头不是那丫头"这句话。

第七节讲，曹雪芹写《红楼梦》时初稿与改稿的区别何在。

第八节讲，《红楼梦》不同回有早有晚，早的有哪几回，晚的有哪几回。

第九节讲，哪几回是《风月宝鉴》的旧稿。曹雪芹的旧稿叫《风月宝鉴》，在此基础上，加上了宝黛薛的爱情才成为现在的《红楼梦》。

第十节讲，小结。

一 题外话

首先，题外话——给人物起名字是一项艺术。

我们知道，长篇小说，不仅篇幅长而且人物多，出场的有名有姓的人物，少的有四五百，多的有七八百。《红楼梦》《三国志演义》就是这样的。《水浒传》单单是梁山泊的头领就一百零八个，再加上不是梁山泊的人物，总共也有几百个之多。这几百个人物，都得有名字。这个名字有什么含义，大家能不能记得住，这两点都很重要。

我举一个例子，《西游记》里有一个孙悟空。我很小的时候就记住了孙悟空这个名字，但我不明白"悟空"二字是什么意思，这两个字有什么含义，我一直没有想过。但我一直就记住了这个人物叫孙悟空。后来我发现有人并不叫他孙悟空，有人叫他孙行者，有人叫他孙猴子，但我就一直只叫他孙悟空，这个名字就因为存在于我的脑子里。当然现在年纪大了，知道"悟空"二字与宗教观念有关。也就是说，"孙悟空"的名字很上口，所以我就记住了这个名字。同样是《西游记》里的人物，猪八戒，还有一个名字叫"猪悟能"，我相信所有的人首先记住的都是猪八戒，而不是猪悟能。猪八戒也是很上口，让人们能记得住。

所以，起名字既要有含义，又要让人家记得住，这是很不容易的。在这方面，很多作家都是费了很多心思的。

法国作家巴尔扎克，他对人物起名字非常讲究。有一次，他觉得给自己作品里的一个人物起什么名字都不合适，他就决定到马路上去走一走看一看，马路上有很多店铺，有很多店铺就是用人名或者姓做招牌的，他就到马路上一个一个地浏览。突然看到了一个名字，他眼前一亮，决定作品中的人物就用这个名字。这个人物好像叫马拉。我忘记了他哪篇小说中的哪个人物叫这个名字，但是这件给人物起名字的事情被记录下来了。

通过这个故事，我们可以了解到，一些作家给自己作品的人物起名字是动了脑子、非常重视的。这就是一个很好的例子。

在这个方面，《红楼梦》的作者曹雪芹，可以毫不夸张地说，他是给作品人物起名字的一个艺术大师。他给作品里的人物起名是非常讲究的。

比如说，贾府的四个小姐元春、迎春、探春、惜春。大小姐为什么叫元春？因为她生在正月初一，所以叫元春，代表春天的开始。迎春代表寒冷的冬天过去了，春天来了，要抱有一种欢迎的态度。探春，代表春天无处不在，而这种无处不在，要凭我们的感觉去寻找、去探寻。惜春的"惜"有两种含义，一种是爱惜，一种是惋惜。春天来了，固然很高兴，但从长远来看，春天也是短暂的，春天总会过去，所以，对于这么短暂的春天的逝去，大家怀有一种惋惜的心情。所以给这四个姐妹起的名字中，都有一个春字，而春上面又有不同的字，很有诗意。书里也说了，贾府里的小姐，名字中不用什么红、艳的字眼，所以用了一个春字，上面再各自加上元、迎、探、惜，就变成了很有诗意的名字。

还有一个例子，第五回。《红楼梦》十二支曲里，有一支曲叫"终身误"，终身误说，"都道是金玉良缘，俺只念木石前盟"。什么是金玉良缘？这里有两重含义，第一重含义讲的是东西，第二重含义讲的是人物。第一重物，金是薛宝钗的金锁，玉是贾宝玉的宝玉。双关的含义还指人，宝钗的钗就是金，宝玉的玉就是玉，所以，宝钗与宝玉的结合就是金玉良缘。这里说"都道是金玉良缘，俺只念木石前盟"。在清朝同治年间，开始查禁《红楼梦》是从江苏开始的，江苏巡抚丁日昌专门列出了一个查禁小说的目录，认为这些小说都是荒淫无耻的内容。其中就有《红楼梦》。于是《红楼梦》就在当时成为禁书。现在有一句话，叫"上有政策、下有对策"，这句话并不是现在才出现的，当时就有。《红楼梦》成为禁书后，出版商采取了一种对策，就是把书名改换，内容还是《红楼梦》，而书名有一种就叫作《金玉缘》，这三个字就是从第五回的"终身误"中出来的。

但我们仔细想一想，这个书名是不合适的，是不符合曹雪芹的创作思想的。"都道是金玉良缘，俺只念木石前盟"这是曹雪芹借贾宝玉的口说出来的。而书名叫"金玉缘"是违反了曹雪芹的原意的。木石盟也是双重含义，一个是林黛玉姓林，林就是两个木，第二个含义，她的前身是绛珠草，就是草木。这个联系起来就是双重含义。石，就很简单了。贾宝玉的玉就是石，玉和石是一种东西，再一个，贾宝玉的前身是女娲补天剩下的一块顽石。

所以，金玉良缘、木石前盟都是和人物的名字有关合的。

另外，刚才谈到的，元春、迎春、探春、惜春，四个字是谐音"原应叹息"，因为曹雪芹有一个看法，因为他书中所写的，他平生所看到的女子都是薄命红颜，她们的身世与遭遇，在封建社会中、在那个大家族中是很悲惨的。即使像薛宝钗、凤姐这样的人也都是红颜薄命。并不是薛宝钗就是如何如何之虚伪可恶，凤姐就如何如何之倚权仗势、谋财害命。作为一个妇女，在那样一个社会，那样一个家庭，从本质上来说，都是不幸与薄命的。所以"原应叹息"四个字完全代表了曹雪芹对封建社会的妇女的一种同情与关照。

严格地讲，给作品中人物起名字用谐音的方法，是不足取的，并不是高明的方法。偶一为之，还是可以的，除了像"原应叹息"这样有深意的名字外，其他的用谐音办法的人物往往是滑稽可笑的小人物。中外古今的作家一般都是这样采取这种笔法的。

《红楼梦》中就是对贾政身边的几个清客采取了这样的办法。比如詹光就是"沾光"，单聘仁就是"善骗人"。这两个人并不是我们现在体会出来的，而是脂砚斋在评语里给我们说出来的。第二十四回中贾芸的舅舅也是一个很可恶的人物，他叫卜世仁，这一听就知道谐音"不是人"。这也是以开玩笑的方式给他起的名字。曹雪芹在给人物起名字时，除了有诗意的以外，对一些小人物、可恶的人物、可笑的人物也采取了这种谐音的方法。

下面我要讲，贾府是一个大家庭，人物有不同的辈分，要给不同辈分的人物起名字，也有讲究。有两种办法，一个是给同辈分人物的名字用一个相同的偏旁，这是第一种办法，是对于单名的人物。至于双名，要体现同宗族之间兄弟，或远房堂兄弟之间的排辈情况，以便采取使双名中的第一个字相同，第二个字作改变的办法，个别情况也有上边字改变，下一个字相同的办法，这种情况较少。曹雪芹本人的祖父、曾祖、高祖都是这样下来的。凡是有较悠久的历史或为官作宦，讲究门第、礼仪的大家族都是这样的，曹家也是这样。所以曹雪芹在《红楼梦》里给贾府的人物起名字也是和他自己的家族有关系的。

下面介绍一下曹雪芹的家谱。他的曾祖叫曹玺，曹玺有个兄弟叫曹尔正，这不很奇怪吗？这怎么能看出排行呢？这里面有个故事。曹玺的原名叫曹尔玉。曹尔玉与曹尔正是用尔字排行。但为什么改成曹玺了呢？是不得已。因为皇帝有一次，在他写的圣旨的朱批里，把曹尔玉的名字写错了，把尔玉写成了玺，还有一种情况，就是，他写的是行草，把尔玉写得过于靠近，成为玺了。由于这是皇帝写的书，不能改，于是曹尔玉，从此就叫曹玺。他的祖父叫曹寅，他的兄弟叫曹宜，这一辈的人都用同样的宝盖儿头。他的父亲一辈都是页字旁。相传他的父亲叫曹颙或曹頫：这两个人是堂兄弟，还有曹顺、曹颀、曹颜、曹顿，这个字只有满文的音，没有汉文的字，这个字是当代红学家推断出来的，他汉文的名字在档案材料里没有发现。

正因为他的上代都这样，所以，《红楼梦》里贾府起名字也按照这么一个规矩。如宁国公、荣国公，一个叫贾演、一个叫贾源，用三点水排行。他们的儿子，一个叫贾代善，一个叫贾代化，一个是荣国府，一个是宁国府，他们这一辈的还有贾代修、贾代儒，贾代儒就是贾瑞的爷爷，这都是用代字排行的。

再底下一辈就是贾宝玉父亲一辈。贾敷、贾敬、贾赦、贾政、贾敏，其中贾敏很特殊，她是女的，在封建社会，一般女的不跟男的一起排行。我们现在所见的家谱中，世系表中只有男性没有女性。这是封建社会男尊女卑的表现，但《红楼梦》里是例外。这个女儿和贾政兄妹排行是相同的，都是反文旁，这在封建社会是少见的。相同的族人有贾效、贾敦、贾敦。

他们儿子一辈都是斜玉旁，书里荣国府有贾珍、贾琏、贾珠，唯一的例外是贾宝玉，我们不知道他的单名应该是什么，书里也没写，就叫他宝玉，勉强有一个玉字，这不太符合排行规律。但曹雪芹就这么写了，我们也说不出什么道理，族人有贾珖、贾琼、贾琛、贾瑞、贾璜、贾璎、贾璘。

他们下一辈是草字头，内部的有贾兰，族人有贾蔷、贾菌、贾芹、贾菖、贾菱、贾芷、贾荇、贾芝、贾芳、贾芬、贾范、贾荷、贾萍、贾蓝、贾蓁、贾藻、贾蘅。

普通用的名字起得差不多了，就要用一些偏僻的名字。如贾珧，这个字在普通的字典里很难见得到，除非到《康熙字典》里才能见得到。还有贾瑞，这个字也很难见得到。

贾芹，一般的作者是不把在作品里有缺点或者是反面人物起一个和自己有关系、有关联的名字的。这个地方，作者也没有办法，作者叫曹雪芹，给一个在作品里，在风月庵里搞风月之事的、不争气的人起一个名字叫贾芹。所以，贾芹不能算是一个正面的人物，但由于人物太多了，草字头的字有限，只得把自己的芹字给他安上。

题外话，我就从这里谈起。为什么从这里谈起，因为贾兰、贾琮都和起名字有关系。事情都是由起名字而起，所以我们从这里来谈。

曹雪芹在起名字时有两个方面。一来，他非常得心应手地给人物起上一个缺点不多、非常恰当的名字。二来，要给这么多的人物起名字，而且要有相同的偏旁，就体现他另外的、捉襟见肘的一面。我们要讨论的贾兰、贾琮都和曹雪芹起名字中的这两个方面有关。

所以，曹雪芹并不是没有缺点，在给人物起名字上，既有得心应手的优点，也有捉襟见肘的缺点。这是在讲之前，我要提醒大家的。

二 贾兰是贾珠的儿子

下面我要讲第一个问题，贾兰是贾珠的儿子。

这一点，我们读过《红楼梦》的都知道。他也是李纨的儿子，贾宝玉的侄子。这是我们读完书后能够记住的，比较确定的人物关系的几点。

但是，在《红楼梦》里另外还有一个贾兰，不知道大家注意没注意到。如果大家只是粗读，没有细读，或者只是看了一种版本，对其他版本没有看过、不熟悉，你可能就不知道贾兰有两个，一个是贾珠的儿子，一个是贾府的族人。

所以我们就产生两个公式。一个就是《红楼梦》里所出现的贾兰这个名字，有两个人。一个叫贾兰 A，一个叫贾兰 B。在有的书里，把贾兰 B 给改成贾蓝。所以就有这么两个公式：贾兰 = 贾兰 A + 贾兰 B；贾兰 = 贾兰 A + 贾蓝。

下面我们就举《红楼梦》本身的例子，第二回，冷子兴演说荣国府。这是曹雪芹的一个艺术上的安排，通过它，起到一个人物表的作用。贾府有些什么人，他们的血缘关系怎么样，这里由冷子兴来演说。

这里他讲道，贾政的夫人，王夫人，第一胎生的是贾珠。贾珠14岁上学，不到20岁就娶了李纨。娶了李纨后，就生了儿子。生儿子后，贾珠就生病，死了。李纨是个寡妇，生的这个儿子是谁，叫什么，冷子兴并未明说。到了第四回，介绍李纨的时候，曹雪芹就顺带把她的儿子带了出来。第四回原文这么说：

> 原来这李氏，即贾珠之妻。贾珠虽夭亡，幸存一子，取名贾兰，今方五岁，已入学攻书。

这是第一次出现贾兰的名字，并明确说明，他是李纨与贾珠所生。接下来，还有好几次，都是很明确的这个身份。

下面是二十二回，写晚上贾政到贾母这里承欢取乐。这个时候要吃饭，设了许多玩物，点了彩灯，席位是怎么坐的呢？书里这么说：

> 上面贾母、贾政、宝玉一席。下面王夫人、宝钗、黛玉、湘云又一席，迎、探、惜三个又一席。地下婆娘、丫鬟站满。李宫裁、王熙凤二人在里间又一席。

我这里要插一句，为什么李纨、王熙凤不在这屋里的桌子上入席，而两人要归在里间一席呢？这是贵族大家庭的礼仪。跟老爷、奶奶、太太、老太太一起坐在席面上的，只能是少爷、小姐，不能是媳妇。李纨、王熙凤是媳妇，所以没有资格和贾政、贾母坐在一起，也没有资格和他们在一间房间里，只能在里间单独坐。吃饭的时候，她们要站在边上给他们布菜,这是封建社会对儿媳的要求。《红楼梦》里很微妙、很细致、很传神地给写了出来。如果我们对过去旧社会讲究礼仪的大家庭有所了解的话,对这一点是不会陌生的。我们读《红楼梦》一定要注意这一点,尤其是年轻的同志,不然就会产生疑问。为什么王熙凤、李纨老给人家布菜,站在那里,不能坐下,为什么不能跟少爷、小姐一起吃饭,就是这个道理。

正文接下去说:

> 贾政因不见贾兰,便问:"怎么不见兰哥?"地下婆娘忙进里间问李氏。李氏起身,笑着回道:"他说,方才老爷并没去叫他,他不肯来。"婆娘回复了贾政。众人都笑说:"天生的牛心古怪。"贾政忙遣贾环与两个婆娘将贾兰唤来。贾母命他在身旁坐了,抓果子与他吃。

这里面,李纨起身也是一个礼节,要站起来回话。"牛心古怪"用现在的北京话说就是很"个"。这个第二十二回和我们所说的各个回的先后,就是说曹雪芹先写什么后写什么,都是有关系的。从这个描写可以看出,贾政对于自己的小孙子非常的溺爱。因为从称呼口吻上,叫他兰哥,看他不在特意派人把他叫来。贾母也很喜欢这个曾孙,不让他和他的妈妈坐到里间,而要把他拉过来坐到自己身边。所以这个孩子,在贾家这个大家庭里,除了贾宝玉之外,是受到非常的宠爱的。当然,他比不了贾宝玉,因为宝玉是贾母的命根子。但他是第二个受宠爱的人。

脂砚斋有一个批语,通过刚才我们看到的第二十二回的描写,说曹雪芹这样写主要是写贾政非常喜欢贾兰。这也难怪,一个祖父喜欢自己的小孙子是人之常情。但里面还透出一个没有明说的意思,即贾政喜欢贾兰,不喜欢宝玉。脂砚斋的批语未明说,但包含了这样的含义。

我们现在就看第二十六回。第二十六回,贾宝玉打发贾芸走了之后,很懒散地躺在床上想睡觉,袭人就把他拉起来,叫他去外边走走,贾宝玉就很听话,走出了房间——

宝玉无精打采的，只得依他。晃出了房门，在回廊上调弄了一回雀儿。出至院外，顺着沁芳溪，看了一回金鱼。只见那边山坡上两只小鹿箭也似的跑来，宝玉不解何意。正自纳闷，只见贾兰在后面拿着一张小弓儿追了下来，一见宝玉在前面，便站住了，笑道："二叔叔在家里呢，我只当出门去了。"宝玉道："你又淘气了，好好的射他做什么？"贾兰笑道："这会子不念书，闲着做什么？所以演习演习骑射。"宝玉道："把牙栽了，那时才不演习呢。"

这里要插一句，就是在清朝前期，对于满族子弟的要求，除了会读书识字外，还要会骑马射箭，因为满族是靠马上打天下的，所以认为这是一个民族传统，后人不应该忘。所以，满族的少年都要会骑马射箭。在这里，很明确地反映出贾兰是李纨的儿子，因为这里明确地写出，贾兰与贾宝玉是叔侄关系。

下面看第七十八回。从上面第二十六回的描写，我们可以看出，贾兰是一个顽皮好动的小孩。也就是说，这么一个好动的小孩从什么时候起脱离了幼年的状态，进入少年阶段的呢？这一回就要说明这一点。这里，以王夫人的话说明这一点。

王夫人和凤姐正在谈论把晴雯赶出去的事情，王夫人说：

我前儿顺路都查了一查。谁知兰小子的这一个新进来的奶子，也十分的妖娇，我也不喜欢他。我已说与你嫂子了，好不好叫他各自罢。况且兰小子又大了，用不着这些奶子了。

也就是说，到了第七十八回，王夫人说此番话的时候，贾兰已经离开了幼童阶段。这个标志就是用不着用奶妈伺候他了。如果他还用奶妈，就说明他还是一个很小的小孩。而现在说明他已进入少年阶段，这是曹雪芹向读者交代的。

以上所举的这几回的例子，都说明这个贾兰就是贾政的孙子，贾珠与李纨的儿子，贾宝玉的侄子。这些地方没有什么特别，这些和我们所读的《红楼梦》的整体印象是完全一致的。

三 特别的贾兰

下面我们讲第二个问题，介绍另外一个贾兰，这个贾兰和上面的贾兰很明显不是一个人。也就是说，我们要讲一个特别的贾兰，这个贾兰和我们印象里的要不一致了。但他就叫贾兰，这很奇怪。

我们看第九回"众顽童大闹学堂"。这是发生在贾府学堂里的一个很有名的事情。茗烟——贾宝玉的小仆人，听贾蔷说金荣欺负了秦钟，也欺负了宝玉后很生气。实际上，贾蔷是挑拨他。茗烟是仆人，上学时只能在外面，不能进学堂，贾蔷是去外面把这事告诉茗烟，挑拨他闹事。茗烟一听非常生气，火冒三丈，就进了学堂，就要打金荣。你怎么敢欺负我们少爷，敢欺负秦钟。金荣一看佣人怎么敢打我，我索性不理你，我找宝玉和秦钟。我要打也和宝玉和秦钟打。这个时候：

从脑后飕的一声，早见一方瓦砚飞来，并不知系何人打来的，幸未打着，却又打了旁人的座上……

这是要打宝玉和秦钟，但没打着，却打到了别人的座位上。下面又接着写，有三个地方又提到了贾兰。

第一个地方，书上说，"这座上乃是贾兰、贾菌。"此处的贾兰，在己卯本、庚辰本、杨本、蒙本、戚本、舒本、彼本这几个曹雪芹早期、能反映其原貌的抄本里，都作"兰"。但在梦本、程甲本、程乙本中作"贾蓝"。

我们知道，上面几个写作"贾兰"的叫作脂本，脂本以下叫程本，程本分作程甲本、程乙本，在脂本与程本之间，有一个过渡本。这个过渡本就是梦本。程本就是从梦本来，梦本中有一些和脂本不一样，程本完全是按照梦本改动的，就把贾兰改作贾蓝。

第二个地方,"这贾菌与贾兰最好,所以二人同桌而坐。"当时的学堂不是一个人坐一个桌子,而是两个人。两个人坐,就要挑选情投意合的人和自己坐同桌。两个人不相识,不熟悉一般不会坐一起。所以,贾兰和贾菌一起坐。

此处的"贾兰"在脂本(包括己卯本、庚辰本、杨本、蒙本、戚本、彼本)都一样。梦本、程甲本、程乙本这三个最晚的本子作"贾蓝"。

第三个地方,因为砚台飞过,把贾菌的磁砚水壶打翻,溅在书本上,他想马上站起来,参加战斗,贾兰就拦住了他,

> 贾兰是个省事的,忙掩住砚砖,极口劝道……

这是第三个地方。一共有三个地方,在脂本里作"贾兰",在后人改动过的程本里作"贾蓝"。这里的贾兰不是李纨的儿子,贾宝玉的侄子,他是贾府的族人。

再看第十三回。这是给秦可卿治丧,写了一大堆族人的名字。秦可卿死后,贾宝玉前去吊唁,见过尤氏,又见了贾珍——

> 彼时,贾代儒带领贾敕、贾效、贾敦、贾赦、贾政、贾琮、贾瑞、贾珩、贾珖、贾琛、贾琼、贾璘、贾蔷、贾菖、贾菱、贾芸、贾芹、贾蓁、贾萍、贾藻、贾蘅、贾芬、贾芳、贾兰、贾菌、贾芝等都来了。

这个名字的排列是有讲究的。从贾琮到贾璘都是族人,后面从贾蔷到最后全部都是族人。其中没有一个荣国府、宁国府的贾府内部的人。也就是说,这里的贾兰,他不是贾府内部的人,而是贾府的族人,他和那些族人排在一起,充分地说明了这一点。也和前面一样,贾兰在甲戌本、己卯本、庚辰本、杨本、蒙本、戚本、彼本同,梦本、程甲本、程乙本作"贾蓝"。

这就是第二点,指出在书中另有一个贾兰是贾府的族人。

四 贾兰的年龄

现在讲第三个问题,李纨的儿子贾兰的年龄问题。

按照贾兰的实际年龄,他不可能加入第九回"顽童闹学堂"的行列。为什么呢?不妨先来考察一下贾兰的年龄。

我们记得,在第四回,据作者说,那个不特别的贾兰年方五岁。这里我们要引用一下姚燮的评语,他是一个清代的评论家。姚燮的笔名叫大某(梅)山民。据姚燮在第八回回末总评说:

> 按前第三回黛玉入荣府依外家,查系己酉年秋晚冬初,自后一切事情,至宝黛过梨香院薛姨妈处饮酒遇雪,皆本年冬底事也。入第九回宝玉与秦钟入塾为始,当系次年初春矣。迨后十一回中,记贾敬生日在九月时,并追叙上月中秋云,又记菊花盛开,又记十一月三十云云,又记十二月初二云云,又记冬底林如海云云。至治秦氏之丧,又是一年之春矣。作者虽未表明又是一年,而书中之节次具在也。故入第九回,即为入书正传之第二年庚戌。迨至十二回春日治秦氏之丧,则入书正传之第三年辛亥也。阅者记清。

也就是说,从黛玉进荣国府到秦可卿办丧事是三年的时间。为什么要讲这一点?因为这与贾兰的年龄有关。这是姚燮的看法。

下面再介绍一下周绍良的看法。周绍良有一篇论文叫《红楼梦系年》。他把《红楼梦》里哪一年发生了什么事情一个一个记载在每一年。他和姚燮基本一样,但也有些不同,他和姚燮相差一年。这都和推算贾兰的年龄有关。

按照他们两个人的说法推算,第四回为第一年,第九回是第二年,从第四回到第九回差了一年。也就是说,在第四回贾兰年方五岁,在第九回则他为六岁，仅仅长一岁。

试问，六岁的贾兰怎么会加入顽童闹学堂的行列？这是不可能的，他也不可能按住贾菌的手，很懂事地对他说，你不能这样。这不是六岁的小孩所能做出的事情。

所以年龄上的差距，完全不对茬儿。贾兰的幼小年龄也使得他不可能出现在第十三回吊唁秦可卿的队伍中。六岁的小孩不可能和其他族人一起参加秦可卿的葬礼。如果去也只可能是和她妈妈或他叔叔一起，绝对不可能和别的族人一起，随大溜地去参加。可见这两个贾兰非一个人。

我们还可以看出，在第十七回、第十八回，这里也大略地提到了贾兰的年龄。大观园省亲之时，"元春命探春用彩笺誊录出十数首诗，贾政又进《归省颂》，元春又命以琼酥金脍等物赐与宝玉并贾兰"，"此时贾兰极幼，未达诸事，只不过随母依叔行礼，故无别传"。"故无别传"四字值得注意，在长篇小说中，重要人物出场时，一定要有一个类似传记式的交代，告诉大家是怎么回事。有别传应该是在人物第一次出现的时候。

我这里插一句。我有一个学生，研究《水浒传》，他有一个发现。他发现一个规律，《水浒传》里的重要人物或属于一百单八将里的人物，他第一次出现时一定有一首诗，在这首诗里介绍了他的历史，或籍贯，或性格，或使用的兵器。他发现了这么一个规律。但是我们现在看到的《水浒传》，并不是一百单八将每一人出现时都有一首诗，并不符合这个规律。相反有些人在出现得很晚的时候，突然有一首诗，介绍他的历史，或籍贯，或性格，或使用的兵器，因此，我的那位学生就得出了一个结论，现在的《水浒传》在流传或在创作过程中就已经被打乱了。按照原先的规律，每个人出现的时候一定有一首诗，他给这个诗起了一个名字，叫出场诗。所以现在看来，符合这个规律的就是作者原先的安排，不符合这个规律的如出场诗在第六七十回出现的，就是作者要安排这个人物最先要出场的地方，现在结构被打乱了。这个发现很重要，是否有说服力，大家可以思考。

这和"故无别传"有关系。"故无别传"就表示应该有别传，也就是说，在第十七、十八回是贾兰第一次正式和读者见面，应该有"别传"。如果他在前面已经出来了，而且已经介绍过了，他是李纨与贾珠的儿子，这里根本就不需要这四个字。所以，有这么一个含义。就是说明，在曹雪芹原来的稿子里，贾兰在第十七、十八回是第一次出现，而不是第二次出现。

此时的贾兰，按姚燮的推算，是个八岁的孩子，而按周绍良的推算，也不过才九岁。正因为贾兰年龄极幼，是个幼童，遇上大场面不能单独行动，包括外出、行礼等，只能"随母"或者"依叔"，需由大人带领。

我们再看第五十八回，朝中大祭，贾母、王夫人入朝：

> 可巧这日乃是清明之日，贾琏已备下年例祭祀，带领贾环、贾琮、贾兰三人去往铁槛寺祭柩烧纸。宁府贾蓉也同族中几人各办祭祀前往。因宝玉未大愈，故未曾去得。

此时的贾兰当为九岁或十岁。这次贾琏带着的三个人贾环、贾琮、贾兰，贾环是贾政的儿子，贾琮是贾赦的儿子，贾兰是贾政的孙子。这个贾兰不应是族人，而且下面的贾蓉也不是族人，而且特别声明"贾蓉也同族中几人"，这很明显，贾兰不包括在族人内。

这就证明了，这个贾兰是贾府的贾兰，是贾兰 A。很显然，这个贾兰和第十七、十八回的贾兰——与参加秦可卿丧事的贾兰不是一个人。参加丧事的贾兰，是已经成年的不需要妈妈和叔叔带领的——族人贾兰。

这就告诉我们，这里有两个贾兰，年龄、身份、地位都不同。

五　贾兰与贾环

接下来讲第四讲，贾兰与贾环。

贾兰常和贾环在一起出现，有时叔侄二人还同进同出，可以叫作伴侣形象。一起去行礼，一起去找贾宝玉，一起去看贾政、贾赦，贾政让他们作诗，他们总是同时出现。我们举几个例子。

例一，第二十二回：

> 元春从宫内差人送出一个灯谜来，让大家猜，要求把谜底写在纸上。宝钗等听了，近前一看，是一首七言绝句，并无甚新奇，口中少不得称赞，只说难猜，故意寻思，其实一见就猜着了。宝玉、黛玉、湘云、探春四个人也都解了，各自暗暗的写了半日。一并将贾环、贾兰等传来，一齐各揣机心，都猜了，写在纸上。

元春写的谜语让这些小孩猜，贾兰是和贾环一块儿被传唤来参加猜谜活动的。这是第一个例子。

例二，第二十四回：

> 贾母叫宝玉去向贾赦请安，宝玉见过贾赦，又去见邢夫人，正说着，只见贾环、贾兰小叔侄两个也来了。请过安，邢夫人便叫他两个椅子上坐了。

贾兰和贾环手拉着手来向邢夫人请安，又是两个人同时出现。

例三，第六十二回，在宝玉生日那一天，宝玉至各处行礼毕，方回房中，"歇一时，贾环、贾兰等来了，袭人连忙拉住，坐了一坐，便去了"。贾兰同贾环联袂来到宝玉房中，给宝玉拜寿，因为与宝玉无话可说，坐了一会儿就走了。

例四，第七十五回，在中秋节晚上，"贾珍夫妻至晚饭后方过荣府来。只见贾赦、贾政都在贾母房内坐着说闲话，与贾母取笑。贾琏、宝玉、贾环、贾兰皆在地下侍立……"贾兰又和贾环排列在一起。

例五，第七十七回，有人请贾政寻秋赏桂花，贾政要带宝玉等人同去，因此，王夫人急召宝玉去见贾政，"宝玉此时亦无法，只得忙忙的前来。果然贾政在那里吃茶，十分喜悦。宝玉忙行了省晨之礼。贾环、贾兰二人也都见过了宝玉。"贾政携带之人，不但有宝玉，还有贾兰贾环二人。

例六，第七十八回，贾政和众幕友正在谈论林四娘的故事，他希望大家都要作一首挽诗——

说话之间，贾环叔侄亦到，贾政命他们看了题目。他两个虽则能诗，较腹中之虚实虽也去宝玉不远，但第一件，他两个终是别途，若论举业一道，似高过宝玉，若论杂学，则远不能及，第二件，他二人才思滞钝，不及宝玉空灵洒逸，每作诗亦如八股之法，未免拘板庸涩。贾环、贾兰二人，近日当着多人皆做过几首了，胆量愈壮，今看了这题，遂自去思索。一时，贾兰先有了。贾环生恐落后，也就有了。

贾政命宝玉、贾环、贾兰三人同时作诗。曹雪芹却分为两个层次来写，先写贾环、贾兰，后写宝玉。他有意地不把贾环和贾兰拆开。

以上六例，表明贾兰、贾环二人常在一起出现。这里的贾兰是贾兰A，是贾环的侄子，不是族人。

六　这贾兰不是那贾兰

所以，接下来要讲第五点——这贾兰不是那贾兰。

从第十三回名单中排列的地位和次序看，贾兰是贾府族人，不是李纨的儿子，前面已经讲清楚了。

在名单中，草字头一辈的有十四人。贾兰排列于倒数第三位。在他前面，有贾蔷、贾菖、贾菱、贾芸、贾芹、贾蓁、贾萍、贾藻、贾蘅、贾芬、贾芳等十一人，在他后面，有贾菌、贾芝二人。这些人，是贾府中人呢，还是贾府的族人？在书里有介绍。

试以贾蔷、贾菌为例。

在贾兰之前的贾蔷，书中介绍过他。第九回顽童闹学堂写道：

> 原来这一个名唤贾蔷，系宁府中之正派玄孙，父母早亡，从小儿跟着贾珍过活，如今长了十六岁，比贾蓉生的还风流俊俏。

这个贾蔷是在凤姐旁边的，所以有人怀疑他和凤姐有不正当的关系。这点曹雪芹没有明写，只是有些人的猜测。"他弟兄二人最相亲厚，常相共处。"这是贾蔷和贾蓉，两个在凤姐手下办事的红人。"宁府中人多口杂，那些不得志的奴仆们，专能造言诽谤主人，因此不知又有了什么小人诟谇谣诼之词。贾珍想亦风闻得些口声，不大好听，自己也要避些嫌疑，如今竟分与房舍，命贾蔷搬出宁府，自去立门户过活去了。"他是宁国府正派的族人。

在贾兰之后的贾菌，书中也曾介绍，"这贾菌又系荣国府近派的重孙，其母亦少寡，独守着贾菌。"他是荣国府近派的族人。

贾蔷和贾菌都是在名单中与贾兰紧挨着的。由此可见，这十四个草字头一辈的人应当一无例外地都是宁、荣二府的族人，只不过宗派的关系有远有近而已。这贾兰绝不是贾宝玉的侄子。所以族人的贾兰不是李纨儿子的贾兰。吊唁名单自然不是信手乱排混编的。排列于族人的阵营之中，而又非是族人的身份，那不可能出于艺术大师曹雪芹的笔下。

作为贾府族人，贾兰的伴侣形象是贾菌。曹雪芹在书中多处设置了伴侣形象。这是他的一种富有特色的艺术手法的体现。在家塾里，贾兰的伴侣是贾菌，"这贾菌与贾兰最好，所以二人同桌而坐。"曹雪芹塑造伴侣形象的艺术手法为脂砚斋所熟知，因之，脂砚斋也同样在批语中将贾兰、贾菌二人相提并论。例如第一回,《好了歌》解注说"昨怜破袄寒,今嫌紫蟒长"。甲戌本写有针对这两句的行侧批语说,这是指"贾兰、贾菌一干人"。可见,这个贾兰和贾菌是伴侣形象。

再看第九回"谁知贾菌年纪虽小,志气最大,极是淘气不怕人的,他在座上冷眼看见金荣的朋友暗助金荣,飞砚来打茗烟,偏没打着茗烟,便落在他桌上,正打在面前,将一个磁砚水壶打了个粉碎,溅了一书墨水。贾菌如何依得,便骂,'好囚攮的们,这不都动了手了么',骂着,也便抓起砚砖来要打回去。贾兰是个省事的,忙按住砚砖,极口劝道,'好兄弟,不与咱们相干。'贾菌如何忍得住,见按住砚砖,他便两手抱起书匣子来,照那边抡了去。"正文下有条批语,双行小字,是批贾兰劝的那句话的,说这确实是贾兰的口气。可见曹雪芹写贾兰写出了他的口气,得到了脂砚斋评语的称赞。因此,我们可以断定,贾兰在曹雪芹的笔下是一个有性格的人物,和贾菌不同,把性格写出来了,所以脂砚斋才写批语赞扬。

七 《红楼梦》初稿与改稿的区别

现在讲第六点,《红楼梦》初稿与改稿的区别。

第九回、第十三回的贾兰之名,多数的脂本,包括己卯本、庚辰本、杨本、蒙本、戚本、舒本、彼本等相同,均作贾兰。它们或它们的底本都是早期的抄本。它们的文字,比较地说,更接近于曹雪芹原稿的面貌。只有梦本、程甲本、程乙本三种存在异文,贾兰作贾蓝。它们却是晚期的版本。它们的文字或多或少地经过了后人的修改。

为什么他们要改贾兰为贾蓝,因为他们看出了问题。一方面,他们依旧维持住贾珠、李纨之子贾兰的原名;另一方面,他们把贾府族人贾兰的名字改为同音、同部首,草字头的贾蓝,以杜绝两个贾兰重名的现象。所以想必是他们看出了两个贾兰人名的冲突。希望小说能够圆满,能够去除读者心中的疑惑,这是他们的目的与出发点。

但为什么曹雪芹竟会让这个贾府族人贾兰的名字和那个贾珠、李纨之子贾兰的名字发生重叠呢？为什么后来的梦本、程甲本、程乙本的整理者、修改者能够轻易察觉的纰漏，原作者曹雪芹反倒没有意识到呢？难道反而是梦本、程甲本、程乙本的整理者、修改者聪明，曹雪芹愚笨吗？

不是。唯一可能的正确解释是，这是在曹雪芹创作过程中发生的一件事。这件事对我们有启发，了解了这件事，我们就有可能知道曹雪芹最早把贾兰安排在谁的头上。为什么后来又改变了，或者没有注意到这个，给另一个人也安上了贾兰这个名。这两个人物肯定不是同时创作出来的，肯定是有先有后。究竟是把贾兰安排成李纨的儿子在先，还是把他安排成贾府的族人在先呢？如果要把这个判断出来，就要看这个族人和李纨的儿子各自出现在哪几回，这几回之间就有一个次序，根据这个次序就不难判断出曹雪芹先写什么，后写什么，原来是怎么定的，后来又是怎么定的。就可以把这个过程看出来，也可以看出，曹雪芹把旧稿改成新稿的过程当中，哪些个东西是新加的，哪些个东西是原来的，就可以看出这么一个痕迹、轨迹。这就是今天考察一个贾兰两个人的意义所在，并不是为了单纯地指出，谁是谁。

为了进一步探索曹雪芹的创作过程，我们现在所能得到的唯一的可能正确的解释是，曹雪芹撰写第九回、第十三回初稿时，尚未确定给贾珠、李纨之子取名贾兰，故以兰字冠为某位族人之名。后来，当他确定了贾珠、李纨之子的名字是贾兰，并且撰写了和贾兰有关的一系列故事情节时，又忘记了回过头去给那位族人再更换一个新的、不一样的名字。因为曹雪芹的创作不是一路写下来的，而是不同的故事剪裁缝合而成的，在此过程中有前有后，他不可能一一核对。再加之，写完后又被人借去，出现小小的疏漏，是不可避免的。曹雪芹偶然的疏漏就给了我们机会去考察他写《红楼梦》的次序是什么样的。这就是改稿与初稿的区别。

有一位观众曾经提到一个问题，他说："刘老师您好，上次您在讲座中提到的，曹雪芹在写作《红楼梦》的时候，增删五次还没有完成，四十七八岁就去世了，这是对曹雪芹享年的一种说法。另一种说法是依据曹雪芹的生前好友敦诚的悼亡诗，说曹雪芹享年四十岁，这两种说法依据的可靠性如何，对曹雪芹创作《红楼梦》有什么影响？

我在此顺便回答这个问题。

我们知道，曹雪芹有个朋友叫张宜泉，张宜泉的诗编成了《春柳堂诗稿》，流传了下来。光绪年间的刻本，人民文学出版社影印出来了。在诗稿中有一首诗叫《题芹溪居士》，芹溪居士就是曹雪芹的别号。诗前有小注说，"姓曹名霑"。现在的字典里没有这个"霑"字，它已经被简化为"沾"。但这个字很重要，它的意思就是说，皇帝对我家有恩，这个恩惠就好像雨露，我们就好像小草沾得了皇帝的雨露恩惠。所以生曹雪芹之年，一定是皇帝对曹家有一些特殊的恩惠，值得纪念，所以才起此名，是沾到了皇帝的恩惠的意思。就好比大地干旱，下了一场及时雨，春雨贵如油，这就叫"霑"。

说到这里，我还要插一句，《儒林外史》的作者叫吴敬梓。大家有没有想过，为什么非叫吴敬梓，这个"梓"是很少见的。我告诉大家，"梓"用今天的白话来说就是出版，用过去的话说就是刻印。敬是恭恭敬敬的意思，所以这两个字合在一起就是说，我恭恭敬敬地刻印一部书，这叫"敬梓"。生吴敬梓这一年，他祖父或是曾祖父（我记不清是谁了）的一部书被刻版印刷，所以他取了这个名字。这是我发现的，还没有人写过文章，就是这么一个问题，也不值得写一篇论文，但可以提供我们思考。有许多大作家，起名字很有讲究，不是随便起的，我就举了吴敬梓和曹霑这两个例子。

"姓曹，名霑，字梦阮，号芹溪居士，其人工诗善画。"张宜泉与他是好朋友，了解他的情况，尤其是"字梦阮"，只有这个地方提起。仔细想想，这个字也符合曹雪芹的性格。他肯定不是瞎说的，是了解曹雪芹的。

我们看张宜泉的另一首诗《伤芹溪居士》的小注，"其人素性放达，好饮，又善诗画，年未五旬而卒。"我就是要介绍这句话。"年未五旬"应该是四十七八岁，至少也是四十六岁，绝不会是四十五岁，更不可能是四十一二岁。四十五岁以下，不能称作"年未五旬"。"年未五旬"者，就是接近五旬，还未到五十岁。说他四十七八岁，是根据他的生辰来推。如果他生在康熙五十四年（1715），到1762年死，正是四十七八岁。这就回答了那位听众的问题。

我要提醒听众，这条小注是散文，散文字数无限制，只要按事实说话，不用挑字眼。所以，散文"年未五旬"是可靠的。

那位观众又说了，有人说他活了四十岁。这也是有根据的。敦诚、敦敏挽曹雪芹的诗里说了"四十年华"。这里，我要提醒大家，"年未五旬"是散文，"四十年华"是诗，诗要讲究平仄，四十说成四一、四二、四七、四八平仄不协调。另外"四十年华"是古人常用的，陆游的诗里就用过，但他所写的那个人绝不是四十岁，是四十多，也就是说，四十七八也可以称作"四十年华"。

但，为什么有的学者坚持"四十年华"非是四十整岁不可呢？因为他四十岁死，他就生在雍正二年，而不是康熙五十四年。康熙五十四年也是推出来的。因为康熙五十四年时，曹雪芹的父亲，如果他的父亲叫曹颙，那一年死了。死后，他的弟弟给皇帝一封奏折。这个弟弟是堂弟，皇帝让他来继承江宁织造。他在奏折中说，我的嫂子马氏现在身怀有孕七个月。曹颙那年死，他夫人怀孕七个月。这个我们现在找不到档案文字资料。不知道这个马氏怀胎七个月，最终生下来没有，生下来是男是女？现在有学者认为生下来了就是曹雪芹，因此曹雪芹是遗腹子。这就是生在康熙五十四年的道理，从这一年到乾隆二十七年，正好四十七八岁，这就是这一年死的根据。

各种说法有各种说法的根据。曹雪芹写这些贵族大家庭里的事情是不是他亲身经历过呢？是不是亲见亲闻，如果没有亲见，有没有亲闻，他写这些，有没有生活中的素材。牵涉到这个问题。牵涉到曹雪芹具体哪一年从南京回到北京。也就是说，哪一年抄的家，因为抄家以后回到的北京。这两种生年的说法不同。一个说他回北京时十三岁，一个说他回北京时六岁。这里就涉及六岁的孩子对贾府、对曹家那种上世繁华的生活是否亲眼所见，是不是听人说过，是不是还记得。十三岁的孩子有可能懂事记得了。

所以生年也好、卒年也好，牵扯到曹雪芹写《红楼梦》的生活素材的问题，是直接的经验还是间接的经验。而且这也是文艺理论中的一个重大问题，没有生活经验能不能写。过去多数人认为不能写。但显然是能写的。比如曹禺《日出》中写了妓女，那你能说曹禺做过妓女么？现在苏童写《妻妾成群》，难道他就经历过妻妾成群的生活？但这都是少数。多数的，成功的作品、伟大的作家都有生活素材的积累。那里面写的生活应该是他熟悉的，是他知道的，甚至是他亲身经历过的。这是文艺理论上的一个问题。

曹雪芹写作时是什么年龄，他回北京时是哪一年，他生在哪一年，他死于哪年，到底活了四十岁还是四十七八岁，这都不是一个偶然的问题。这是我对一位听众的一个回答。

八　撰写时间的先后

现在讲第七点，撰写时间的先后。

贾兰和贾兰人名的重叠，给了我们一个了解曹雪芹创作过程的机会。通过以上的分析，我们可以得出如下的结论，从撰写时间说，凡是出现贾兰 B 名字的章回必在出现贾兰 A 名字的章回之前，反之，凡是出现贾兰 A 名字的章回必在出现贾兰 B 名字的章回之后。

若以第九回、第十三回，即有贾兰 B 名字的两回为中心，不难窥知，有关的哪回或哪几回撰写在它之前，哪回或哪几回撰写在它之后。

具体地说，就是：

（一）第十七回至第十八回、第二十二回、第二十六回、第五十八回、第六十二回、第七十五回、第七十八回撰写于第九回、第十三回之后。

（二）第二回撰写于第九回、第十三回之前。

第二回"冷子兴演说荣国府"，为什么冷子兴没有在演说中对贾雨村说出贾兰的名字呢？这可以有多种解释。

例如，解释之一，在介绍贾府情况时，作者不一定让冷子兴非说出每一个人的名字不可。以贾政一支而言，在冷子兴的话语中，有贾珠、宝玉而无贾环，不正是这样吗？再如，解释之二，介绍人物理应有所侧重，只挑选主要的、重要的来说。至于那些次要的、一般的人物，不妨暂时予以忽略。贾兰可以归入此类。

然而这两种解释存在着不够圆满的地方。读者不会忘记，在介绍人物之前，冷子兴明明是以下列几句带有总括性的话语引入正题的：

> 这还是小事。更有一件大事，谁知这样钟鸣鼎食之家，翰墨诗书之族，如今的儿孙，竟一代不如一代了。

既然"一代不如一代"，那岂不应当介绍一下最后一代人物的名字？贾环由于是庶出，略而不论，也许是可以理解的。贾兰和贾环毕竟不同。

第五回贾宝玉在太虚幻境翻阅"金陵十二钗正册"时，看到李纨那一叶上画着"一位凤冠霞帔的美人"，李纨的这种穿戴，显然预示着她的儿子贾兰，日后有灿烂的前程。那么，对荣国府来说，贾兰就不能算是一个无足轻重的人物了。因此，在第二回不介绍他的名字，多少是有一些蹊跷的。

所以，我相信另外一种解释，曹雪芹此时，撰写第二回之时，心中还没有定夺给贾珠、李纨之子起什么样的名字。这个解释若能成立，则可断定第二回写于第九回、第十三回之前。从数字顺序上说，第二回的撰写在第九回、第十三回之前，这一点也同样不足为奇。

（三）第五回撰写于第九回、第十三回之后。第五回"金陵十二钗正册"李纨那一叶上，画着"一盆茂兰"，判词的头两句则是"桃李春风结子完，到头谁似一盆兰"。此回的判词，有许多地方采用了象征、暗示的寓意手法。"李"和"完"隐指李纨，"兰"则明示贾兰。这不是胡猜，这是符合曹雪芹写第五回判词的规律的。这意味着，曹雪芹已明确地决定为贾珠、李纨之子取名贾兰了。否则,任何花草都可以用,这一辈的名字都是草字头,为什么不用别的单单挑了一个兰花的兰。因此,实际上,曹雪芹在撰写第五回时已把贾兰之名落实在李纨之子的头上了。

九　哪些回是《风月宝鉴》的旧稿?

现在讲第八个问题,哪些回是《风月宝鉴》的旧稿?
我在一篇文章中曾指出:

> 甲戌本的一条脂批曾说,"雪芹旧有《风月宝鉴》之书"。这就向我们透露了一条重要的消息。曹雪芹《红楼梦》的创作过程,原来有两个不可混淆的阶段。一个是《风月宝鉴》写作的阶段,另一个是《红楼梦》写作和修改的阶段。所谓《风月宝鉴》其实就是《红楼梦》的一部分初稿。我们今天所见到的曹雪芹的《红楼梦》则是在他的旧有的《风月宝鉴》一书的基础上增饰、改写而成的。因此,二者的人物和故事都有着若干的重复和交叉。但在重复和交叉中,人物的思想境界和性格特点都会有所发展和有所改变,故事的细节也会有所丰富和有所歧异。

这是我在一篇论文中所讲的一段话。
那么,和贾兰问题有关的哪几回是《风月宝鉴》的旧稿呢?凭仗着对贾兰A和贾兰B人名重叠现象的分析,我认为,有贾兰B的第九回、第十三回属于《风月宝鉴》的旧稿。
为什么仅仅说第九回、第十三回,而不说第九回至第十三回呢?因为现存的第九回的结尾,除了舒本仍保持原貌外,其他诸本都已经过了曹雪芹以及后人的数度改写,现存的第十三回也已被曹雪芹本人删改过了。

现在我们看到的甲戌本第十三回有一条批语说:"秦可卿淫丧天香楼,作者用史笔也。"我们注意,秦可卿是淫丧,这并不能说她和贾珍是情人。说他们两个人的爱情是纯真的,我认为那是胡说八道。在《红楼梦》里没有任何根据。贾珍绝不是一个正面的值得歌颂的人物。他和秦可卿是公公和媳妇的关系,怎么可能有纯真的爱情,在《红楼梦》里看不到一丝一毫的描写,这些分析、结论完全脱离了《红楼梦》的本身。

那条批语又说,"老朽因有魂托凤姐贾家后事二件,岂是安富尊荣坐享人能想得到者,其言其意,令人悲切感服,姑赦之,因命芹溪删去,'遗簪'、'更衣'诸文,是以此回只十页,删去天香楼一节,少去四、五页也。""遗簪"就是说贾珍与秦可卿发生不正当关系时,秦可卿头发散乱遗留下了簪子。"更衣"有两种解释,在古时还代表上厕所,这里不知道是哪种意思。这个批语证明现在保存下的十三回是经过曹雪芹本人的修改的。

说到这里,在电视剧《红楼梦》剧本讨论会上,我有一个发言。那个剧本是黄亚洲写的,他是浙江的作家,浙江作家协会党组书记、副会长,他是一个著名的电视剧写作家。那次《红楼梦》是他编剧。他在初稿里,写贾珍和秦可卿,在天香楼私通,丫鬟在后面偷看,有这样一系列的细节描写。我有一个发言,我说,我不赞成,你要删掉。我说,虽然批语写道,别人劝他说,秦可卿这个人还不错,你不应该把她写得这样糟糕,你删掉吧,曹雪芹接受了。但我说,一个伟大的艺术家是有主见的。他写什么人物、什么情节、什么性格不容易受到别人的左右,别人让他怎样改他就怎样改。有的作家可能是这样,但一个伟大的、有成就的作家他肯定是坚持自己的意见,那是他的孩子、是他精心描写的,他怎么舍得轻易改掉、删掉。但现在的实际情况确实是他删改了。我认为那是另有原因,那是曹雪芹有别的考虑,绝不是曹雪芹简单地接受了这个老头的意见。这个老人为凤姐做梦,她给凤姐托梦,提了好的意见。绝不是这么简单的原因。所以,我说,你在《红楼梦》里不应该这样写,因为作家已经删掉了,为什么你还要恢复。你把它恢复过来，就违反了作者的原意，曹雪芹经过考虑，把它删掉了，你偏偏要恢复，这怎么行呢？我就提了这么个意见。黄亚洲先生很虚心，他接受了我的意见，删掉了这一段。

我举这个例子，主要是要证明第九回至第十三回有了改动。到底哪些是曹雪芹《风月宝鉴》的旧稿？我们只能从贾兰这个问题来回答，不能从其他方面来回答。

所以，结论就是，没有删改的第九回、第十三回的初稿是《风月宝鉴》的旧稿。

这几回情节是什么呢？也就是说，《风月宝鉴》的故事是什么？秦钟的故事，秦钟和智能儿的故事，秦钟和贾宝玉同性恋的故事。后来柳湘莲还和秦钟是朋友，我们现在看不到了。贾宝玉有一次问柳湘莲，你有没有给秦钟去上坟，柳湘莲说上了，添了把土，可见他和秦钟是认识的，现在的《红楼梦》看不到这些了。秦钟在第十六回就死了，这后来柳湘莲才出现。柳湘莲的故事、尤二姐的故事、尤三姐的故事，当然都是《风月宝鉴》的故事。薛蟠的故事，所有写到薛蟠的都是《风月宝鉴》的。秦可卿的故事，所有写到秦可卿的，都是《风月宝鉴》的。贾瑞和王熙凤的关系也是《风月宝鉴》里的。

我讲的这些都是第九回至第十三回的。再加上还有别的，贾琏和鲍二家的，晴雯和多姑娘等的故事，都是《风月宝鉴》的内容。所以哪些是《风月宝鉴》的旧稿？回答就是，秦钟的故事、薛蟠的故事、秦可卿的故事、贾瑞和王熙凤的故事。我们从贾兰的角度讲，就这些故事。

十　小结

第一，《红楼梦》中有两个贾兰。

第二，二人的身份、地位不同。一个是贾府的族人，一个是贾珠、李纨之子。

第三，二人的年龄也不相同。

第四，第九回、第十三回两回的贾兰是贾府族人。

第五，第十七回至第十八回、第二十二回、第二十六回、第五十八回、第六十二回、第七十五回、第七十八回等八回的贾兰是贾珠、李纨之子。

第六，以贾兰为贾府族人的两回撰写于以贾兰为贾珠、李纨之子的八回之前。前者出于初稿，后者出于改稿。

第七，第二回撰写于第九回、第十三回之前。第五回则撰写于第九回、第十三回之后。

第八，有贾府族人贾兰的两回，第九回、第十三回属于《风月宝鉴》的旧稿。

为什么少的回写在多的回之后？就是因为曹雪芹的《红楼梦》并不是顺当地写下来的。其中有调整，有时把小故事变成大故事，变的过程就像裁缝师傅把两个小的布片缝在一起。是这么形成的。

这是从贾兰的角度探讨，作为切入口。如果从别的问题切入，还可以商讨先写的哪一回后写的哪一回。我采用的这个方法就是从《红楼梦》的本文出发，寻找他的错误，寻找他的人、事、时、地四个方面的疏漏错误缺点，引导原因，这个研究方法是先发现问题、然后研究问题、最后解决问题、提出看法，是这么一个步骤，遵循了这么一个路线。

今天讲贾兰的问题就讲到这里，谢谢大家。

《红楼梦》之谜（七）

——两个奇怪的小孩儿（下篇）：两个贾琮

演讲时间：2006年5月7日

大家好！

"《红楼梦》之谜"已经讲了七讲了，今天是最后一讲，恐怕也是强弩之末。（笑……）要说《红楼梦》之谜啊，那还有的是，还有可讲的。

一　题外话

我先讲一句题外的话。因为刚才傅先生（傅光明）说了现代文学馆以后的计划，7月2日开始要讲《金瓶梅》，我先讲句题外话。1949年以前，有一位戏剧家叫欧阳予倩，鼎鼎大名的，他写过一个话剧《潘金莲》，是给潘金莲翻案的，给潘金莲翻案并不是从魏明伦以及电影《潘金莲外传》开始的，1949年以前，欧阳予倩就已经翻过了。1949年以后，在20世纪五六十年代，就引出一个问题：欧阳予倩的这个话剧能不能够再上演？因为欧阳予倩那时候也是文化界的一个领导人，能不能够上演大家有不同的看法，最后大家说，我们把这个问题向中央领导作汇报，看看中央领导对这个问题是怎样的看法。于是，这个问题就提交给了周总理。结果周总理就发了话。

我现在讲这个题外话，因为我以后除了讲作者，也不会讲《金瓶梅》本身了。因为听说魏明伦来发言，可能会谈到给潘金莲翻案的话，所以我现在特别向大家介绍20世纪周总理对这个问题的看法。周总理的说法出来以后，争论就平息了，再也没有人提起给潘金莲翻案的事。

周总理当时就很简单地讲了这么几句：潘金莲是抛弃了一个劳动人民的丈夫，坐到了一个地主恶霸的怀里去了，因此，不能给她翻案。这个没有正式文件，我是听到正式传达的，现在介绍给大家。大家以后碰到类似的情况可以多一个思考，对不对，自己去判断。

二 前言

现在还是讲我们的《红楼梦》之谜。

有句话叫"说不完的《红楼梦》"，那的确是说不完，话题很多。这在古代小说里是非常特殊的现象。作为一部名著，一部伟大的作品，说不完，大家有兴趣去探讨一些有关的问题，这不稀奇。但是像《红楼梦》这样子大家入迷地去探讨，经常把它作为嘴边的话题，那是很少见的。古典小说里和它齐名的《三国志演义》《水浒传》《西游记》，还没有一部作品能够达到这个地步。这也是考验一部作品究竟深入民心到什么地步的标志。是不是大家对它说不完，是不是对它有兴趣经常在讨论。所谓讨论，就是容易引发不同的意见，容易引起争论。

也不是所有的伟大作品都有说不完的话，这恐怕和《红楼梦》本身的内容、本身所达到的成就有关系。它是一部细线条的作品，《三国志演义》和《水浒传》是粗线条的作品。细线条的作品大家认真去读，容易引起一些话题。还有一个原因，和《红楼梦》的内容有关系。《红楼梦》描写的是——我个人这么概括的——我们平凡的人的平凡生活，平凡的日常生活，这和我们很接近。《三国志演义》写的是帝王将相，是军事，和我们作为普通老百姓平常接触到的那方面内容很少，那些英雄人物我们在生活里也很少遇见，所以有人说我们去看《三国志演义》，是抬头去看的，抱着一种敬仰之心。《西游记》写的是神仙妖怪，那也是我们现实社会里不存在的,谁也没碰上过的。《水浒传》写的是草莽英雄,江湖上的英雄,我们一般老百姓也不涉足江湖,也不去造反,也不去打官司,所以也觉得那些人物离我们很远。我们谁能在生活中碰到打死老虎的武松那样的人物呢?可能我们一生都碰不上。所以那些作品所描写的生活、人物离我们很远。唯独这个《红楼梦》,它描写的就是日常的生活,里头写到的人和事情就好像是在我们周围经常发生的,那些人好像在我们平时就遇到过,某某人就很像书里的人物,所以感觉特别亲切又熟悉。这样子一来,就会思索,就会细读,就会发现一些问题,出现一些不同的看法,就会引起争论。所以就有说不完的《红楼梦》之谜,就是这个道理。

《红楼梦》之谜不能够持续不断地讲下去,我们只是有选择地选了七讲,就到此为止。

这里涉及一个研究方法。我讲的"《红楼梦》之谜"的七讲,以及我别的文章里写到的问题,我自己认为,那都是从《红楼梦》的文本出发的。我这个研究是属于《红楼梦》版本研究的范畴。

什么叫版本?版,就是雕刻出来的书;本,就是没有印出来,光写出来的书。"版本"这两个字原来的意义就是这样的。因此,研究版本首先就应该研究《红楼梦》本身这个书,不能够脱离书里边写到的人物、故事情节,去乱七八糟讲一通别的。

现在有所谓的探佚学。我承认探佚学是红学里边的一个门类,也是很重要的,也不妨有些学者、青年同志在这方面去探索,去写文章。但是,什么叫"探佚"?"探"的是什么"佚"啊?"佚"又"佚"的是什么?这个首先得有一个明确的认识。我认为,所谓的探佚,就是探曹雪芹已经写出来但是没有流传下来,或者是曹雪芹想那么写,但是由于去世得早,那部分没有写出来,我们去探的就是这个东西。也就是说,他还没写完《红楼梦》,八十回以后怎么写,我们可以去探。或者呢,八十回以后他已经写出来一部分,可是没流传下来,那么我们也可以去探。这个是探佚的内容。

因此,凡是曹雪芹没有写,也不想写,是我们今天那么说的,你去研究这些东西，那不叫探佚。探佚是探《红楼梦》之佚，所以我们对一些奇谈怪论用探佚学的名义来作为自己的帽子，我们一定要对它有一个正确的清醒的认识。

这是我先讲的几句题外话。

文学作品都是写人的。写人嘛，当然要写人物之间的关系。这里边有种种的写法。其中，有两种我觉得比较值得注意的。一种是写"不出场的人物"。这是我给它取的一个名字。这个人物并没有出场，可是你读这个作品时能感觉到这个人无处不在。这是作者艺术手法的高明之处。不知道大家看过曹禺的《日出》没有？曹禺的《日出》里有一个人叫金八，他并没有出场。可是，你看的时候就会感觉到，这个金八无处不在，很多事情离不开他。大家看过《杜十娘怒沉百宝箱》没有？那个李甲的父亲没有出场，可是他对李甲起了决定性的影响。李甲最后抛弃杜十娘，其中有个重要的原因就是他的父亲。像这样的例子比较多，我把这种描写手法叫写"不出场的人物"。这和我们今天讲的有点远。

还有一种，和我们今天讲的有点近。人物干什么，人物和人物之间的关系，它是这里不说、那里说。这个话怎么讲呢？我举个例子，《红楼梦》的第二回叫"冷子兴演说荣国府"。冷子兴介绍得那么详细、具体，当然我们知道并不是冷子兴这个人物有多大的能耐，他是曹雪芹手中的一个"工具"，让他干什么，他就干什么。让他起一个人物表向读者介绍的作用。可是，你读了以后，总免不了感觉到：冷子兴不过是一个古董商，他怎么会知道贾府这么清楚、这么详细呢？这总应该给大家一个比较令人信服的说法吧。于是，我们往后看，终于看到了——原来冷子兴是周瑞家的女婿。这个在第二回冷子兴出场的时候，曹雪芹一句话都没有说，到了后来说他是周瑞家的女婿的时候，也没有提起他当年曾经跟贾雨村怎么样谈论贾府的情况。这种写法，在《红楼梦》里很多，不仅仅是用于人物，在其他方面都有。比如说，贾瑞，他的表字叫贾天祥，作者一句话都没有向读者交代，可偏偏有个回目叫"贾天祥正照风月鉴"。

这个就和我们第六讲和第七讲讲贾兰和贾琮有关系了。《红楼梦》写到的有名有姓的人物，我没有统计过有多少。有人说，有四百多个，可能还不止。有名有姓的人物，都得给他安上一个名，一个姓。我上一次已经讲过了，贾府的人那么多，排行又草字头，斜玉旁，字典上这方面的字又很有限，你还必须得用一些常用的字，于是，就出现了这样的问题：贾兰就变成了有两个，贾琮也有两个。所以我们把这两个合并在一起，一个作为第六讲，一个作为第七讲。

贾琮也牵涉这里不说、那里说的问题。冷子兴介绍荣国府的时候讲了，贾赦有儿子，恰恰没说有几个儿子，然后说他的儿子叫贾琏。这个版本里有的说他是长子，有的说他是次子，还有的说他既不是长子也不是次子，就是独子。这里边就牵涉到——如果他是长子，那么第二个儿子叫什么呢，他不说，也没有介绍，后来才蹦出这么一个人。我们认为那就是他没有说的第二个儿子，就是今天我们要讲的贾琮。

说贾赦有三个儿子，老大死了，老二是贾琏，还有个老三，那个意思——所谓的老三就是贾琮。由于曹雪芹死得早，对于贾琮，给我们留下了一些前后矛盾的地方，所以使我们能够通过这个例子——就像贾兰一样——看出来他什么时候把贾赦的儿子定名为贾琮，什么时候不把贾琮给贾琏的弟弟做名字而是给了贾府的族人，这两件事肯定不是同时发生的，肯定是一前一后，那么哪个在前、哪个在后？这就牵涉《红楼梦》里有哪些回、哪些段是先写的，这就使我们能判断出来曹雪芹在这个角度、这一点上他的前后创作过程以及构思的变化。

今天讲的第七讲主要是这个内容。

我们预备讲这么几个问题：

一、贾琮的初次亮相。

二、邢夫人的语气。

三、举一个旁证。

四、举另外三个旁证。

五、我们举了旁证以后，其中有可疑的地方，这可疑地方有两点。

六、回顾第二回冷子兴是怎么说的。

七、看一下贾赦到底是一个儿子、两个儿子，还是三个儿子？

八、回顾第七十三回，七十三回是迎春和邢夫人母女之间的对话。这个对话很重要，我们在好几讲里都提到过，我们这一次还是要提，因为这使我们了解到贾赦的家庭是很奇怪的。我们听了这个以后要回想，为什么在曹雪芹笔下，贾赦这个家庭是个奇怪的家庭？为什么贾政那个家庭不奇怪呢？我们要思索这个问题。我想我们会得到一个很深刻的、很值得探讨的答案。

九、我们再举一个可疑的。

十、再谈两个问题。

十一、谈完了这些以后，如果说发现了什么错误，那么这个错误说明了什么？我们得有一个推测或判断。那么第十一节就提出我们的初步推测。

十二、最后讲结语。

三　贾琮的第一次亮相

现在开始讲第一节。讲贾赦之前，我们先回忆一下，有位《红楼梦》批评家叫张新之，他对《红楼梦》的批语有些地方写得还不错，他说过一句话，我先介绍这句话：

贾琮无传，若有若无。

什么叫"贾琮无传"呢？就是：凡是一个人物出现之前或之时，总有一个对他生平大略情况的介绍。可是，贾琮是忽然蹦出来的，没有一个介绍。我们也没有心理准备，忽然发现贾赦还有这么一个儿子。说他是贾赦的儿子吧，曹雪芹又没有直接交代，一句话都没有，所以说这个好像是有，又好像是没有。批评家看问题很敏锐、很细致，我们就要从他这句话开始。为什么会引起批评家有这个看法？他的这个看法对，还是不对？

我们从这句话开始讲第一节——贾琮的第一次亮相。

贾琮第一次亮相在第十三回。这一回描写的是秦可卿的丧事，除了宁国府、荣国府的人来参加吊唁以外，还来了很多贾府的族人，于是就出现了一个大的名单，上次讲贾兰时已经介绍过，这次讲贾琮还是要介绍。

那个时候，贾代儒带领贾敕、贾效、贾敦、贾赦、贾政，这是反文旁的一辈，下面是斜玉旁的一辈：贾琮、贾瑞、贾珩、贾㻞、贾琛、贾琼、贾璘。下面是草字头的一辈：贾蔷、贾菖、贾菱、贾芸、贾芹、贾蓁、贾萍、贾藻、贾蘅、贾芬、贾芳、贾兰、贾菌、贾芝等都来了。这么大的一个名单。名单上一共27个人，而在斜玉旁的名单里头一个就是贾琮，这段话在很多版本里不同。随便举个舒元炜序本的例子，舒本中这些名单全删掉了，没有，就这么一句话：

> 彼时贾代儒、贾代修、贾敕等合族长辈、平辈、晚辈都来了。

我们注意，前面没有贾代修，前面是说"贾代儒带领"。到了舒本里"带领"两个字变成"代修"了，于是前面加了个"贾"字，就变成两个人了，本来是带领。代字辈只出现了一个，现在出现两个了。于是就在反文旁这一辈里举了一个人作为代表——贾敕，以后就说长辈、平辈、晚辈都来了，名字一个也没有。

这个版本为什么会把名单删掉？是曹雪芹自己删的还是后来的人删的？我们现在还不好判断。但是，我们可以感觉到，那个名单有问题，所以这个本子就不要这些名单了。有什么问题呢？我想，主要的就是一个贾兰，一个贾琮。他们到底是贾府的族人，还是宁国府荣国府的人？就是这个原因，所以版本里有不同，值得我们注意。

贾珍看到这个名单以后，这么多人来吊唁，就向他们哭诉：我这个媳妇怎么好，怎么会这样子。这个时候，就看到下边的文字：

《红楼梦》之谜（七）　　195

只见秦业、秦钟并尤氏的几个眷属尤氏姊妹也都来了。

这些人的关系比较远，刚才都是贾府内部的族人，现在都是贾府外部的了。怎么办呢？要招待。派谁去招待呢？贾珍就召了四个人去：

贾珍便命贾琮、贾琛、贾璘、贾蔷四个人去陪客……

注意这四个人，回到那个名单，我们看到，贾琛、贾璘都在名单里边。为什么要把这两个名单放在一起呢？是要根据这四个人在名单里的地位，来判断他周围的人是贾府的族人还是贾府内部的人——主要是这个目的。

我们再回到那个大名单，就可以看到，大名单有两个特点值得注意：

第一，这个名单里不包括贾敬、贾珍和贾蓉。尽管这是一个特点，但是不稀奇，因为人家就是到你们家来吊唁，那么你们（指贾敬、贾珍和贾蓉）的名字当然不在来吊唁的客人名单里，所以名单里没有这三个人不奇怪。

第二，就值得注意了，这个名单同样也不包括贾琏、贾宝玉、贾环和贾兰，只有贾政的名字在。应该说，这四个人也是去吊唁的，贾政来了，为什么这几个人不来？那么，你可能说贾宝玉、贾环、贾兰年纪小。那么，贾琏年纪并不小啊。为什么荣国府这四个人的名字不在吊唁名单里呢？他们不参加秦可卿丧事的吊唁活动？他们吊唁的地点在宁国府，吊唁的对象是秦可卿，当然有的人可以不出现。但是荣国府这四个人——贾琏、贾宝玉、贾环和贾兰——为什么不出现？

我们细看《红楼梦》，发现贾宝玉来了，他单独来的，不是集体活动，所以名单里没有贾宝玉。那么，别的人不来吊唁，不在名单里，就值得注意了。总而言之，大名单里有一个贾琮，只能看到贾琮是斜玉旁一辈儿的，他和贾宝玉、贾琏、贾环同辈，贾琮在名单里的地位可以看出来，他不是贾政的儿子，也不是贾赦的儿子。

而且我们注意到，大名单里斜玉旁一辈的头一个人就是贾琮。跟贾琮排在一起的人是什么人呢？贾瑞、贾珩、贾珖、贾琛、贾琼、贾璘都是贾府的族人，族人还有远近之分，这几个都是比较远的，不像贾蔷、贾芸啊这些人关系还比较近。贾琮跟他们排在一块儿，也就是意味着他也是贾府远房的族人，我们应该得出这个结论。

这个名单很有意思，我们要注意这不是随便写的。庚辰本有一条脂批说：

> 将贾族约略一总，观者方不惑。

这是说，把贾府的族人在这里全部向读者作了介绍，这样，读者看了以后才能知道谁和谁是贾府的族人。也就是说，这个名单里绝大多数人都是贾府的族人，除了我们所知道的贾敬贾政以外，包括贾赦等都是贾府的族人。既然这个名单里的贾琮是远房的族人，那也就是说，他不是荣国府的人了，也就是说，第十三回大名单里出现的贾琮不可能是贾赦的儿子。

关于这个名单还补充一句，张新之还有这么一句评语：

> 贾氏族人于此总提，演其盛也。其名义有事迹者，则有评，在本传。其余不过人、文、玉、草，各从其类，敷衍而已，不必强为解释。

他是这么一个看法。这里可以供我们注意的就是那么一句话，这是一段总的介绍贾府族人的文字，为了表示他们人丁兴旺，人数众多。

在这个时候贾琮是贾府的族人，不是贾赦的儿子，这是《红楼梦》告诉我们的。这就是我要讲的第一个问题。

四　邢夫人的语气

下面讲第二个问题。

到了第二十四回，有一段是贾赦的儿子贾琮的第一次出场。在这之前，没有在书中看到过这个人，在冷子兴的话里也没有介绍这个人。

第二十四回写贾母叫贾宝玉去请贾赦的安，贾宝玉先见了贾赦，然后又到邢夫人的房里去请安，邢夫人见了贾宝玉很高兴，就拉着他的手让他坐在炕上，叫丫鬟给贾宝玉倒茶，以下这么写：

　　一钟茶未吃完，只见贾琮来问宝玉好。邢夫人道："那里找活猴儿去！你那奶妈子死绝了，也不收拾收拾你，弄得黑眉乌嘴的，那里像大家子念书的孩子！"

（《红楼梦》里，凡是弟弟、妹妹一辈的，看见哥哥、姐姐，如果原来是坐着的，必须得站起来问好。这是贾府的礼节。这里也不例外，贾琮来问宝玉好，表明贾琮年龄比宝玉小。如果他是贾赦的儿子，那也是小儿子。）

（"收拾"在这里是打扮的意思。）

尽管这里没有说他是邢夫人的儿子，是贾赦的儿子，可是他是"大家子念书的孩子"，这个"大家子"实际上指的就是贾府。这些地方都给我们暗示：邢夫人是他的母亲。如果不是他的母亲，邢夫人不会用这样的口气，对于贾府的族人不会用这个口气。如果是贾府的族人，也不会在邢夫人的房间里出现。

说到这里，我想起来前几年我在浙江讲学的时候，看到一个电视剧叫《红楼丫鬟》还是什么的，这里边有很多看了以后让我觉得可笑的情节。首先一开场，贾府里什么人病了，那些丫鬟就跑出贾府的大门，到一个胡同里敲一个医生的门，请这个医生来看病。这首先就不通，贾府的丫鬟绝不可能出贾府的大门，去请医生绝不是贾府丫鬟所做的事，这个事情应该是丫鬟告诉外边的男佣人，男佣人再出大门去请。电视剧里还有个男子居然能藏在凤姐的房间里，还藏在床底下，这也是不可能的。男佣人绝对不能进太太、奶奶、小姐的房间里。说明这个电视剧的编剧根本不懂得清代封建贵族大家庭里的生活。

那贾琮作为贾府的族人，怎么可能出现在邢夫人的房里呢？如果他出现在邢夫人房里，第一他得是小孩，不能是成年人；第二他必须是邢夫人家里的人，是亲人，而且这个亲人必须得是下一辈的。

所以，第二十四回这里很明确地说明了贾琮是什么人。那么，我们就要问，出现在这里的贾琮和第十三回里的那个贾琮是同一个人吗？回答——不是。如果他是第十三回里的那个贾琮，那他就应当是族人。作为贾府当中有地位、有教养的上层妇女，邢夫人不可能用这样一种语气毫无来由地把在他房间里出现的这个人说一通，那个人也不可能冒出来。

到底这个贾琮是什么人呢？我们可以看出这么几点：第一，贾琮是个小孩，"黑眉乌嘴"。第二，平时有奶妈子在他身旁。第三，他的衣着打扮需要有奶妈子帮忙整理修饰。第四，他正处在上学读书的年龄阶段。第五，他所生活的大家子完全符合荣华富贵的荣国府，而和贾府一般的族人家庭不相称。贾府一般的族人都是贫寒家庭。

另外，这个贾琮主动来问贾宝玉好，表明他和宝玉是平辈，而且年纪比宝玉小。邢夫人骂贾琮的话从侧面告诉我们，贾琮无疑是贾赦和邢夫人的孩子，尽管作者没有明说。

那么，他是邢夫人和贾赦的儿子这一点，除了通过邢夫人的话和他在邢夫人房里出现来证明以外，我们能不能在《红楼梦》里找到旁证呢？

五 一个旁证

现在讲第三个问题。

我开始举旁证。旁证一共有四个。

第一个旁证在第五十三回。第五十三回贾府祭祀的情景,曹雪芹并不是用作者的眼光来写,而是从宝琴的角度写:

> 只见贾府诸人分昭穆排班立定:贾敬主祭,贾赦陪祭,贾珍献爵、贾琏、贾琮献帛,宝玉捧香,贾菖、贾菱展拜毯,守焚池。……贾荇、贾芷等从内仪门挨次列站,直到正堂廊下。

这是宝琴眼睛里所看到的当时的祭祀情景。这段文字写得好不好,我们看看评语怎么说。戚本和蒙本有一个回前总评:

> 作者偏就宝琴眼中款款叙来,首叙院宇匾对,次叙抱厦匾对,后叙正堂匾对,字字古艳。槛以外、槛以内是男女分界处,仪门以外、仪门以内是主仆分界处,献帛献爵择其人,应昭应穆从其讳,是一篇绝大典制文字。

的确,在作者笔下,祭祀中谁做什么,做什么的该是什么人,而不应该是什么人,写得钉是钉铆是铆,一丝不乱。在封建贵族大家庭正规的祭祀活动当中,由谁来"献爵",由谁来"献帛",由谁来"捧香",都很有讲究。贾府之外的族人不能担任这几项任务。

"献爵"的贾珍,"献帛"的贾琏、贾琮,"捧香"的宝玉,这四个人应该有相同的身份,相同的地位。贾琏和贾琮被分派共同献帛,更应该是一种有意识的组合,大家可以看,"献爵"的贾珍是贾敬的儿子,"献帛"的贾琏、贾琮是贾赦的儿子,"捧香"的宝玉是贾政的儿子,这岂不是一种巧妙的合理的安排么。毫无疑问，这个地方的贾琏和贾琮应该被看作是亲兄弟，在贾珍、贾琏、贾琮、宝玉四个人和贾府的族人之间有个很明确的分界线，这个分界线是不可逾越的。

我们再看第五十三回，元宵节之夜，贾母在花厅摆了几桌酒，大家举行家宴。我们看家宴是怎么排列的：

廊上几席，便是贾珍、贾琏、贾环、贾琮、贾蓉、贾芹、贾芸、贾菱、贾菖等。

这里有九个人名，从贾珍到贾蓉，是贾府里的人；他们五个人中一头一尾是宁国府的人；当中的三个是荣国府的；五个人以后，从贾芹开始，才是贾府以外的族人。这个名单写得很清楚。

贾琮紧挨着贾琏、贾环，可以知道他是荣国府的人。他排在贾环的后面，也就是说明他的年龄比贾环小。前面他向宝玉问好，已经说明他比宝玉的年龄小。更何况下面还提到贾母差人去请族中男女，可是由于各种各样的原因，很多人不便来、不能来、不敢来或干脆就是不来，结果，就这样：

因此，族众虽多，女客来者只不过贾菌之母娄氏带了贾菌来了，男子只有贾芹、贾芸、贾菖、贾菱四个现是在凤姐麾下办事的来了。

这里也就是明确指出，贾芹、贾芸、贾菖、贾菱四个人是族人，在廊上几席的名单里恰恰有这几个人，这不等于是说在那九个人中除了这四个以外，别的都是贾府的人么。

所以，第五十三回是一个旁证，证明这里的贾琮不是族人，只有第十三回那个贾琮是族人。

六　另外三个旁证

上面说的是我们介绍的头一个旁证。下面我要介绍另外三个旁证。这三个旁证见于第五十八回，第六十回和第七十五回。

我们先看第五十八回：

> 可巧这日乃是清明之日，贾琏已备下年例祭祀，带领贾环、贾琮、贾兰三人去往铁槛寺祭柩烧纸。宁府贾蓉也同族中几人各办祭祀前往。因宝玉未大愈，故未曾去得。

这一回里把贾琏、贾环、贾琮、贾兰四个人放在一块儿，这四个人的关系就是叔侄、兄弟，这表明了贾琮是贾府内部的人。

这里单独提到了宁国府，又表明在提到宁府贾蓉前面的贾琏、贾环、贾琮、贾兰四个人是荣国府的，也就是证明贾琮是荣国府的人。

再举个旁证，第六十回，蕊官给了一包蔷薇硝给春燕母女，叫芳官带去：

> 娘儿两个回来，正值贾环、贾琮二人来问候宝玉，也才进去。……宝玉并无与琮、环可谈之语，因笑问芳官手里是什么。

这是第三个旁证，贾环和贾琮两个人一块儿来问候宝玉，这不是作者的胡指乱派，而是显示了这三个人之间的亲属关系：一个是贾宝玉的同胞兄弟，一个是贾宝玉的堂弟。

第四个旁证，第七十五回，贾珍在居丧期间，以学习射箭为理由，请了很多世家的弟兄和有钱的亲友来比赛射箭，并且每天晚上轮流请客吃饭，大吃大喝，于是：

不到半月工夫，贾赦、贾政听见这般，不知就里，反说这才是正理，文既误矣，武事当亦该习，况在武荫之属。两处遂也命贾环、贾琮、宝玉、贾兰等四人于饭后过来，跟着贾珍习射一回，方许回去。

所谓"两处"指的是贾赦和贾政。两处派了四个人，贾赦派了贾琮一个，贾政派了宝玉、贾环、贾兰三个。他们所派的都是自己的儿子，或者是自己的孙子。所以，贾琮不可能是"两处"以外的人。如果贾琮不是贾赦的儿子，那么，两处命四个人等不就是一句荒谬的话么？派人一个地方就可以，何必和贾赦有关系呢？正因为要"两处"，所以，贾琮是其中一处所派的。

以上这四回——第五十三回、第五十八回、第六十回、第七十五回提到的贾琮，书里边没有正式地、明确地、直接地说明他的身份、地位是什么，可是，我们作为读者，从书里的叙述可以得出一个明白无误的判断，贾琮理应是贾赦的儿子、贾琏的弟弟。因此，他确实像第二十四回所说的，是邢夫人的儿子。

这是我们要讲的第四个问题。

七　两个疑点

现在讲第五个问题。

虽然我们举出了旁证，但还是留下了两个疑点。这两个疑点在我们心里也觉得很难理解。

第一个疑点就是第十三回，第一次露面的贾琮是贾赦的儿子、贾琏的弟弟吗？如果是，那么，为什么他不和贾琏、宝玉、贾环这些荣国府的子弟们同时出现，反而他的名字是和那些族人排在一起呢？

第二个可疑的地方见于第五十四回，这时已经三更天了，贾母把酒席移到了暖阁里，摆了三张大桌子，又添了果盘，等等，于是：

贾母便说："这都不要拘礼，只听我分派你们就坐才好。"说着，便让薛、李正面上坐，自己西向坐了，叫宝琴、黛玉、湘云三个皆紧依左右坐下，向宝玉说："你挨着你太太。"于是邢夫人、王夫人之中夹着宝玉，宝钗等姊妹在西边，挨次下去便是娄氏带着贾菌，尤氏、李纨夹着贾兰，下面横头便是贾蓉之妻。贾母便说："珍哥儿，带着你兄弟们去罢，我也就睡了。"贾珍等忙答应，又都进来。贾母道："快去罢！不用进来，才坐好了，又都起来。你快歇着，明日还有大事呢。"贾珍忙答应了，又笑说："留下蓉儿倒酒才是。"贾母笑道："正是。"贾珍答应了一个事，转身带领贾琏等出来，便命人将贾琮、贾璜各自送回家去，邀了贾琏去追欢买笑，不在话下。

大家注意这句话——"便命人将贾琮、贾璜各自送回家去"，如果贾琮是贾琏的弟弟、贾赦的儿子，干吗还要派人把他送到他的家里去呢？他的家不就是你贾琏的家么，而且送的两个人都是贾府的族人，那么，很显然，这个贾琮不是贾琏的弟弟。有的本子就把贾琮这个名字删掉了，为什么删掉？就是觉得不通。因为所谓的"将贾琮、贾璜各自送回家去"是说，要送出贾府的大门，这贾府的族人并不住在贾府里边，所以要派人送去，因为他们年纪小，路远，并不在贾府的门墙之内，而在大门之外。这就证明，这个贾琮不可能是贾赦的儿子。如果贾琮和贾璜一样——我们不要忘了贾璜，贾璜让我们想起了第九回说的那个"璜大奶奶"，就是那个贾璜——是贾府的族人，那贾珍、贾琏命人把他和贾璜一块送回家去，这点没有任何疑问。但是，如果贾琮不是贾府的族人，而是贾赦和邢夫人的儿子，那么，贾珍、贾琏命人把他和贾璜送回家去就和情理不合。

关于这个，我们有七点可以说：

第一，贾琮和贾璜相提并论，这两个人的身份地位应该是相似的，或是相同的。

第二，贾琮离开贾府是被贾珍和贾琏派人送回家去的，这表明贾琮有家,他的家在贾府之外,也就是说,在贾府之内,不应该再有贾琮的家了。他的家如果在贾府之内,贾珍、贾琏便不需要派人另外送他回去,更不会和贾璜同时送,因为贾璜很明显地不住在贾府之内。贾璜的家像第九回茗烟所说的,是在东胡同子里。

第三,贾琮被送回家的时候,贾琏和贾珍都在场,贾琮被送回家以后,贾琏又被贾珍邀请去"追欢买笑"了。那么,这个叙述就从侧面说明,贾琮和贾琏没有一个共同的家。因此,这里的贾琮和贾琏不可能是嫡亲的兄弟。

第四,王夫人的儿子贾宝玉、李纨的儿子贾兰都被留在宴席上了,贾琮如果是邢夫人的儿子,为什么他会受到不同的待遇?为什么要送回去,偏偏把他送回去,不把宝玉和贾兰送走?

第五,贾宝玉坐在王夫人的边上,贾兰坐在李纨的边上,贾菌也坐在他母亲娄氏的身边,而邢夫人在宴席上,贾琮如果是邢夫人的儿子,为什么要让他眼睁睁地离开母亲身旁,独自回家?要知道他的年龄实际比贾宝玉小,比贾菌也小。

第六,我们不要忘记,贾璜的年龄并不小,第九回茗烟提到的璜大奶奶的丈夫就是贾璜,第十回里边介绍贾璜是这么说的:

> 且说他姑娘原聘给的是贾家玉字辈的嫡派,名唤贾璜。但其族人那里皆能像宁、荣二府的富势,原不用细说。这贾璜夫妻守着些小小的产业,又时常到宁、荣二府里去请请安,又会奉承凤姐儿并尤氏,所以凤姐儿、尤氏也时常资助资助他,方能如此度日。

("姑娘"就是姑妈,"姑娘"是南方话。)

也就是说,贾璜已经成家立业,严格地讲,他不是小孩,是大人了。他跟年幼的贾琮——如果贾琮是邢夫人的儿子——在一起,不相匹配。贾珍和贾琏怎么会把一大一小搭在一起送回家呢?这是不可能的事情。

第七,作为贾赦、邢夫人儿子的小孩——贾琮——即使要送回家,派遣的人也应该是他的奶妈，应该是贾府内部的佣人，这个佣人而且是妇女，不可能是男的。

由以上七点分析，总而言之，这一回、这个地方的贾琮，毫无疑问，不是邢夫人的儿子，不是贾赦的儿子，不是贾琏的弟弟。那么，也就是说，有两个贾琮，一个是贾赦的儿子、贾琏的弟弟，一个不是。这又是怎么回事呢？这就要讲第六个问题。

八　回顾第二回

第六个问题，想起了第二回。

我们还得看第二回，第二回冷子兴演说荣国府，是作者叙述艺术上富有匠心的安排，通过冷子兴向贾雨村的演说，作者毫不费力地向读者介绍了荣国府当中的几个重要人物，以及他们之间的血缘关系。

关于贾赦，冷子兴是这么说的：

> 若问那赦公，也有二子。长名贾琏，今已二十来往了，亲上作亲，娶的就是政老爹夫人之内侄女，今已娶了二年。这位琏爷身上，现捐的是个同知，也是不喜读书，于世路上好机变，言谈去得，所以如今只在乃叔政老爷家住着，帮着料理些家务。

（这个"同知"很值得注意。我们知道清朝的地方建制有府、州、县，府管着县，州有时和府并级，有时候介于府和县之间。州和府里边次于知州、知府的那个官叫同知。为什么要大家注意呢？因为在曹家的家谱上，曹頫、曹颀的下一代，有个人叫曹天佑，曹天佑当时做的官叫"现任州同"，就是州的同知。有人说曹天佑就是曹雪芹，不一定。不过，有人这么说，而恰恰书里写的贾琏做的官也是同知。）

为什么不在贾赦自己家里料理家务，偏要到荣国府的贾政家里？当然这里边有一个原因，因为他的老婆是王熙凤，王熙凤是王夫人的亲戚，有这么一层关系。但是，也还是觉得奇怪呀，不在自己家里，跑到那个家里去。这个现象，我提请大家注意，作者并没有对此交代原因。我们只知道王夫人和凤姐有亲戚关系，但这样安排有什么特殊原因呢？我认为，这是一个问题，提请大家去思考。

想起来第二回就是这么说的，底下话一转，他就讲了凤姐是怎么样。"若问那赦公，也有二子。长名贾琏"，为什么老二叫什么不说了呢？不但不说第二个儿子，连叫什么都没提。为什么冷子兴不肯痛痛快快向贾雨村说出贾赦次子的姓名呢？他介绍别人的时候都带出了名字，为什么唯独如此对待贾赦第二个儿子呢？

有人猜测说，贾赦的第二个儿子可能早死了，所以冷子兴不提他的名字。我认为不是这样的，试看：贾代化的长子，第二回里冷子兴不是说了么，到了八九岁时就死了，冷子兴照样交代出这个人叫贾敷。贾珍的长子贾珠不是也一病死了么，冷子兴照样没有忘记说出贾珠的名字。如果贾赦的次子是早死的话，为什么不讲他的名字呢，这不是不一样地对待么？

请注意"也有二子"的"也"字，很有讲究。"也"字怎么来的呢？其实是针对前面提到的贾政说的，贾政有两个儿子，贾赦也有两个儿子，就用了"也"字。为什么贾政的儿子一个叫贾环一个叫宝玉，毫不隐瞒，而贾赦的两个儿子偏偏不肯说出其中一个的名字呢？当然，冷子兴是没有自由的，他是曹雪芹笔下的人物，他的一言一行都受制于曹雪芹的驱使。曹雪芹为什么要让冷子兴这样做呢？是他偶然的疏忽还是故意设置悬念？再不然，他另有隐情？

也有人说，贾赦的次子就是贾琮，说得对么？

我们接着再讲第七个问题。

九　贾赦到底有几个儿子？

关于第七个问题的内容，我在上一次讲"从琏二爷说起"的时候已经有涉及了。我已经介绍过了，贾琮这个问题涉及冷子兴的话，冷子兴说贾赦有两个儿子，长子叫贾琏，大多数脂本都这么说的，可在程甲本、程乙本里却说"贾赦也有两个儿子，次子叫贾琏"，就把长子改成了次子。还有一个版本，我们没有看到，但有的人说他看到了那个版本里说贾赦有三个儿子，老二叫贾琏，老三是小老婆生的，叫什么名字没说。实际上，无论老二也好，老三也好，指的还是这个贾琮，这个都是后来的人改的。曹雪芹的原稿就说贾赦有两个儿子，长子叫贾琏，次子叫什么没说。

上一次讲座中我介绍过两个评论家的话，一个是张新之。张新之说，贾赦有两个儿子，第二个儿子叫贾琏，那么，长子叫什么呢？他这么问，实际上就是说，《红楼梦》写得不对。另一个是王希廉。他的评语说，贾赦的大儿子名字没说，所以，贾琏有兄而无兄。王希廉还说，这是一种漏笔。

张新之和王希廉都认为，出现这个问题是曹雪芹的疏忽遗漏所造成的，是偶然的。

第三个儿子我就不介绍了，上一次已经说过了。

十　回顾第七十二回

现在我讲第八个问题，这是我们要重点介绍的。

如果贾琮像吴克岐所看到的版本说的，是第三个儿子，又是小老婆生的，那么，他的母亲是谁呢？于是，我们又想起了邢夫人说的话。在前面讲贾琏和迎春的时候都引过邢夫人的这段话，所以大家一定要注意第七十三回邢夫人的话，关系太大了，涉及三个人，如果再把邢夫人也加上，涉及四个人。这段话是邢夫人对迎春说的：

> 总是你那好哥哥、好嫂子一对儿，赫赫扬扬，琏二爷、凤奶奶两口子，遮天盖日，百事周到，竟通共这一个妹子，全不在意

（按：说他们不把迎春放在心上）。但凡是我身上掉下来的，又有一话说，只好凭他们罢了（按：这个话是说，你迎春并不是我生的）。况且你又不是我养的，你虽然不是同他（按：指的是贾琏）一娘所生，到底是同出一父，也该彼此瞻顾些，也免别人笑话。我想，天下的事也难较定。你是大老爷跟前人养的，这里探丫头也是二老爷跟前人养的，出身一样，如今你娘死了。从前看来，你两个（按：是说迎春和探春）的娘，只有你娘比如今赵姨娘强十倍的，你也该比探丫头强才是。怎么你反不及他一半？谁知竟不然，这可不是异事。倒是我一生无儿无女的，一生干净，也不能惹人耻笑谈论为高。

邢夫人这段话相当突出，我在以前的讲座中引用、分析这段话已经有两次，这是第三次了。它值得我们再三地、仔细地琢磨、思索。首先，它否定了贾琮是邢夫人的儿子的可能性。因为邢夫人说得清清楚楚，她"一生无儿无女"，贾琮当然不可能是她所生。其次，它否定了贾赦有三个儿子，贾琮排行第三的可能性。因为邢夫人谈到了家里的母子关系和兄弟姐妹关系，可是话里也没有提到贾琮，好像这个人根本不存在似的。邢夫人的话给人的印象是，贾赦只有一儿一女，儿就是贾琏，女就是迎春。

从邢夫人的话里，可以得出八条结论：第一，贾琏是迎春的哥哥。第二，贾琏只有一个妹妹，就是迎春。第三，贾琏不是邢夫人所生。第四，迎春也不是邢夫人所生。第五，贾琏和迎春同父异母。第六，迎春的母亲（生母）是贾赦的妾。第七，迎春的生母已经死了。第八，邢夫人自己一生始终无儿无女。

这八条结论恰恰是我们读《红楼梦》时搞不清楚贾赦家里这几个人的血缘关系的关键所在，给我们制造了混乱，把我们原来所了解的、所想象的贾赦家里几个人之间的血缘关系完全打乱了。所以，这段话值得我们仔细琢磨。曹雪芹为什么这么写？这么写和以前有矛盾，为什么会制造出矛盾？这都是值得思索的问题。

如果大家要考虑这段话，大家不要看程甲本、程乙本，也不要看梦觉主人序本，那三个本子里把这段话作了修改。为什么要修改？就是因为他们也发现了矛盾，发现这段话制造了混乱，所以要改。其中有六句话全被删掉了。哪六句话？我念给大家听听：

竟通共这一个妹子。
但凡是我身上掉下来的。
况且你又不是我养的。
你虽然不是同他一娘所生。
如今你娘死了。
"倒是我一生无儿无女"改成了"倒是我无儿女的"。强调的语气减弱了。

因此，要是读的是程甲本、程乙本，那么，对第七十三回邢夫人这段话，你不注意就会轻轻地溜过去了，没注意到它和前面有很多矛盾。可是，你要是看脂本，那么，矛盾马上显现在你的眼前。

我们前头不是说八条结论么？实际上，这三个本子把这六句话删掉了，也就是说，八条结论里只保留了三条：第一，贾琏是迎春的哥哥。第二，迎春不是邢夫人所生。第三，邢夫人自己一生始终无儿无女。其余的都是模糊其词了。

下面我们就分析这八条，把目光集中在邢夫人身上。

十一　又一个疑点

现在讲第十一个问题。

读过《红楼梦》的人都知道，邢夫人是贾赦的妻子。邢夫人叫什么名字，我们不知道，书里叫她邢夫人。"夫人"这两个字说明了她的身份。贾政的妻子王氏在书里叫王夫人，同样的道理，贾赦的妻子邢氏书里叫邢夫人。看起来，贾赦肯定是邢夫人的丈夫，邢夫人也肯定是贾赦的妻子。

然而，这不可避免地又产生一个疑点，这个疑点不在于贾赦是邢夫人的丈夫，疑点在于邢夫人是贾赦的妻子。

这一点在前面我其实已经讲了，现在我再重复一下。我们要问：邢夫人是贾赦什么样的妻子？妻子有大有小的区别。她是妻还是妾，按照常理，妾也许不是一个人，妻只能是一个人。不过，妻又有区别，她是原配，还是续弦？如果邢夫人是贾赦的妻子，那么，她是贾赦的原配，还是续弦？

为什么会提出这样的问题呢？试看：第一，迎春不是邢夫人所生，她的生母是贾赦的小老婆，这个和邢夫人的妻的身份不矛盾。第二，贾琏也不是邢夫人所生，那么，贾琏的母亲是谁呢？如果他的母亲是贾赦的另外一位小老婆，那么，这个也和邢夫人作为妻的身份不矛盾。但是，如果贾琏的母亲也是贾赦的妻，而不是贾赦的妾，那么，这和邢夫人的妻的身份就产生了矛盾。

贾琏究竟是贾赦之妻所生，还是贾赦之妾所生？这两点，从书里直接的叙述看不出来。作者显然也没有做明确的交代或者是暗暗地交代。作为读者，根据我们反复阅读全书的体会，贾琏的生母好像不是贾赦的妾。不然，作为贾琏的妻子，王熙凤怎么能够攀升到类似管家婆的地位，这和赵姨娘、贾环在家庭中的地位恰恰形成了鲜明的对比。因此，邢夫人的身份就成了谜团。

王熙凤那么看不起赵姨娘和贾环，就是因为她是妾，他是妾生的儿子。如果贾琏也是妾生的儿子，那么，王熙凤不等于看不起自己了吗？不等于是看不起自己丈夫了吗？赵姨娘在荣国府没有地位，为什么王熙凤你的丈夫也是妾生的，你就能做管家婆呢？这就说不通了。所以，由此从反面证明贾琏的母亲不可能是妾，他一定是大老婆所生的。

这一点，我在谈贾琏和迎春的时候已经说过了，就不多说了。

十二　又是两个问题

下面谈第十个问题，又是两个问题。

我们要探讨的，是贾琮问题，或者说，是贾琮和邢夫人的关系问题。这里包含着两个问题，这两个问题互相有联系，但又互相有区别。一个问题是，贾琮是不是邢夫人的儿子？或者说，邢夫人是不是贾琮的母亲？另外一个问题，贾琮是贾赦、邢夫人的儿子，还是贾府的族人？后边的这个问题是由前面那个问题派生出来的。

我们先看贾琮和邢夫人的关系。这显然有两个矛盾的方面：第一，贾琮是邢夫人的儿子。第二，邢夫人又承认自己无儿无女。这不是矛盾吗？我们从书里得出的印象，确实是说，贾琮是邢夫人的儿子。我们看了第二十四回就可以得出这样的结论。贾赦的妻子，除了邢夫人以外，没有别人。贾琮既然是贾赦的儿子，那么，他当然就是邢夫人的儿子。邢夫人承认自己没有儿子，那么，她没有必要在迎春面前撒谎，所以这个矛盾是不可调和的。

应该说，天才的作家曹雪芹他刚开始写《红楼梦》并没有在这个问题上制造矛盾，矛盾的产生实际上是在他的创作构思发生变化的时刻，也就是说，在创作的中途，曹雪芹给贾赦邢夫人的家庭增加了一个新成员，在创作之初他没有这么想，创作中途他加进去这么一个人。现在保存的前八十回里边，我们一时还看不出曹雪芹给贾赦家庭增加一个新成员的目的何在。估计他会让这个新增加的人物在八十回以后的故事情节里发挥比较重要的作用，否则的话，这个人物就没有必要加进去。

有两点我们感到遗憾，第一，现在的脂批里一点也没提到贾琮这个人，这使我们失掉了了解曹雪芹为什么要添加这个人物的可靠资料。第二，后四十回的续作者不了解曹雪芹的艺术构思，以至于贾琮这个人物在后四十回中消失得无影无踪，辜负了曹雪芹增添这个人物的苦心。

如果上面的分析和解释能够成立的话，那么，所能够得出的结论就是下面这句话：贾琮是贾赦、邢夫人家庭里的新成员，这些章回、段落是曹雪芹的修改稿；而贾琮不是贾赦邢夫人家庭中的新成员，那些章回、段落是曹雪芹的初稿。简单说，贾琮是儿子的，是改稿；是族人的，是初稿。

我们要注意这个区别。有了这个区别，我们才能判断，哪些章回段落是修改过的，或是初稿。需要补充说明的，这里所说的"初稿"和"改稿"，都是相对来说的。初稿可能一个，改稿也可能有四五个之多。这里说的只限于贾琮、邢夫人之间有没有母子关系的那些段落。《红楼梦》的文字有初稿和改稿的区别，我们现在所看到的《红楼梦》八十回实际上是由初稿和改稿这两种成分组合而成，只要我们细心探索，哪些篇幅和情节是初稿，哪些篇幅和情节是改稿，甚至属于第几次改稿，我想是可以分辨出来的。

关于贾琮是儿子还是族人的问题，同样的一个人名属于两个不同的人，两个不同的身份，书里确实是这么写的。这两个拥有同一个名字的人不可能在同一个创作时间段里出现在曹雪芹笔下。想来，曹雪芹不至于糊涂到这样的地步。如果曹雪芹的《红楼梦》有 A、B 之分，如果曹雪芹写或改《红楼梦》原稿的时间有 Y、Z 的区分，那么，事实的真相就是下面这句话：

一个贾琮出场于 Y 时间段的 A 稿，另一个贾琮亮相于 Z 时间段的 B 稿。

以上的分析主要是得出这个结论。现在我们设定 Y 的时间段在前，Z 的时间段在后，A 的稿在前，B 的稿在后，然后再来进一步讨论问题。根据我的分析，有族人贾琮出场的应该是 Y 时间段的 A 稿，作为儿子亮相的是 Z 时间段的 B 稿。

得出这样结论有什么理由呢？这个理由就是：族人是一大群，给他们起名字要多费心思，大多数族人的名字又往往是在同一个场合一块出现的，这样避免重复就显得非常重要。下笔的时候小心谨慎，仔细斟酌，这样才能够避免重复。而给贾赦家庭新成员起名字的时候，人少，就一个人，一不小心很容易和族人的某一个名字相重复。如果曹雪芹在初稿里把贾琮这个名字派给了某个族人，隔了一段时间以后，这个事情他已经忘了，丢在脑后，从而又在改稿里把这个名字安放在贾赦、邢夫人儿子的头上。这种疏忽大意是可以理解的。相反地，如果曹雪芹已经把这个名字给了邢夫人的儿子，然后又让某一个族人再用这个名字，就很难理解了。因为族人当中什么人取什么名字曹雪芹早就定好了，而贾赦、邢夫人的儿子这个人物是后来添的，这样，我们就可以进一步来推测各回写作的先后了。

过去我讲贾琏、迎春、彩云、彩霞，最后都是要推测曹雪芹哪些章节写在前，哪些章节写在后。现在通过贾琮这个事情又可以这么来推测。

有了初稿和改稿的区别，应该说初稿在前，改稿在后，这是一个原则，是一个前提。那么，就不难形成我们下面的推测了：

先从贾琮是不是邢夫人的儿子这个角度来看：第二回冷子兴的话和第七十三回邢夫人的话，它们有共同点。冷子兴介绍贾赦、邢夫人家庭成员的时候偏偏没有提到贾琮的名字，这当然不是出于偶然的疏忽，而是表明曹雪芹在写第二回的时候，还没有拿定主意让贾琮这个人进入贾赦邢夫人的家庭，当他们的小儿子。邢夫人当着迎春的面，偏偏说自己无儿无女，她当然不是语无伦次，这无非是表明贾琮这个时候还没有扮演小儿子的角色，所以，邢夫人的冷嘲热讽仅仅落在了贾琏和迎春两个人身上。

贾琮进入贾赦、邢夫人家庭是在第二十四回、第五十三回、第五十八回、第六十回、第七十五回，因此，这五回的撰写和修改应该晚于第二回和第七十三回。说这五回晚于第二回，以及说第七十五回晚于第七十三回没什么奇怪，说第二十四回、第五十三回、第五十八回、第六十回晚于第七十三回，这就值得我们注意，这不同寻常。

再从贾琮作为族人这个角度来看：贾琮作为族人见于第十三回、第五十四回，贾琮是儿子见于第二十四回、第五十三回、第五十八回、第六十回、第七十五回，这七回我们可以画出个分界线，第十三回、第五十四回的写作时间要早于第二十四回、第五十三回、第五十八回、第六十回、第七十五回。注意：其中第五十四回早于第二十四回、第五十三回是很特别的，这点就值得注意，尤其第五十三回、第五十四回这两回是紧挨着的，它们的写作时间为什么反而掉了个儿？这就牵涉对曹雪芹创作过程和写作方式的理解。

我讲彩云和彩霞的时候已经讲了这个问题。我说，曹雪芹采取的是一种跳跃着写的方式。我现在再重复一遍：

曹雪芹执笔写作《红楼梦》小说时，不是完全循着现有的回次，从第一回开始，顺着二、三、四……的次序，一回一回地往下写。从回次上说，他可能采取了跳跃着写的方式。有时，写完了 A 回，接着写 X 回；有时，写完了 M 回、N 回，再写 Y 回，并把 Y 回插入 M 回之后、N 回之前；有时，先写 Z 回，再接着写 C 回。当然，并不能因此就否定了另一种情况的存在：有时，或者是在更多的时候，曹雪芹还是循着回次的顺序往下写的。

我以前说过这个话，现在从贾琮的例子来看，还是这个话。这说的是写作，其实也包括修改在里边。

前面我讲的不同寻常、比较特别的现象也应该这样看。第五十三回和第五十四回，从形式上说，是相连接的两回，从内容上说，它们的故事情节是连续的，不能够割断的。因此，前面所说的第五十四回早于第五十三回指的是修改，不是指撰写。第七十三回是抄检大观园的序曲，它和第七十四回抄检大观园在故事情节上也是不能分割的。因此，我说的第二十四回、第五十三回、第五十八回、第六十回晚于第七十三回就意味着：贾芸与小红、十二个女戏子、贾环与彩云、柳五儿等故事的进入《红楼梦》，都晚于抄检大观园故事。

这个结论很重要，也就是说，曹雪芹在创作之初，先写了抄检大观园，然后再写了贾芸与小红的故事、十二个女戏子的故事、贾环与彩云、柳五儿的故事。

总而言之，贾琮的问题和曹雪芹对素材的剪裁有关系。在初稿里，贾琮只不过是一般的族人。到了改稿里，贾琮就变成了贾琏的弟弟。而由贾琮问题也可以看出，抄检大观园的故事标志着贾府的败落。抄检大观园是组成曹雪芹初稿的重要内容之一。我认为，《红楼梦》的素材包括两个主要部分：贾府这个封建贵族大家庭的腐败和没落，宝玉、黛玉、宝钗三人的爱情、婚姻悲剧。二者的合流，才形成我们现在所看到的《红楼梦》。

十三 结语

下面讲结语，一共有十条：

一、《红楼梦》中有两个贾琮。一个是贾府族人，一个是邢夫人之子。

二、第十三回和第五十四回中的贾琮，是贾府的族人。

三、第二十四回、第五十三回、第五十八回、第六十回和第七十五回中的贾琮，是邢夫人之子。

四、吴克岐《犬窝谭红》所提到的"午厂本"中的贾瑚（贾赦的长子，贾琏之兄）出于后人的妄增，得不到现有任何版本的支持。

五、第二回冷子兴没有提到贾琮，第七十三回邢夫人说自己无儿无女，都表明曹雪芹下笔之时尚未拿定主意让贾琮成为贾赦、邢夫人家庭的新成员。

六、邢夫人是贾赦的发妻，还是续弦，以及贾琏的生母是谁，在现存的《红楼梦》八十回中寻找不到明确的答案。再加上贾琮、迎春的问题，使我们认识到，在曹雪芹从初稿到改稿的创作过程中，贾赦、邢夫人家庭成员的数目，以及他们彼此的血亲关系，都起了不小的变化。

七、以贾琮为贾府族人的第十三回和第五十四回，出于曹雪芹的初稿。

八、以贾琮为邢夫人之子的第二十四回、第五十三回、第五十八回、第六十回和第七十五回，出于曹雪芹的改稿。

九、从写作时间说，第十三回、第五十四回要早于第二十四回、第五十三回、第五十八回、第六十回、第七十五回。

十、"抄检大观园"乃是曹雪芹初稿中已有的故事情节。这点很重要，也就是说，曹雪芹在写《红楼梦》之初，他在思想上、创作意图最早的着眼点是要描写揭露这个封建贵族大家庭里的腐败黑暗的一面，要描写这个大家庭怎么从兴盛到衰落。后来增加的是一个亮点，那就是三个年轻人之间所发生的爱情婚姻故事。所以到现在，对《红楼梦》的主题是什么还有不同的说法，有的说就是写四个家族，或说是以贾府为代表的封建贵族大家庭的衰落，有人说就是描写三个年轻人的恋爱和婚姻悲剧。我想，这两种说法都是只看到了问题的一面，如果合在一起，彼此并不矛盾。长达八十回几十万字的作品，你要用一句概括性的话来说它的主题，有时候是很困难的。

以上就是我所讲的《红楼梦》之谜，讲的可能有很多不对的地方，有些是我提出的不成熟的看法，有待于和大家作进一步的商榷，欢迎大家多提宝贵意见。

《红楼梦》之谜（八）

——眉盦藏本：一部新发现的《红楼梦》残抄本

演讲时间：2007 年 11 月 14 日

各位新、老听众，早上好！

今天我要讲的题目是："介绍一部新发现的《红楼梦》残抄本"。

我准备一共讲七个问题：

一、残抄本的概况。

二、这部残抄本的发现和收藏。

三、从避讳判断它的抄写年代。

四、回目问题。

五、正文问题。

六、残抄本不是程本。

七、残抄本接近哪个脂本？

一 残抄本的概况

这部新发现的《红楼梦》抄本，我把它叫作"眉盦藏本"。也有很多人称它为"卞藏本"。

这部残抄本已经出版了影印本，北京图书馆出版社，2006 年 12 月出版，书名叫"卞藏脂本红楼梦"。

眉盦藏本是个残抄本。它不全，正文仅仅保存着十回（第一回至第十回）。第十回以后的正文全部佚失。

为什么说是"佚失"，而不可能是只抄写了十回呢？

原因在于，它在书前保存了总目。

总目应该是5页，每页16个回目。现在只存第3页到第5页。第1页和第2页已经丢失。丢失的原因大约是：位于书的最前面，由于保管不善，造成了磨损、残缺。

总目第3页到第5页保存了48个回目。再加上第一回至第十回的回目，一共有68个回目。也就是说，缺的回目是：第十一回至第三十二回。有的回目则是：第一回至第十回，第三十三回至第八十回。

除了第一回、第二回一开始的两段总评以外，全书没有其他的批语。

脂本常有回前诗和回末诗联。这个残抄本也保存了三个回前诗和三个回末诗联。

回前诗：

损（捐）躯报君恩，未报躯犹在。眼底物多情，君恩或可待。（第四回，同于杨本、彼本）

春困葳蕤拥绣衾，恍随仙子别红尘。问谁幻入华胥境，千古风流造业人。（第五回，同于蒙本、戚本、杨本、舒本）

朝扣富儿门，富儿犹未足。虽无千金酬，嗟彼胜骨肉。（第六回，同于甲戌本、蒙本、戚本、杨本）

回末诗联：

得意浓时易接济，受恩深处胜亲朋。（第六回，同于甲戌本、己卯本、庚辰本、蒙本、戚本、杨本、舒本、梦本）

不因俊俏难为友，正为风流愿读书。（第七回，同于甲戌本、己卯本、庚辰本、蒙本、戚本、杨本、梦本）

早知日后闲生气，岂肯今朝错读书。（第八回，同于甲戌本、己卯本、庚辰本、蒙本、戚本、杨本、舒本、彼本、梦本）

第八回没有通灵宝玉图、金锁图。没有的原因，可能是难画，所以省略了。

抄写的字，字体端正。文字没有改动的痕迹。从字迹有一致的规律看，这十回大概是同一个职业的抄手所抄写。

这部残抄本中有不少的错字。例如：

北祁山——北邙山（第一回）

稽康——嵇康（第二回）

单凤——丹凤（第三回）

京陵——金陵（第四回）

寿星公主——寿昌公主（第五回）

养身堂——养生堂（第八回）

这都是一些简单的、常识性的错字。从这个角度看，这部残抄本很可能是出于某位文化水平不高而又有时粗心大意的抄手之手，也就是说，它不可能是一位有文化水平的藏书家亲自所抄。

残抄本还有一个特殊的现象，就是删节。

我们知道，几部著名的古代小说都有删节的问题，就是所谓的"简本"或节本。《三国志演义》《水浒传》《西游记》《金瓶梅》等都有这个问题。过去还没有发现《红楼梦》有这个问题。现在这个残抄本却出现了这个问题。所以说，这是一个特殊的现象。

不过，残抄本的删节也有四个比较突出的特点。第一，它并没有删节出场人物，也没有删节故事情节。第二，它没有删节大段的文字；分开来看，它删节的字数并不算多。第三，它所删节的是一些描写的字句，叙述的字句，并没有触动故事情节的大框架。第四，他的删节主要出现在第六回至第九回。在第六回之前，只是偶然见到。

我做了一个统计，它的删节是：第六回12例，第七回18例，第八回10例，第九回17例。

二 这部残抄本的发现和收藏

现在先讲头一个问题：这部《红楼梦》残抄本的发现和收藏。

它是 2006 年 10 月在上海公开出现的。当时，上海的敬华拍卖公司春季艺术品拍卖会古籍专场上展出了残存十回旧抄本《红楼梦》。当时，著名的红学家冯其庸也委托上海的友人参加了竞拍。但最后卞亦文以 18 万元的价格得到了这部书。

卞亦文是什么人呢？他现年 34 岁，在深圳定居。他是一位著名的青年收藏家，收藏的对象有古代书画、瓷器、文玩以及《红楼梦》早期版本。

这个残抄本先后的收藏家，有名有姓的，有证据可以查考的，据我们所知，至少有两位。一位是"眉盦"，一位是卞亦文。"眉盦"是谁？卞亦文又是怎样一个人？我将在下面要给大家做简略的介绍。

在红学界，包括我在内，一度误认为这部残抄本曾经经历了三位藏书家之手，即：卞亦文是第三位；在他之前有两位，一位是林兆禄，另一位是南京一位姓刘的。根据新发现的资料，可以证明，这个看法是不准确的，或者说，是错误的。

新发现的资料是我和我的朋友于鹏共同发现的。我们合写了一篇论文——《〈红楼梦〉眉盦藏本续论》，即将发表在《红楼梦学刊》今年的第 6 辑上。

现在就来谈谈这位"眉盦"是谁的问题。

在这部书上，我们首先看到的是署名"眉盦"的题记。题记是这样说的：

> 残抄本《红楼梦》，余于民廿五年得自沪市地摊。书仅存十回，原订二册。置之行箧，忽忽十余载矣。今夏整理书籍，以其残破太甚，触手即裂，爰亲自衬补，订成四册。因细检一过，觉与他

本相异之处甚多，即与戚本、脂本亦有出入之处，他日有暇，当细为详校也。

民卅七年初夏，眉盦识于沪寓

从题记可以知道，这部书是他于 1936 年在上海的一个地摊上买到的；题记则是 1948 年初夏在上海写成的。

那么，"眉盦"是谁呢？

先是冯其庸和卞亦文两位先生，接着是我，都认为，"眉盦"姓林，名兆禄。这见于以下的三篇论文：

冯其庸：《读沪上新发现残脂本〈红楼梦〉》，《光明日报》2006 年 11 月 11 日。

卞亦文：《得书记幸》，《卞藏脂本红楼梦》影印本卷首，北京图书馆出版社 2006 年 12 月。

刘世德：《眉盦藏本试论——新发现的〈红楼梦〉残抄本研究》，《红楼梦学刊》2007 年第 1 辑。

林兆禄是怎样一个人呢？

他生于 1887 年，死于 1966 年，苏州人。他曾是上海文史馆馆员。有关他的生平事迹，主要见于以下的记载：

《中国美术家人名辞典》：

> 林兆禄，（1887—？），字介侯，又字眉盦，别署根香馆主，吴县（今江苏苏州）人。
>
> 家世善画，父福昌与吴昌硕为昆季交，亦工绘事。介侯摹刻金石，响拓鼎彝，无不精妙。
>
> 尤工刻石，突出前人。治印则规模秦汉外，或参古籀，甲骨，独擅胜场。亦善刻竹，工雅有致。

《中国近现代书画家辞典》（天津杨柳青书社，2000 年 8 月）：

> 林兆禄（1887—?）字介侯，又字眉盦，别署根香馆主。江苏苏州人。家世善画，父福昌与吴昌硕为昆季交，亦工绘事。介侯摹刻金石，响拓鼎彝，无不精妙，尤工刻石，突出前人。治印则规模秦、汉外，或参古籀、甲骨，独擅胜场。亦善刻竹，工雅有致。

《中国近现代人物名号大辞典》（浙江古籍出版社，2005年，杭州）：

> 林兆禄（1887—1966）江苏吴县（今苏州）人。字介侯，号眉盦，别署根香馆主。金石家。亦善刻竹。早年曾为上海朵云轩拓制"布砖笺"、"布泉觯权笺"。曾任轮船招商局文书。1956年被上海文史馆聘任为馆员。祖父瑞恩……

当时为什么匆忙断定"眉盦"就是林兆禄呢？主要有两点根据：其一，号相同，都叫"眉盦"；其二，都生活在上海。

现在看来，这个结论是匆忙得出的。因为它忽略了两个因素。

哪两个因素呢？两枚印章。第一枚印章是"文介私印"，阳文。第二枚印章是"上元刘氏图书之印"，阴文。

这两枚印章盖在什么地方呢？两枚都盖在写题记的那一页上。第一枚"文介私印"盖在题记落款的地方，在"眉盦"的"盦"字的左下侧。第二枚"上元刘氏图书之印"盖在题记页的右下角，大约在题记第一行倒数第三字、第二字"地摊"和第二行倒数第三字、第二字"矣今"这四个字的上面。也就是先写字，后盖图章。

把图章盖在落款的地方，在一般的情况下，这应该表明，这枚印章就是这位写题记的人本人的图章。也就是说，"眉盦"就是"文介"，"文介"就是"眉盦"。

但是，林兆禄虽然字介侯，他的名、字或号都不是"文介"。另外，从印章上的"私印"两个字来看，这也应该是写题记的这个人的"名"，而不会是"字"或"号"。这是第一个疑点。

再说那个"上元刘氏图书之印"。它盖在题记的字上。令人纳闷的是，为什么姓刘的人的图章要盖在姓林的人所写的字上？书中明明有很多空白的可以盖的地方，他偏偏不盖，非要盖在别人的字上，岂不可怪？这是第二个疑点。

我参加过两个学术会议，一个是2007年6月16日由中国红楼梦学会、北京图书馆出版社召开的"卞藏脂本《红楼梦》鉴赏座谈会"（北京，国家图书馆），另一个是2007年8月14日召开的"第六届中国古代小说文献与数字化研讨会"（北京，紫玉饭店）。在这两个会议上，我都作了发言。我在发言中提到了这两个疑点，对"眉盦即林兆禄"的结论表示了初步的怀疑。但也仅仅是怀疑而已，并没有提出进一步的明确的看法。

事情的转机发生在今年的8月28日。那天中午，我的朋友于鹏给我打电话说，有重大发现。他赶到我的家里，当面告诉我说，国家图书馆藏有《上元刘氏家谱》。于是，我们二人立刻赶到国家图书馆，去查阅《上元刘氏家谱》。

我们怎么会想到这部《上元刘氏家谱》呢？

原因是这样的——

我们发现，"上元刘氏图书之印"这枚图章不仅仅在这部《红楼梦》残抄本上有，在其他的书上也有。例如以下8种：

第一，《李太白文集》，康熙五十六年（1717）缪曰芑覆刻宋蜀本，30卷，4册。

第二，《宝纶堂集》，光绪十四年（1888）会稽董氏取斯堂刊本，有刘氏戊申（1908）跋。

第三，《午亭文编》，康熙四十七年（1708）林佶写刻本，50卷，10册。

第四，《感旧集》，乾隆十七年（1752）卢氏雅雨堂写刻本，16卷，8册。

第五，《珊瑚鞭》，抄本，2卷，2册，上海图书馆藏。

第六，《秦淮八艳图咏》，光绪十八年（1892）羊城越花讲院刊本，

1册。

第七,《两罍轩彝器图释》,同治十一年(1872)刊本,6册。

第八,《新刻徐玄扈先生纂辑毛诗六帖讲意》,万历四十五年(1617)金陵广庆堂唐振吾刊本。台湾"中央图书馆"藏:"毛诗六帖序"钤盖一枚阴文"刘氏文㳺"的印章;"国风"卷一首页有"上元刘氏图书之印"。

值得注意的是,第八种既有"上元刘氏图书之印",又有"刘氏文㳺"的印章。这就证明,"上元刘氏图书之印"是这位刘文㳺的藏书章。

正在这时,网上有一位姓曹的朋友提供了一条消息:国家图书馆藏有一部《上元刘氏家谱》,里面也许有刘文㳺的记载,住在北京的朋友不妨去查一查。于是我们就去查阅了。

查阅的结果,大有收获。

收获约有这样几点:

第一,刘文㳺爱书,是一位藏书家。

第二,他生于光绪三年(1877),死于1934年。

第三,他有个胞弟,名叫刘文介。

第四,刘文介生于光绪二十三年(1897),卒年不详。1936年40岁。1948年52岁。

第五,刘文介的表字是:眉叔。

刘文介字眉叔,到了晚年,他可能取"眉盦"为别号。

古人取名字,讲究名和字要有关合。那么,"文介"和"眉叔""眉盦"有什么关合呢?典故出在《诗经》。《诗经》的《豳风·七月》说:

八月剥枣,十月获稻,为此春酒,以介眉寿。

所以他名文介,字眉叔。

这样一来,我们前面提到的两个疑问就全部解决了。

我们终于得出了新的结论：《红楼梦》残抄本的收藏者"眉盦"，不是林兆禄，而是刘文介。

刘文介是旧的收藏者。新的收藏者则是卞亦文。

卞亦文是怎样一个人呢？

卞亦文先生的情况，据 2006 年 11 月 29 日《晶报》介绍，是这样的：

> 卞亦文祖籍江苏扬州，1972 年生于新疆，上世纪 80 年代初随父母来到深圳，就读于蛇口育才中学，自幼痴迷红学。1991 年中学毕业后，他进入某银行任职。……在银行工作那几年，业余时间他迷上了收藏，明清瓷器、字画古玩，都是他的收藏对象，而他最喜玖的收藏品，则是有关红学的典籍。后来他下海经商，生活就由收藏和经商两大部分构成，多年以来，他的收藏已小有规模。

据我所知，卞亦文的收藏品中，还有一个《红楼梦》程甲本。那是他 2003 年在北京从嘉德拍卖公司买到的。这部书可贵的地方在于，它原来是郑振铎的藏书，后来郑振铎又把它转赠给了俞平伯，现在到了卞亦文的手上。

三　从避讳判断它的抄写年代

避讳问题是判断版本年代的一个重要的证据。

要注意的是，这并不是唯一的证据，也不是绝对的证据。

这样说，是因为：避讳虽然有官方的、明确的规定，但在实行时，偶尔会发生有意的或无意的违反；尤其是在小说作品中（因为在那个时代，小说被认为是难登大雅之堂的东西，是茶余酒后的消遣品），尤其是在一些流传于民间的抄本中，会出现这样的现象。

但是，无论如何，这毕竟是一个不能忽视的、重要的证据，有着重要的参考价值。

让我们看看这个残抄本的避讳的情况。

首先是"玄"(康熙)。

对"玄"字,多数避,少数不避。

"玄"字避讳的情况有两种。

一种情况是,把"玄"字改写成"元"字。这有两个例子:

此乃元机不可预泄者(第一回)

若非多读书识事,加以致知格物之功,悟道参元之力,不能知也(第二回)

另一种情况是,写"玄"字的时候不写最后一笔,缺末笔。这有三个例子:

当时街坊上家家箫管,户户歌弦(第一回)

此或咏叹一人,感怀一事,偶成一曲,即可普(谱)入管弦(第五回)

满屋的东西都是耀眼睁光,使人头悬目眩(第六回)

"玄"字还有一个特殊的避讳的例子:

亦系宁府正派(第九回)

"正派"之下,脂本、程本都有"玄孙"或"元孙"两个字,眉盦藏本却用一种删节的方法巧妙地躲开了那个"玄"字。

这说的是"玄"字避讳。然而也有两个例子,表明"玄"字并不避讳:

前两日,到了下半天,就懒待动,话也懒待说,眼神也发眩

(第十回)

　　肺经气分太虚者,头目不时眩晕,寅、卯间必然自汗,如坐舟中(第十回)

这里的两个"眩"字都不缺末笔。
其次,我们讲一讲"弘"(乾隆)。
"弘"字是避讳的,在前十回中有一个例子:

　　幸生来英豪阔大宽宏量,从未将儿女私情略萦心上(第五回"乐中悲"曲)

为什么说"宏"字是避讳的结果呢?这是因为,在杨本里,这个"宏"字恰恰写作"弘"字。这说明,杨本的这个字没有避讳;其他本子的这个字是避讳的。在那个时代,"弘"改写成"宏"是可能的,相反的,故意把"宏"改写成"弘"是不大可能的。
最后要讲到的是"宁"字(道光)。
"宁"字在《红楼梦》里出现的频率很高。但是,每个"宁"字都不避讳。("宁"字的避讳写法是,或缺末笔,或改写成"甯"字。)
因此,我们可以判断,这个残抄本抄写于道光之前。它的抄写年代,大约在嘉庆年间,甚至于也可能在乾隆末年。
另外,无论从纸张、印泥的陈旧程度,还是从墨笔字迹的渗透情况,都可以看出,这部残抄本不可能是一百年之内的产物。

四　回目问题

　　前面已经说过,这部残抄本保存了58个回目(1－10,33－80)。
首先要介绍的是,独异的回目,和别的本子不同的回目。这一共有5Al(3,5,8,33,34)。这又分为两种情况,一种情况是:小不同。

另一种情况是：大不同。

小不同的，有：

> 托内弟如海酬训教，接外孙贾母恤孤女（第三回）
> 灵石迷性难解天机，警幻多情密垂淫训（第五回）
> 拦酒兴奶母讨厌，掷茶杯公子生嗔（第八回）

所谓"小不同"，是说，它有几个字和别的大多数本子不同，或者，它是七个字，而别的本子却全部是八个字。

大不同的，有：

> 小进谗言素非友爱，大加打楚诚然不肖（第三十三回）
> 露真情倾心感表妹，信讹言苦口劝亲兄（第三十四回）

所谓"大不同"，是说，它和其他的本子都不相同。

这里要特别提到第三十三回和第三十四回的回目。第三十三回的回目，残抄本是"小进谗言素非友爱，大加打楚诚然不肖"，其他的本子全是"手足眈眈小动唇舌，不肖种种大承笞挞"。第三十四回的回目，残抄本是"露真情倾心感表妹，信讹言苦口劝亲兄"，其他的本子则全是"情中情因情感妹妹，错里错以错劝哥哥"。

无论从锻炼文字的工夫看，还是从其中所包含的意境看，残抄本第三十三回和第三十四回回目的文学价值都比不上其他的本子。因此，我相信，这两个回目应当是出于曹雪芹的初稿；其他本子的这两个回目应当是出于曹雪芹的改稿。

其次要介绍的是，残抄本的回目和别的本子的回目有同有异的情况。

我没有必要普遍地介绍回目。我只是选择下列五点，做重点的介绍。

（一）其他本子回目和残抄本回目全同的数字是：

戚本 10，杨本 8，蒙本 7，彼本 5，庚辰本 5，己卯本 4，梦本 3，舒本 2，甲戌本 1。

这些数字，谁排在前，谁排在后，可以提供给我们进一步研究残抄本的版本归属的时候作为一种重要的参考。

（二）残抄本回目仅仅同于杨本，而和其他本子不同的，有三个例子：

贾夫人仙游扬州城，冷子兴演说荣国府（第二回）（"游"，别的本子都作"逝"）

村老妪荒谈承色笑，痴情子实意觅踪迹（第三十九回）

懦迎春肠回九曲，娇香菱病入膏肓（第八十回）（其他本子都不是七言）

（三）残抄本回目仅仅同于彼本的，有两个例子：

痴丫头误拾绣香囊，懦小姐不问累金凤（第七十三回）（其他本子"香"都作"春"）

凸碧堂品笛感凄凉，凹晶馆联诗悲寂寞（第七十六回）（彼本"凄凉"原作"憧情"，旁改为"凑凉"）

（四）残抄本回目仅仅同于戚本的，有一个例子：

杏子阴假凤泣虚凤（凰），茜红纱真情揆痴理（第五十八回）

（五）残抄本回目仅仅同于蒙、戚、彼三本的有一个例子：

尤氏女独请王熙凤，贾宝玉初会秦鲸卿（第七回）

从回目来看，残抄本应该是比较接近于脂本中的杨本、彼本、戚本三个本子,而最接近于杨本。

五　正文问题

关于正文问题,歧义的地方比较多。我只能选择几个有代表性的、比较重要的例子来谈一谈。准备分作三点来谈。

第一点,人名。

例一:"赖大"。

第七回焦大骂赖大的问题——

> 那焦大恃着贾珍不在家,即在家亦不好怎样,更可以恣意洒落洒落,因趁着酒兴,先骂大总管赖大说:"不公道,欺软怕硬,有了好差使就派别人,像这样黑更半夜送人的事,就派着我了。没良心的王八羔子,瞎充管家。你也不想一想,焦大太爷跷起一只脚来,比你的头还高呢!……"

这里的人名"赖大",残抄本和舒本、彼本相同,其他的本子作"赖二"。哪个对,哪个错呢?

我说,残抄本、舒本、彼本是错的,其他的本子是对的。

让我们看一看书中是怎样提到赖大的。下面举六个例子:

> 忽见赖大等三四个管家喘吁吁跑进仪门报喜……(第十六回)
> 展眼到了十四日,黑早,赖大的媳妇又进来请。贾母高兴,便带了王夫人、薛姨妈及宝玉姊妹等,到赖大花园中坐了半日。(第四十七回)
> 宝玉便极口赞道:"好花!这屋子越暖,这花香的越浓。怎昨儿未见。"黛玉因说道:"这是你家的大总管赖大婶子送薛二姑娘的,两盆腊梅,两盆水仙。他送了我一盆水仙……"(第五十

二回)

　　钱启、李贵等都笑道："爷说的是，便托懒不下来，倘或遇见赖大爷、林二爷，虽不好说爷，也要劝两句。……"（第五十二回）

　　正说话时，顶头果见赖大进来。宝玉忙笼住马，意欲下来，赖大忙上来抱住腿。（第五十二回）

　　荣府只留得赖大并几个管事照管外务。这赖大手下常用几个人已去，虽另委人，都是些生的，只觉不顺手。（第五十八回）

　　由此可见，赖大是荣国府的大总管，而不是宁国府的大总管。宁国府的大总管应当是赖二。这个例子表明，残抄本和舒本、彼本同样错误。同样错误正说明这三个本子同出一源。

　　例二："驩兜"。

　　第二回贾雨村说，天地生人，有大仁、大恶两种；大恶的人应劫而生。他举出的头一个大恶的人，便是"驩兜"。"驩兜"这个人名，其他本子都作"蚩尤"。

　　蚩尤，我想，我们大家应该是家喻户晓的。那么，驩兜是什么人呢？

　　驩兜是传说中的一个恶人，在尧时，为非作歹，后被舜放逐到崇山。如果不掌握一定的历史知识，那是不可能知道这个人的名字。这绝对不是一般的抄手所做的改动。我推测，"驩兜"二字应当是作者曹雪芹所写下的。如果我的这个推测可以成立的话，那么，残抄本（或它的底本）的这一回非常可能来自曹雪芹的初稿，或者来自某次修改稿也说不定。

　　第二点，黛玉的眉毛和眼睛。

　　残抄本第三回，宝玉初见黛玉——

　　宝玉看见多了一个姊妹，便料定是林姑娘之女，忙来作揖。厮见毕，归坐细看，形容与众各别：

两湾似蹙非蹙罥烟眉，一双似飘非飘含露目。

对黛玉的眉毛和眼睛的描写，和其他的脂本都不相同。

其他的脂本是怎样描写的呢？

除了残抄本之外，另有八种异文，加上残抄本，一共九种异文。九种异文，可以分为六组。请看：

第一组为舒本：

1）眉湾似蹙而非蹙，目彩欲动而仍留。——舒本

第二组为庚辰本：

2）两湾半蹙鹅眉，一对多情杏眼。——庚辰本

第三组为蒙本、戚本、杨本：

3）两湾似蹙非蹙罥烟眉，一双俊目。——蒙本、戚本

4）两湾似蹙非蹙罥烟眉，一双似目。——杨本

第四组为残抄本：

5）两湾似蹙非蹙罥烟眉，一双似飘非飘含露目。——残抄本。

第五组为甲戌本、梦本：

6）两湾似蹙非蹙×烟眉，一双似×非×目［注］。——甲戌本

（甲戌本此句经后人涂改后，变成了"两湾似蹙非蹙笼烟眉，一双似喜非喜含情目"。"笼""喜"原字不清。"目"后原空二

字位。)

7) 两湾似蹙非蹙笼烟眉, 一双似喜非喜含情目。——梦本

第六组为己卯本、彼本:

8) 两湾似蹙非蹙胃烟眉, 一双似笑非笑含露目。——己卯本
9) 两湾似蹙非蹙胃烟眉, 一双似泣非泣含露目。——彼本

以上这九种异文,很有意思。现在尝试着对它们进行仔细地分析,企图找出曹雪芹是怎样在这九种异文之间进行修改、进行润饰的轨迹。

在细加推敲之后,我认为,按照作者修改和润饰的顺序来说,最早的应该是第一组,最晚的应该是第六组。

这个结论是怎样得出的呢?

在这九种异文中,有七种用了这样的结构:"两湾……一双……"应当承认,这反映了曹雪芹最后的取向,是最后的定稿。

那个近似的"两湾……一对……"则应该是在这之前的一种选择。

另有一种"眉……目……"则是一种完全不同的安排。

排在一起看,舒本的"眉……目……"格外引人注目。它让我们想起了第五回中对警幻仙姑的描写:

蛾眉颦笑兮,将言而未语;莲步乍移兮,欲止而仍行。

"欲动而仍留"与"欲止而仍行",句子的样式太相像了。

我们有理由相信,这是曹雪芹熟悉的一种句式,也是他喜爱的一种句式。在这九种异文中,它有两个特点,一是与众不同,二是处于少数的地位。这两点表明了,它原来是曹雪芹最初的草稿,后来又被曹雪芹否定了,放弃了。

蒙本、戚本的"俊目",应当是出于后人的修改。它原来也应该和

杨本一样，是"似目"。因为有人觉得"似目"不通，所以随手改成了"俊目"。

这个时候，曹雪芹已确定了一种对偶搭配的框架："两湾似……非……眉"和"一双似……非……目"；但是，往这里面填进去什么样的形容词，还在犹豫，还在徘徊，所以暂时空缺在那里。

甲戌本的"目"字后面空缺着两个字，也是这样的情况。

这反映出，在这个时候，曹雪芹对"目"字的前面应该写哪两个字，还没有拿定主意。

彼本的"泣"字和前面的"蹙"字、后面的"露"字形成了最佳的搭配。这应该是出于曹雪芹最后的定稿。

己卯本的"笑"字和梦本的"喜"字，含义是相同的。不过，由于"含露目"三个字与彼本相同，因此，己卯本应该排列在梦本之后。

残抄本也有"含露目"三个字，但是，"飘"字不如"笑"字和"泣"字来得准确、恰当。因此，它似乎不可能出现在己卯本、彼本之后。

这样看来，这九种异文先后出现的顺序应该是这样的：

舒→庚辰→蒙、戚、杨→甲戌→梦→残抄本→己卯→彼

第三点，薛蟠的年龄。

在第四回，有的版本提到了薛蟠的年龄。

这可以分为三种情况。

第一种情况：

　　这薛公子学名薛蟠，字表文龙，今年方十有五岁，性情奢侈。——甲戌本

　　这薛公子学名薛蟠，字表文起，年方一十七岁，性情奢侈。——蒙本

一个说是15岁，一个说是17岁。

第二种情况：

这薛公子学名薛蟠，字表文起，五岁，性情奢侈。——庚辰本、舒本

这薛公子学名薛蟠，表字文起，五岁上就情性奢侈。——己卯本、杨本

这薛公子学名薛蟠，表字文起，从五六岁时就是性情奢侈。——戚本

两个说是5岁，一个说是五六岁的时候如何如何。

第三种情况：

这薛公子学名薛蟠，字表文起，情性奢侈。——残抄本

这薛公子学名薛蟠，表字文起，岁，情性奢侈。——彼本

这薛公子学名薛蟠，表字文起，性情奢侈。——梦本、程甲本

他们都巧妙地躲避了薛蟠的年龄。

彼本的那个"岁"字处于孤零零的状态，后来被点去。残抄本和彼本基本上相同。

从这一点可以看出，残抄本（或其底本）这里的文字显然出于曹雪芹的修改稿，它晚于甲戌本（15岁）和蒙本（17岁）。

为什么？因为这直接牵涉到书中男主角贾宝玉和女主角林黛玉、薛宝钗三个人的年龄大小的问题。

六 残抄本不是程本

残抄本是脂本，不是程本。

这有两点可说。

第一点，"大有大的难处"。

《红楼梦》中有句经常被人引用的名言："大有大的难处"。但是，

这六个字只能在梦本、程本上见到，在其他的脂本上，却无一例外写作"大有大的艰难去处"，八个字。

这几个字见于第六回。刘姥姥见到凤姐，把家里的困难处境向她诉说。针对刘姥姥的诉苦，凤姐作了回答。凤姐的回答，脂本是：

> 若论亲戚之间，原该不等上门来就该有照应才是。但如今家内杂事太烦，太太渐上了年纪，一时想不到也是有的。况是我近来接着管些事，都不甚知道这些亲戚们。二则外头看着虽是烈烈轰轰的，殊不知大有大的艰难去处，说与人也未必信罢。今儿你既老远的来了，又是头一次见我张口，怎好叫你空手回去呢。

程本则是：

> 论亲戚之间，原该不待上门来就有照应才是。但如今家中事情太多，太太上了年纪，一时想不到是有的。况我接着管事，都不大知道这些亲戚们。一则外面看着虽是烈烈轰轰，不知大有大的难处，说与人也未必信呢。今你既大远的来了，又是头一次儿向我张口，怎好叫你空手回去。

脂本的"二则"，本来很顺理成章，程本却把它错误地改成了"一则"。"大有大的艰难去处"八个字也被减掉了两个字。其实，这个话是和下文刘姥姥的话互为照应的："嗳，我也是知道艰难的。"现在一改，反而失去了照应，所以，梦本、程甲本的这个改动是完全没有必要的。

残抄本正作"大有大的艰难去处"，这显示出它和程本的重要区别。

第二点，人名。

人名的相同和不同，可以说是判断版本归属的标准之一。

例一：第五回，宝玉到秦可卿卧室里去睡觉——

于是众奶母伏侍宝玉卧好，款款散去，只留下袭人、媚（媚）人、晴雯、麝月四个、丫鬟为伴。

"媚（媚）人"，脂本全作"媚人"；只有梦本和程甲本作"秋纹"。

例二：第八回，秦钟的父亲——

　　秦业。——残抄本，脂本
　　秦邦叶。——程甲本
　　秦邦业。——程乙本

例三：第九回，在学堂里与贾菌同座的，脂本说是"贾兰"，梦本、程甲本作"贾蓝"。残抄本与脂本相同。

从以上所举的例子，可以不难看出，残抄本不是程本，而是脂本。

七　残抄本接近哪个脂本？

《红楼梦》脂本，世上现在保存着多少种呢？

一共有11种，加上这部残抄本，共计12种。

在这12种脂本中，它们的文字不可能完全相同。在文字上，或在情节上，它们都普遍地存在着或多或少的、或大或小的差异。残抄本和别的脂本比较起来，这十回的文字究竟接近于哪个脂本，或哪几个脂本，是一个很值得探讨的问题，也是一个很有兴趣的问题。

研究这个问题，显然可以帮助我们去进一步研究曹雪芹这位伟大作家的创作过程和《红楼梦》这部伟大作品的传播过程。

当我们对残抄本和其他脂本的文字作仔细比较的时候，我们首先要注意的是，它的文字和哪一个脂本接近；其次，还要扩大注意的范围，再调查它和哪几个脂本接近；这样，我们方能对残抄本在《红楼梦》

版本的归属中的位置,在《红楼梦》传播中的地位,有初步的了解,有比较清晰的了解。

残抄本既然是脂本,那么,它接近于哪个或哪几个脂本呢?

关于这个问题,我在前面已经从回目的角度做过判断了。现在,再从正文的角度做一个判断。

经过研究,我发现,残抄本的文字单独和杨本相同的例子很多,单独和彼本相同的例子也不少。此外,它有许多仅仅和杨本、彼本二本相同的例子,也有许多仅仅和杨本、彼本、己卯本三本相同的例子。

首先,介绍残抄本单独和杨本相同的例子。

例一:第五回的开端。

残抄本第五回的开端是:

> 且说林黛玉自在荣国府以来,贾母万般怜爱,寝食起居一如宝玉,迎春、探春、惜春等亲孙女到且靠后。

这和杨本完全相同。而其他的脂本则不同,它们在这之前有下列的文字:

> 第四回中既将薛家母子在荣府内寄居等事略已表明,此回则暂不能写矣,如今……

例二:第一回,神瑛侍者居住的地方。

残抄本叫"赤霞宫"。这和杨本相同。其他的脂本都写作"赤瑕宫"。

其次,介绍残抄本单独和彼本相同的例子。

例一:迎春的母亲。

关于迎春母亲的问题,我在以前的一次演讲中曾经讲过。现在再讲一遍。

第二回,冷子兴向贾雨村介绍迎春时,怎么说的,各个脂本都不一样，如下：

二小姐乃赦老爹前妻所出，名迎春。——甲戌本
二小姐乃政老爹前妻所出，名迎春。——庚辰本
二小姐乃赦老爷前妻所出，名迎春。——蒙本、舒本
二小姐乃赦老爷之女，政老爷养为己女，名迎春。——己卯本、杨本
二小姐乃赦老爷之妻所生，名迎春。——彼本
二小姐乃赦老爷之妾所生，名迎春。——戚本
二小姐乃是赦老爷姨娘所生，名迎春。——梦本

那么，残抄本呢？它和别的本子都不同，而唯独和彼本相同。

例二：薛蟠。

第四回，薛蟠来到贾府后——

谁知自在此间住了不上一月的日期，贾宅族中凡有的子侄俱已认熟了一般，凡是那些纨袴气息者，莫不喜与他来往，今日会酒，明日观花，甚至聚赌嫖娼，渐渐无所不至，引诱的薛蟠比当日更坏了一倍。

以上是残抄本的文字。其中"一倍"二字，彼本同，杨本作"一半"，其他的脂本作"十倍"。

再次，介绍残抄本仅仅和杨本、彼本相同的例子。

例一：第四回的回前诗。

损（捐）躯报君恩，未报躯犹在。眼底物多情，君恩或可待。

这个回前诗，仅仅见于残抄本和杨本、彼本，其他的脂本都没有。（"报君恩"，杨本作"报国恩"；"躯犹在"，杨本作"身犹在"，

彼本作"身犹存","存"彼本又旁改为"在";"或",彼本误作"成"。)

例二：第一回甄士隐对贾雨村所说的话：

> 想尊兄旅寄僧房，不无寂寞之感……

"寂寞"二字，和杨本、彼本相同，其他脂本作"寂寥"。

最后，再介绍残抄本仅仅和杨本、彼本、己卯本相同的例子。

例一：第三回荣国府正门之上的匾额。

> 扁（匾）上大书"敕建宁国府"五个大字。

"建"，杨本、彼本、己卯本同，其他脂本作"造"。

例二：第一回黛玉眼中的宝玉的打扮：

> 外罩起花倭缎排穗褂，
> 下面半露松花绿撒花绫裤腿。

以上引文，引自残抄本。它和杨本、彼本、己卯本相同。

但在其他脂本中，却和这不同：

> 外罩石青起花八团倭缎排穗褂，
> 下面半露松花撒花绫裤腿。

前面一句多出了"石青"和"八团"四个字。后面一句又缺少了一个"绿"字。

因此，严格地说、准确地说，在脂本系统当中，和残抄本最接近的是杨本、彼本、己卯本。

有两点需要说明。需要说明的第一点是：这只是一个初步的结论。

这个结论的依据，主要是第一回至第五回的正文，是在这个基础上立论的。需要说明的第二点是：其他几回的正文，也就是第六回至第十回的正文，还不能够为这个结论提供有力的支持。

在残抄本的其他几回的正文当中，我们一时还寻找不出像第一回至第五回的正文那样明显的、有说服力的、众多的例证，来看清楚和判断明白残抄本和其他几个脂本之间的血缘关系。

用文字的同或不同来判断版本的归属，是一个相当复杂的、相当费力的工程，这有待于我们继续付出艰苦的努力。

总而言之，残抄本是一个有版本价值的脂本，是一个有研究价值的脂本，是一个值得重视的脂本。

后　　记

《明清小说》和《〈红楼梦〉之谜》这两本"演讲录"收录了我最近两三年在现代文学馆讲座所作的十六篇演讲稿。演讲稿都是根据录音整理的。因此，无论是表达的语气，或表达的方式都和下笔撰写的论文有所不同。

我自1955年大学毕业后，即在中国社会科学院文学研究所从事科研工作。50年以来，没有更换过工作单位。在所内，我日常的工作则以看书和写文章为主，没有在大学里正式讲过课，所以一直认为自己不善于言辞，未掌握课堂艺术。后来，通过慢慢地学习和锻炼，逐渐地适应了演讲的要求和气氛。

我先后在北京大学、清华大学、中国社会科学院研究生院、辽宁师范大学、黑龙江大学、南京师范大学、北京师范大学、山东大学、首都师范大学、中国人民大学、扬州大学、湖北大学、嘉应学院、温州大学、浙江师范大学、福建师范大学、福州大学、石家庄"燕赵讲坛"、哈尔滨师范大学、华东交通大学、国家图书馆、成都武侯祠等处作过学术演讲，也在日本、马来西亚、新加坡等地作过公开的学术演讲。

在我的学术演讲生涯中，有几件值得回忆的事。

记得是在1956年，也就是我到文学所的第二年，去参加北京大学中文系的一个学术研讨会。在会上，我应邀发言，评议游国恩先生的论文。

事先，所内的几个人，包括何其芳先生、胡念贻兄、曹道衡兄和我，对游国恩先生的论文作了详细的、深入的讨论，提出了我们的一些具体的看法，最后指定我把大家的意见整理、归纳出来，写出发言稿，前去发言。

说是评论，实际上是对游先生的论点进行批评性的商榷。游先生是我的大学老师。何先生则是我所内的导师。那时，我才20多岁，不懂事，话又说得直率。我自己并不觉得发言的内容有什么问题，但在事后却听到了对我不利的反映。何先生把我叫到他的办公室，对我说了一番话，大意是：游先生是你的老师，我考虑不周，不该推选你去发言对他进行批评，客观上给人留下了你不尊重老师的印象；你和我今后都要对此多加注意。我接受了何先生的批评，并立即从哲学楼赶到燕东园游先生家中，向他鞠了一躬，表示深深的歉意。

经历了这一次的教训，我在以后的外出发言和演讲中就开始注意自己的身份、措辞和方式了。

有一次，应北京大学中文系沈天佑兄的邀请，在他的《红楼梦》专修课上去作学术演讲，讲题和内容已经淡忘了，但唯一记得的是：我拿着讲稿，一边念，一边讲。那时，我还不具备在讲坛上脱稿发言的能力。

后来，到清华大学去作演讲，讲题依然是《红楼梦》，我勇敢地尝试着不写讲稿，不写提纲，居然侥幸成功了。从此，我在演讲时就开始了不念讲稿的做法。

2005年，应马瑞芳教授的邀请，我在山东大学又做了一次关于《红楼梦》的演讲。听说大厅里有多功能的设备。我事先把大量的引文用大号字体打印在纸上，当场用投影仪播放。操作时，发现很麻烦，我需要不时地停下来，去一页一页地翻纸。

于是我寻求改进，在女儿的帮助下，学会了在电脑上制作幻灯片。从此，在讲坛上播放幻灯片的时候，就再也用不着费力地翻纸了。在文学馆的演讲，绝大部分都是这般进行着，既方便了听者，也方便了我这讲者。

　　写到这里，我想起了两件和报纸有关的事。

　　2005年2月20日，我在文学馆讲《话说刘备》。一共讲了四个问题。其中第二个问题叫"妻子如衣服"，讲了刘备有几个妻子。结果，次月3日的《北京青年报》用一整版的篇幅发表了我的讲稿的部分内容，冠以"刘世德说刘玄德"的标题，转载的重点则是"刘备有几个妻子"。这倒没有什么。问题出在两年以后。

　　2007年6月22日晚上，在成都武侯祠举行"武侯祠夜话"的第一讲，由我开讲《三国志演义》。演讲之前，在当天的晚宴上，有几位记者向我询问了几个问题。其中一位特别提到了《北京青年报》上的那篇转载文章。我礼貌地随口应答了几句，也没有把此事放在心上。

　　谁知第二天，这位记者先生（请原谅，我已忘记了他的尊姓大名）竟在他所在的那家报纸（再一次请原谅，我已忘记了该报纸的名称）上发表了一篇现场报道。报道的内容居然说，有听众向我提问，问刘备到底有几个妻子，我针对此人的问题，当场作了详细的回答。

　　这真是滑天下之大稽！

　　那天讲完之后，确实专门安排了听众提问的时间，听众也确实提了几个问题。但是，第一，现场并没有一个人提出那位记者所报道的那个问题；第二，在听众所提的问题中，根本没有一个可以和那位记者所报道的那个问题扯上边；第三，在演讲中，从头到尾，我都没有讲到过那位记者所报道的那个问题。

　　1950年，我在上海上中学的时候，我曾参加演出一个话剧。在剧中，我扮演的角色是一个说假话的新闻记者，名字叫作"客里空"。想不到半个世纪之后，我竟然又遇到了一位"客里空"。只不过这次不是在舞台上，而是在生活中。

　　趁着"演讲录"出版的机会，我记录下以上几件事，聊以算作人生的轨迹吧。

我在文学馆的讲坛上，陆续地、顺利地讲了 16 个题目，并被戏称为"冠军"。我想，如果没有文学馆的领导和工作人员的热情支持，没有傅光明先生的鼓励，就不可能有这样圆满的结果。在这里，诚挚地向他们表示感谢。

2007 年 10 月 7 日，大风